U0526925

Dandelion
Wine

—

Ray
Bradbury

〔美〕雷·布拉德伯里 著

由美 译

蒲公英酒

上海译文出版社

献给沃尔特·I. 布拉德伯里

他既不是我的叔伯也不是堂兄

但绝对是我的编辑和朋友

前言　就在拜占庭这一边

这本书和我的大多数书和短篇故事一样，是一个惊喜。感谢上帝，当我还是个年轻作家时，就开始了解这种惊喜的本质。在此之前，像每个新手写作者一样，我以为自己只要用力捶打一个想法，就能使之变成文字。当然了，面对这样的待遇，任何一个好点子都会收起爪子弓起背，目光注视着永恒，然后死去。

令人宽慰的是，我二十出头的时候，无意间发现了一种词语联想的办法。每天早晨醒来后，我走到书桌前，随意写下脑海中浮现的任何一个或一串单词。

然后我会与这个词语战斗，或与它并肩作战，并引入一系列角色来衡量这个词语，向自己展示它在我生活中的意义。让我吃惊的是，一两个小时之后，我便写完了一个新故事。这种惊喜是如此纯粹，如此可爱。我很快发现，我必须用这种方法写一辈子。

首先，我搜寻自己内心，找一些词语来描述童年时期的个人噩梦、对夜晚和时间的恐惧，然后用这些词语来构建故事。

接着，我长久凝视绿色的苹果树、我出生的那座老房子、隔壁祖父母的房子，以及伴我成长的夏日草坪，然后尝试用语言来表达这一切。

这本书中所呈现的，就是我多年来采集的蒲公英。书中反复出现的蒲公英酒的比喻非常贴切。我一生都在收集意象，将它们储存起来，然后又忘记。不知何故，我得用文字作为催化剂，把自己送回过去，去打开那些记忆，看看它们能够提供什么。

从二十四岁到三十六岁，我几乎每天都会在回忆中漫步，回到伊利诺伊州北部的祖父母家草坪上，想要能找到一些半烧焦的旧鞭炮、生锈的玩具，或是一封写给年轻时自己的信的碎片。也许从前的我希望能与变成熟的我取得联系，提醒他过去的生活、亲友、欢乐和悲伤。

我非常热衷于这个游戏：尽可能回忆关于蒲公英本身的事情，回忆与父亲、兄弟一起采摘野葡萄的情景，重新发现飘窗边的蚊蝇滋生的雨水桶，或者搜寻后院葡萄架附近那些金色绒毛蜜蜂的气味。你知道，蜜蜂是有气味的，它们应该有，因为它们的腿上沾着来自一百万朵鲜花的香料。

然后我想回忆河谷是什么样的，尤其是在穿过镇子回家的那些深夜，在看完朗·钱尼一九二五年的恐怖电影《剧院魅影》之后，我的弟弟斯基普会跑到前面，像孤身客一样躲在河谷底部的溪桥下，然后尖叫着跳出来抓住我，于是我奔跑，摔倒，接着奔跑，一路胡言乱语地回家。那真是美妙的时光。

一路上，我通过词语联想与挚友重聚。我借用了童年在亚利桑那州时的好朋友约翰·赫夫，把他带到绿镇，以便好好地向他告别。

一路上，我坐下来与逝去已久的亲人一起吃早餐、午餐和晚餐。因为我是一个深爱着自己父母、祖父母和弟弟的人，尽管弟弟"抛弃"了我。

一路上，我在地窖里的酿酒压榨机旁为父亲干活，或是在独立日前一晚帮比昂叔叔组装发射他的自制黄铜大炮。

我就这样坠入惊喜之中。补充一句，没有人告诉我要给自己惊喜。我通过无知和实验找到了古老的、最好的写作方式，当真理像挨枪子之前的鹌鹑般从灌木丛中跳出时，我大吃一惊。我像一个学习走路、学习观察世界的孩子，就这样盲目地进入了创造力的领域。我学会了相信自己的感觉和过往经历，它们告诉我那一切都是真实的。

于是，我把自己变回一个男孩，奔跑着，去房子旁边的桶里舀出一勺清澈的雨水。当然，你舀出的越多，就有越多的水注入其中，这种流动从不停止。一旦我学会了不断重返那些时代，我就有了大量的记忆和感官印象可以玩耍摆弄，不是加工，不，是玩耍。《蒲公英酒》是一个藏在成人体内的男孩，在一片片八月的绿色草地上，在上帝的田野中玩耍，他开始长大、变老，并感觉到黑暗在树下等待，等着在血液中播种。

几年前，一位评论家写了一篇文章分析《蒲公英酒》和辛克莱·刘易斯更现实主义的作品，我感到有趣，也有些惊讶。他想知道既然我在沃基根——小说中被重命名为绿镇——出生长大，我怎么可能没注意到那里的港口是多么丑陋，城外的煤炭码头和铁路站场是多么压抑。

但是，我当然注意到了那些场所，并且，作为天生的魔法师，我被它们的美迷住了。对孩子来说，火车、货车车厢以及煤和火的味道并不丑陋。丑陋是一个我们后来才遇到并注入自我意识的概念。数车厢数量是男孩们的主要活动之一。火车给孩子们的家长带来了出行上的不便，大人对此烦躁、愤怒或不屑，但男孩们高兴地数数并大声喊出车厢上来自远方的地名。

而且，那个被视为丑陋的铁路站场，也是嘉年华和马戏团的停驻之处，大象在黑暗的清晨五点用热气腾腾的酸水冲刷砖砌的人行道。

至于从码头运来的煤，每年秋天我都会在地下室等待卡车和金属滑槽的到来。滑槽发出叮叮当当的声音，释放一吨美丽的流星，从遥远的外太空落入我的地窖，像要把我活埋在黑色的宝藏下面。

换言之，如果你家的男孩是一位诗人，马粪在他眼里也是鲜花。当然了，马粪本来就是养花用的。

我生命中所有的夏天是如何萌芽成一本书的？或许我的一首新诗要比这篇前言解释得更好。

诗的开头是这样的：

> 拜占庭，我不来自那里，
> 而是来自另一个时空
> 那里的人单纯、可靠且真诚；
> 孩提时

我把自己送到伊利诺伊。
一个没有爱或恩典的地名
沃基根，我来自那里
而不是拜占庭。

这首诗接着描述我与出生地之间延续了一辈子的关系：

然而回顾过去
我从最远的那棵树的最顶端
看到一片光明、可爱、蔚蓝的土地
叶芝也会认同我的判断。

后来我经常回沃基根，与其他中西部小镇相比，它并不显得更温馨、更美丽。镇子大部分面积被绿色覆盖。树冠真的在道路上方交织。我老家门前的街道还是铺着红砖。那么这座镇子有何特别之处呢？哈，因为我出生在这里。这是我的人生，我必须以我觉得合适的方式来书写：

我们与神话中的死者一起长大
用勺子挖中西部的面包
抹上古老神明的鲜亮果酱
在花生酱般浓稠的阴凉中享用，
假装在我们的天空下

那是阿弗洛狄忒的大腿……
在门廊栏杆旁,冷静而大胆
话语是纯粹的智慧,目光是纯粹的金子
我的爷爷,的确是个神话,
柏拉图的全部思想也无法取代
奶奶坐在摇椅上
缝补牵挂的衣袖
用钩针编织的清凉雪花稀有明艳
让我们在夏夜感受冬天。
叔伯们聚在一起抽烟
把智慧伪装成笑话,
姑妈们如德尔菲的女祭司
分发预言的柠檬水
男孩们像侍祭一样跪在
夏夜的希腊门廊;
然后躺在床上,忏悔
纯真者的罪恶;
原罪的蚊虫在耳边咝咝作响
诉说,在黑夜和岁月中
不是伊利诺伊也不是沃基根
而是晴朗的天空和欢乐的太阳。
尽管我们的命运平庸
市长也不如叶芝那么聪明

然而我们仍然了解自己。总之？

拜占庭。

拜占庭。

沃基根/绿镇/拜占庭。

那么，绿镇的确存在？

是的，再说一次，是的。

真的有个叫约翰·赫夫的男孩吗？

真的。他确实叫约翰·赫夫。但他没有离开我，是我离开了他。四十二年后，他还活着，还记得我们的友爱。不错的结局。

孤身客是真的吗？

真的。他的绰号就叫孤身客。我六岁时，他在夜间四处活动，吓坏了所有人。警察始终没有抓到他。

最重要的是，爷爷奶奶叔叔阿姨和寄宿房客住的那栋大房子是真的吗？我已经回答过了。

深夜的河谷真的又深又暗吗？真的。现在也还是那样。几年前，我带女儿们去了那里，担心河谷会随着时间的推移而变浅。我很欣慰地告诉大家，河谷比以往任何时候都更深、更暗、更神秘。即使是现在，看完《剧院魅影》后，我也不想穿过那里回家。

现在你知道我的故事了。沃基根就是绿镇，就是拜占庭，带着地名中暗示的所有幸福和悲伤。那里的人是神和矮人，他们知道自己是肉体凡胎，所以矮人们昂首阔步，以免让众神难堪，众神则蹲下身子，让矮人有在家的感觉。毕竟，这不就是人生的全部吗？有能力重返往昔，进入他人的脑海，观察这该死的愚蠢的奇迹，然后说：哦，原来你是这么看的?! 好吧，现在我得记住这一点。

这是我的庆祝，庆祝死亡与生命、黑暗与光明、年老与年轻、聪明与愚蠢、纯粹的喜悦与彻底的恐惧。这一切的作者是一个曾经倒挂在树上的男孩，身上穿着蝙蝠装，嘴里叼着糖果尖牙。十二岁时他终于从树上掉下来，找到了一台玩具打字机，写了他的第一本"小说"。

最后的记忆。

天灯。

现在很少能看见放天灯了，尽管我听说在一些国家，人们还在制作，灯罩中充满了燃烧麦秸的温暖气息。

在一九二五年的伊利诺伊州，我们仍然能看到天灯。而我对爷爷的最后记忆之一，是四十八年前的独立日午夜。我和爷爷走到草坪上，生起一堆小火，给梨形的红白蓝条纹纸气球注入热空气。我们把那闪亮的火光天使拿在手中。门廊上站着父母长辈、表兄弟堂姐妹。最后一刻，我们轻轻松开手，让那生命、光明与神秘之物从指间升起，飞向夏季的夜空，飘到开始入睡的房屋之上，飘向繁星。它是如此脆弱、奇妙而可爱，如生命本身。

我看到爷爷抬头望着那奇怪的飘移的光芒，陷入沉思。我看到了自己,眼中充满泪水,因为一切都结束了,夜晚结束了,我知道再也不会有这样的夜晚了。

没有人说话。我们都只是抬头望天,呼气,吸气,我们都在想同样的事情,却没有人说出口。但总得有人说些什么,不是吗?那个人就是我。

酒还在地窖里等待着。

我亲爱的家人们仍然在昏暗的门廊上坐着。

在那个尚未被埋葬的夏天,天灯仍然在夜空中飘浮、燃烧。

为什么?怎么会?

因为我说它是什么样子,它就是什么样子。

雷·布拉德伯里
一九七四年夏

蒲公英酒

那是一个安静的清晨,小镇仍蒙着一床夜色,惬意地躺着。夏意在天气中聚集,风的抚摸像那么回事了,世界的呼吸悠长、缓慢、温暖。你只要坐起来,向窗外探出脑袋,便知道这的确是夏天的第一个清晨,是第一次真正的自由、真正的生活。

十二岁的道格拉斯·斯波尔丁刚刚醒来,任凭自己在夏日的清晨溪流上漂荡。他躺在位于三楼的阁楼卧室里,感受到高度赋予的力量,仿佛驾着镇上最宏伟的塔楼,在六月的风中翩然骑行。晚上,当树木被冲刷到一处时,他闪亮的目光就如灯塔上的光束,横扫这片榆树、橡树、枫树的葱郁海洋。现在……

"真棒啊。"道格拉斯轻叹。

有一整个夏季在前头召唤他,等着被他一天一天地从日历上划去。如同在游记中读到的湿婆神,他想象自己的双手在各处舞动,采摘酸苹果、桃子和午夜的李子。他的衣衫可以是大树,是灌木,是河流。他愿意快活地冻僵在积满霜雪的冰库门口。他愿意愉快地与一万只鸡一起在奶奶的厨房里烘焙。

但是，一项熟悉的任务正等待着他。

每星期有一晚，他可以离开睡在隔壁小房子里的父母和弟弟汤姆，跑到这儿来，摸黑爬上螺旋楼梯，来到爷爷奶奶的阁楼上。在这座巫师之塔上，他伴着雷鸣与幻象入眠，在牛奶瓶清脆的碰撞声响起之前醒来，施展他的仪式魔法。

黑暗中，他站在敞开的窗户前，深吸一口气，吹出。

街灯熄灭了，就像黑蛋糕上的蜡烛。他一口又一口地吹气，星星逐渐消失。

道格拉斯笑了。他舞动一根手指。

那儿，还有那儿。现在是这儿，以及这儿……

各家住宅中的灯光眨眼般慢慢亮起，在清晨昏暗的地面上投下一个个黄色的方块。黎明降临在几英里之外的乡村，零星几扇窗户突然亮了。

"所有人，打哈欠。所有人，醒过来。"

下面的大房子里也有动静了。

"爷爷，从玻璃杯里拿出你的假牙吧！"他耐心等了好一会儿，"奶奶、太奶奶，做几张热乎乎的煎饼吧！"

煎面糊的温暖香味在通风良好的走廊里飘散，飘进一间间卧室，搅扰了众人的清梦：有寄宿房客、叔叔婶婶们，还有来访的堂兄弟表姐妹。

"住着所有老人的街道，醒醒！海伦·卢米斯小姐，弗雷利上校，本特利小姐！咳嗽，起床，吃药，走动！乔纳斯先生，把您的马拴好，把您的废品车拉出去转转！"

小镇河谷对面的荒凉大宅睁开了恶龙之眼。很快,两位老妇人就会开着她们的电动绿色机器出现在楼下的大街上,向所有的狗儿挥手。"特里登先生,奔向电车库吧!"很快,镇上的电车就会在如河流般的砖石路面上航行,车顶上迸出炽热的蓝色火花。

"约翰·赫夫、查理·伍德曼,准备好了吗?"道格拉斯对着伙伴们玩耍的街道轻声发问,"准备好了吗?"他问深陷在湿草坪中的棒球,问高悬在树上的空秋千。

"妈妈,爸爸,汤姆,醒醒啦。"

微弱的闹钟铃声传来。法院的大钟轰鸣。鸟儿歌唱着从树枝间跃起,像是一张他伸手抛出的网。道格拉斯操控着这场管弦乐演出,指向东方天空。

太阳开始升起。

他揣起双臂,露出魔术师的微笑。没错,他想,当我发号施令时,每个人都在跳跃、奔跑。一定是个好季节。

他给了全镇最后一声响指。

门砰的一声打开;人们走了出来。

一九二八年的夏天开始了。

那天早上穿过草坪时,道格拉斯·斯波尔丁用脸撞破了一张蜘蛛网。空中一条看不见的丝线碰触他的额头,悄无声息地断了。

由于这件最微妙的事情,他知道这一天定然有所不同。父亲开车带道格拉斯和十岁的弟弟汤姆出城去乡下,路上他向孩子们解释了这一天不同于往日的另一个原因。有些日子完全是由臭味混合成的,整个世界都得捏着鼻子小心呼吸。而另一些日子,他继续说道,你能听见宇宙吹响号角,发出颤音。有些日子尝起来不错,有些摸起来很好。而还有一些日子能让你的所有感官都舒畅。比如今天,他点点头,闻起来就像山岭那一侧有座无名的巨大果园一夜之间长成了,使眼前的所有土地都充满了温热的新鲜气息。空气的触感像是雨,但天上并没有云。偶尔,林中会传出陌生人的笑声,然后重归寂静……

道格拉斯看向车外,原野向后飞驰。他闻不到果园的气味,也感觉不到雨,因为他知道如果没有苹果树和云朵,两者就不可能存在。至于在树林深处开怀大笑的陌生人……?

但事实并未改变——道格拉斯哆嗦了一下,这是一个特殊的日子,无需理由。车停在了这片寂静森林的中心。

"好了,孩子们,规矩点。"

两个男孩一直在用胳膊肘互相推搡。

"是,父亲。"

他们爬到车外,把蓝色铁皮桶从孤零零的土路上抬到下雨似的气味中。

"找蜜蜂。"父亲说道,"蜜蜂在葡萄周围闲逛,就像男孩赖在厨房里一样。道格?"

道格拉斯猛地抬起头来。

"你怎么心不在焉的,"父亲说,"精神点儿。跟上。"

"是,父亲。"

他们在林中穿行,父亲很高,道格拉斯在他的影子里移动,而汤姆个头太小,只能加紧步子走在哥哥的影子里。他们来到一个小土丘上向前望。那儿,还有那儿,他们看到了吗?父亲指了指。那儿是夏季宁静大风的栖息之处,它们在绿色深渊中游荡,仿佛看不见的鲸的幽灵。

道格拉斯张望一番,什么也没看到,觉得自己被父亲骗了。父亲和爷爷一样,以谜语为生。不过……不过,毕竟……道格拉斯停下仔细聆听。

是的,有什么事情要发生,他想,我就知道!

"这棵是铁线蕨,又叫'少女发丝',"爸爸走着,铁皮桶在他手中如钟一般摇晃,"感觉到了吗?"他拖着脚在泥土中来回蹭,"这些营养丰富的腐殖土在地下躺了一百万年。想想它们经历了多少个秋季才变成现在这样。"

"天哪，我走起路来像个印第安人，"汤姆说，"一点儿声音也没有。"

道格拉斯感觉到了什么，但并不是脚下的深深的沃土。他警觉地聆听着。我们被包围了！他想。迟早的事！什么？他停下来。出来吧，无论你在哪儿，无论你是什么怪物！他默默地在心中呼喊。

汤姆和爸爸在寂静的土地上大步前行。"那是最精致的蕾丝。"爸爸平静地说道，伸手指向高处，向两个男孩展示树冠如何被编织进天空之中，又或者，天空如何被编织进树冠之中，他也不确定。但就在那儿，他笑着说，编织仍在继续，蓝绿两色，如果你仔细观察，就能看到森林在操作它那台嗡嗡作响的织布机。爸爸惬意地站着，说这说那，话语毫不费力地从口中进出。他还经常笑话自己说出的话，滔滔不绝变得更容易了。他喜欢聆听寂静，他说，如果寂静能被聆听的话。因为，他接着说道，在那寂静中，你能听到野花的花粉在被蜜蜂搅拌过的空气中轻轻飘落。上帝啊，被蜜蜂搅拌过的空气！听！那些树木的后面有一道鸟鸣的瀑布！

就是现在，道格拉斯想，来了！快跑！我什么也没看见！快跑！就要抓到我了！

"狐狸葡萄[①]！"父亲说，"我们真走运，看这里！"

[①] fox grapes，一种美洲葡萄，因用其酿造的葡萄酒有特殊的狐骚味而被称为狐狸葡萄。

别！道格拉斯倒吸一口气。

但汤姆和爸爸弯下腰，把手伸进了窸窣作响的灌木丛里。咒语碎裂了。可怕的潜行者、伟大的奔跑者、飞跃者、灵魂震撼者，消失了。

失落而空虚的道格拉斯跪倒在地。他看到自己的手指浸入绿色的阴影，再次露出时沾染了浓重的颜色，像是他不知怎的割伤了森林，又把手捅进了敞开的伤口中。

"吃午饭了，孩子们！"

狐狸葡萄和野草莓把桶装了半满，后面跟着几只蜜蜂，父亲说它们的数量不多不少。世界在它的呼吸中哼哼。他们坐在一根长着绿色苔藓的原木上，嚼着三明治，试着像父亲一样聆听森林的声音。道格拉斯感觉到爸爸正看着自己，暗暗觉得有趣。爸爸正要说出脑中闪过的念头，却只是又咬了一口三明治，细细品味。

"户外的三明治不再是三明治了。味道和在室内吃起来不一样，注意到了吗？像是放了更多的香料，尝起来像薄荷和松下兰，对食欲有奇效。"

道格拉斯的舌头犹豫地感受着面包和辣味火腿泥的质地。不……不……明明只是个三明治。

汤姆咬了一口，点点头："我完全明白你的意思，爸爸！"

差点儿就发生了，道格拉斯想。不管那是什么，它都够大的。老天，真是超大！有什么东西把它吓跑了。现在它在哪儿呢？那片灌木后面！不，就在我身后！不在这儿……差不多在这儿……他暗暗感到胃都收紧了。

如果我好好等着，它就会回来。它不会伤害我，我知道它不是来伤害我的。它究竟是什么？是什么？什么？

"你知道我们今年、去年、前年各打了多少场棒球赛吗？"汤姆凭空发问。

道格拉斯看着汤姆快速张合的嘴唇。

"写下来！一千五百六十八场比赛！十年里我刷了多少次牙？六千次！洗手，一万五千次。睡觉，四千零几次，打盹不算。吃了六百个桃子，八百个苹果。梨，两百个。我不太喜欢吃梨。你随便说一件事，我就有统计数据！把我十年里做过的事情统统加起来，能有几十亿。"

现在，道格拉斯想，它又靠过来了。为什么？因为汤姆在说话吗？但为什么是汤姆？汤姆喋喋不休，嘴里还塞满了三明治。爸爸就在那儿，警觉得像一只停在原木上的山猫。汤姆口中的话语仿佛苏打水里的气泡一般冒出来：

"我读完的书，四百本。看过的午后场电影：巴克·琼斯的四十场，杰克·霍克西的三十场，汤姆·米克斯的四十五场，霍特·吉布森的三十九场，单集《菲力猫》动画片一百九十二场，道格拉斯·范朋克的十场，朗·钱尼的《剧院魅影》看了八遍，弥尔顿·希尔斯的四场。还有阿道夫·门吉欧的一个什么爱情片，我在剧院厕所里等了九十个小时，就等那些多愁善感的玩意结束，然后我好去看《猫和金丝雀》或是《蝙蝠》①，放映时每个人都紧紧抓住别人，尖叫两个钟头都不撒手。我估计那段时间里有四百根棒棒糖、三百个巧克力糖卷、七百个冰淇淋甜筒……"

汤姆又平静而滔滔不绝地继续讲了五分钟。然后，爸爸说："汤姆，你到目前为止摘了多少浆果？"

"不多不少二百五十六个！"汤姆立刻回答。

爸爸大笑，午饭吃完了，他们又走进阴凉处寻找狐狸葡萄和小小的野草莓。三个人都弯下腰，手来回采摘，桶越来越重，道格拉斯屏住呼吸，暗忖，是的，是的，它又靠近了！气息几乎都喷到我脖子上了！别回头看！干活。采果子，把桶装满。如果看了，就会把它吓跑。这次别再让它跑了！可是，要怎么才能让它出现在你能看见它的地方，好直直盯着它的眼睛呢？该怎么做？怎么做？

"我在火柴盒里存了一片雪花。"汤姆微笑着说道，看着自己酒红色的手套。

住嘴！道格拉斯想大喊。但是不行，叫喊会惊起回声，把那东西吓跑的！而且，等等……汤姆说得越多，那家伙就靠得越近。它并不害怕汤姆，汤姆的呼吸就能把它吸引过来，汤姆是它的一部分！

"去年二月，"汤姆笑着说，"我在大雪里举起一个火柴盒，让一片雪花掉进去，把盒子合上，跑进屋里，藏进了冰箱！"

---

① *The Cat and the Canary*，*The Bat*，均为 20 世纪上半叶的无声恐怖电影。

近了，非常近了。道格拉斯盯着汤姆翕动的嘴唇。他想跳开，因为他感觉到森林深处涨起一股汹涌的浪潮，在一瞬间就会拍下来，把他们压得粉碎……

"没错，"汤姆一边摘葡萄一边自言自语，"我就是伊利诺伊全州唯一在夏天拥有雪花的人。像钻石一样珍贵，老天。明天我要把火柴盒打开。道格，你也可以来看……

换做别的时候，道格拉斯可能会对此嗤之以鼻，出言讥讽或是彻底否定。但是现在，那庞然大物正飞快逼近，就要从他头顶上方的清朗空气中轰然坠落，他唯有点点头，闭紧双眼。

汤姆有些迷惑，停下手里摘葡萄的活儿，转过身来看着哥哥。

道格拉斯弯腰弓背，正是个理想的攻击目标。汤姆纵身跃起，大喊着扑了过来。他们摔倒在地，扑打，翻滚。

不！道格拉斯脑中一片空白。不！但突然间……没错，就是这样！没错！这种纠缠、身体接触、坠落和翻滚并没有吓退此刻已然汹涌而至的海潮。他们被吞没，被冲刷到森林深处的青草海岸。指关节打在他的嘴上。他尝到了铁锈味的温热鲜血，他使劲抓住汤姆，紧紧抱住他。他们躺在寂静之中，内心翻腾，鼻孔中喘着粗气。最后，道格拉斯慢慢地睁开一只眼睛，他害怕自己什么都找不到。

而一切都在眼前，一切的一切。

世界就像一片巨大的虹膜，镶嵌在一只更庞大的眼中。它也刚刚睁开，要把一切都囊入其中。那巨眼凝视着他。

现在他知道扑到自己身上的东西是什么了，他知道它不会再跑开了。

我正活着，他想。

他的手指颤抖，沾着鲜亮的血，就像一面奇怪旗帜的碎片，之前总是被忽视，而今又重见天日。他想象这旗帜代表了一个什么样的国家，而自己当如何效忠。他还抱着汤姆，却已忘了这一点。他用另一只手触摸血迹，仿佛那片红色可以剥下来，举起来，翻过来。然后他放开汤姆，仰面躺下，那只手高举向天空。他的脑袋是一座古怪的城堡，他的双眼像哨兵一般透过闸门向外眺望，目光沿着吊桥——他的手臂——望向那些手指，那面血染的鲜亮旗帜正在阳光中颤动。

"你没事吧，道格？"汤姆问。

他的声音像是来自一眼长满碧绿苔藓的深井底部，来自水下隐秘的某处，被抹除了。

青草在他身下低语。他放下胳膊，手臂被一种绒绒的感觉包裹，在身下很远处，脚趾在鞋子里嘎吱作响。风吹过他蜕去外壳的耳朵。世界在他玻璃珠般的眼球上滑过，仿佛水晶球中闪现的画面。花朵如太阳，天空中的炽热斑点缀满林地。鸟儿一闪而过，像打水漂的石片在无垠的、颠倒的天堂之池的水面上跳跃。呼吸掠过牙齿，吸气如寒冰，呼出如烈火。飞虫闪电般地震荡着空气。他头皮上的一万根发丝生长了百万分之一英寸。他听到两只耳朵里有一对心脏在怦怦打鼓，第三颗心脏在喉咙里，手腕上还有一对，而真正的那颗在胸腔中跃动。身上的百万个毛孔张开了。

我真的活着！他想。我之前从来都不知道，或者即便知道也不记得了！

他高声地、沉默地呼喊，喊了十几次！想想，想想！他十二岁了，直到此刻！直到此刻他才发现了这件罕见的计时器，这座金光闪闪的钟，保证能走七十年；① 它就被丢在一棵树下，在两兄弟摔跤时重新被发现。

"道格，你没事吧？"

道格拉斯大吼一声，抓住汤姆翻滚起来。

"道格，你疯了！"

"疯了！"

他们滚下小丘，阳光在他们口中，在他们眼中，就像柠檬玻璃碎片。他们奋力喘息，像两条被扔到岸上的鳟鱼。他们大笑，直到哭泣。

"道格，你没疯吧？"

"没有，没有，没有，没有，没有！"

道格拉斯闭上眼睛，看见几头花斑豹在黑暗中踱步。

"汤姆！"更安静了。"汤姆……世界上的每个人……都知道自己活着吗？"

"当然。见鬼，当然知道！"

---

① 西方传统上认为人的预期寿命为七十年，出自《圣经·诗篇》第九十章第十节："我们一生的年日是七十岁。"

花豹们无声地跑向黑暗之地,眼球已不能再转动追随了。

"我希望人们都知道。"道格拉斯低声说,"哦,我真的这么希望。"

道格拉斯睁开眼睛。爸爸就高高地站在眼前,大笑,双手叉腰,衬着绿叶镶嵌的天空。他们的目光相遇。道格拉斯一下子明白了。爸爸知道,他想。这都是计划好的。他特意把我们带到这儿,好让这一切发生在我身上!他参与其中了,他什么都知道。而现在,他知道我知道了。

一只手从空中伸下来,拉住了他。道格拉斯摇晃了一下,与汤姆和爸爸站到一起。他仍是一身淤青,衣衫凌乱,心中充满困惑与敬畏。他温柔地握住自己骨节奇怪的胳膊肘,满意地舔了舔嘴唇上割破的细小伤口。然后他看向爸爸和汤姆。

"所有的桶都给我,"他说,"这一次,让我来拎所有东西。"

他们带着好奇的笑容把桶递了过去。

道格拉斯的身体微微摇晃,森林收缩凝聚,沉甸甸地浸透了糖浆,被他紧紧攥在垂下的双手中。我要感受一切能感受的,他想。让我觉得累吧,现在,让我觉得累。我绝不能忘记,我活着,我知道自己活着,但我绝不能今晚就忘了,不能明天或是后天就忘了。

蜜蜂跟随着他,狐狸葡萄和金色夏季的香气跟随着他,他拎着沉重的桶,半醉地行走。他的手指神奇地起了茧子,胳膊麻木,脚步踉跄,于是父亲抓住了他的肩膀。

"不用，"道格拉斯喃喃地说，"我没事。我很好……"

半个小时之后，青草、树根、石块、长满青苔的原木树皮的感觉印记才从他的胳膊、双腿和后背上褪去。他沉思着，让这一切渐渐溜走、逃逸、弥散开来。弟弟和沉默的父亲跟在他身后，任凭他独自在密林中寻找方向，朝着那条不可思议的公路走去。公路将把他们带回镇上……

镇上，当天晚些时候。

还有一场丰收。

爷爷站在开阔的前廊上，像一位船长，审视着前方一片不动声色的、辽阔的平静，这平静属于一个将死的季节。他询问风，询问不可触摸的天空，询问草坪，而道格拉斯和汤姆就站在那片草坪上，只问他一个人。

"爷爷，到时候了吗？现在？"

爷爷捏了捏下巴。"五百、一千、两千也没问题。没错，没错，今年的产量不错。都摘了吧，全都摘了。每送一袋到压榨机那儿，我就给你们一毛钱！"

"好嘞！"

两个男孩笑嘻嘻地弯下腰，开始采摘那些金色的花朵。花朵开满整个世界，从草坪漫溢到砖石街面上，轻轻敲打地窖的玻璃窗。它们躁动摇摆，于是到处闪耀着融化的阳光。

"每一年，"爷爷说道，"它们都横行霸道，我也由着它们。这是庭院狮子[①]的骄傲。要是盯着看，它们能在你的眼球上烧出个洞来。一种普普通通的花，一种没人在意的野草，没错。

17

但对我们来说,蒲公英是高贵的东西。"

于是,这些蒲公英被小心翼翼地摘下,装在袋中,送入地下。随着它们的到来,地窖中的黑暗也泛出了光。酿酒用的压榨机就站在一边,敞开着,冰凉。倒入的鲜花让它暖和起来。爷爷把机器挪了地方,一圈圈旋转,螺丝转动,温柔地挤压着那些收获。

"出来了……还有……"

金色的潮水,这个美妙月份的精华,顺着喷口流淌,奔涌。它们被揉碎,撇去酵液,装在干净的番茄酱瓶里,然后在黑暗的地窖里摆成亮闪闪的一排。

蒲公英酒。

这个词儿是舌尖之上的暑气。这种酒是被捕捉装瓶的夏天。现在道格拉斯知道了,他真真切切地知道自己还活着,他将在这个世界中穿梭旋转,去见证一切,触摸一切。他的某些新知识,今天这个特殊日子的一些碎片,将被封存起来,待到一月再打开。一月的某天会下着簌簌的雪,几个星期甚至几个月都不见太阳,也许到那时一些奇迹已被遗忘,需要重新唤起。既然这将是一个充满不可思议奇迹的夏季,他想把这些夏日都打捞起来,贴上标签,这样他就可以随时在这潮湿的暮色中踮起脚尖,伸手去够。

---

① 英语中蒲公英为 dandelion,估计是因为其中有 lion 一词,所以被爷爷称为庭院狮子。其实该英语词是法语中蒲公英 "dent de lion"(意为狮子牙)一词的讹传。

而在指尖那头，六月的阳光穿过一层细细的尘埃，站着一排又一排的蒲公英酒，带着清晨花朵的柔和光彩。在冬日里，透过它们窥探这世界——冰雪融化为青草，树木重新被鸟儿、绿叶和花朵占据，就像一片有蝴蝶吸风饮露的大陆。透过它们窥探，天空的颜色从铁青变为蔚蓝。

把夏天捧在手里，把夏天倒入杯中，当然只是小小的一杯，只让孩子辣一辣舌头；举杯到唇边，把夏天倾倒在口中，你血管中的季节便得以改变。

"好了，现在轮到雨水桶！"

这世上只有一种水能行：遥远湖泊中的清泉和甜美草原上的朝露，蒸腾到开阔的天空中，荡涤成团，被风冲刷飘浮九百英里，通上高压电，在凉爽的空气中凝结成滴。水滴飘落，将更多的天空收集在水晶中。从东风、西风、北风和南风之中各取一些东西，水滴就成了雨；而这雨，经过一个小时的仪式，将开始变成好酒。

道格拉斯奔跑着拿来了水瓢。他把瓢深深浸入雨水桶中。"来喽！"

这水是杯中的丝绸，清澈的、泛出淡淡蓝色的丝绸。要是喝下去，能让你的嘴唇、喉咙和心脏都变得柔软。这水必须用瓢和桶运到地窖中，在蒲公英收获的时节，与洪汛、山间溪流共同发酵。

在雪花纷飞笼罩世界、遮蔽窗棂、从人喘息的口中窃取呼吸时，即便是奶奶，也会在二月的某天消失在地窖入口。

地面之上，在这座大房子里，会有咳嗽、喷嚏、喘息和呻吟，人们如孩子般发烧，嗓子生疼，鼻子红得像瓶装的樱桃，到处都是潜伏的微生物。

然后，奶奶会像六月女神一样从地窖中出现，毛线披肩下面显然藏着什么东西。她把这宝贝带到楼上楼下每一个悲惨的房间里，把这清澈的液体连同它散发的香气一同倒入玻璃杯中，由病人一饮而尽。来自另一个季节的药物，阳光的香脂和八月午后的闲散，运冰马车在砖砌街道上驶过的微弱声响，银色窜天猴冲上云霄，割草机在蚂蚁的国度中移动，草叶如喷泉般洒落，所有这些，所有这些都蕴含在了玻璃杯中。

是的，即便是奶奶，也会去冬日地窖体验六月冒险，也会和爷爷、父亲、伯特叔叔或某些房客一样，独自静静站着，与自己的灵魂和精神召开秘密会议，与早已翻过篇的日历的最后一丝余韵交谈，与野餐、温暖的雨、麦田、新鲜爆米花和成卷干草的气息低语。即便是奶奶，也会一遍又一遍念叨那几个金色的美妙音节，就像此刻花儿被扔进压榨机时人们会念叨，就像时光长河中每一个雪白的冬季人们都会念叨。一遍又一遍，挂在嘴边，像个微笑，像黑暗中忽然出现的一束阳光。

蒲公英酒。蒲公英酒。蒲公英酒。

你听不到他们到来,也几乎听不到他们离开。草弯下腰,又挺起来。

他们来来去去仿佛淌下山坡的云影……夏天的男孩们,奔跑着。

被抛在后面的道格拉斯迷路了。喘息着,他停在河谷旁,停在微风轻拂的深渊边缘。他像鹿一样竖起耳朵,嗅到了此处已延续十亿年的危险。城镇在此处裂成两半,分崩离析。文明在此处止步。这里只有不断生长的地表,每小时有一百万生命死去又重生。

而这里的小径,无论是已踩出的还是未被踩出的,都在诉说,说男孩需要旅行,不断旅行,才能成为男人。

道格拉斯转过身。这条路是一条尘土飞扬的大蛇,蜿蜒至黄色日子里冬神居住的冰屋。那条路在七月奔向湖岸边如高炉般滚烫的沙子。另一条通向海棠树林,男孩们就隐藏在树叶中,像仍在成长的酸涩碧绿的果子。还有一条通向桃园、葡萄藤、西瓜田,那些西瓜就像一只只晒着太阳昏睡的玳瑁猫。那条曲里拐弯的路已荒废了,但它通往学校!而这条笔笔直直的，就像一支箭，直奔周六的牛仔电影午后场。还有这条，与溪水并行，通往城外的荒野……

道格拉斯眯起眼睛。

谁能说清城镇或荒野究竟是从哪儿开始的？谁能说清什么是城镇，什么是荒野？总有那么个无法定义的地方，两者在那儿争斗，其中一方能暂时取胜，在一个季节的时间里占据了某条大路、某座幽谷、某道隘口、某棵树、某片灌木丛。浩瀚的陆地花草海洋，它纤弱的浪涛就从偏僻的农场乡野开始拍击，随着季节的挺进向内移动。每个夜晚，荒野、草原、远方乡村沿着小溪流过河谷，涌入小镇，带着一股草与水的味道。镇子仿佛荒废了，一片死寂，归于泥土。而每个早晨，河谷又朝镇子扩张了一点点，威胁要淹没车库如淹没漏水的划艇，吞噬那些因受雨水洗礼而锈迹斑斑的破旧汽车。

"嘿！嘿！"约翰·赫夫和查理·伍德曼奔跑着，穿过河谷、小镇和时间的谜题，"嘿！"

道格拉斯沿着小路慢慢往下走。河谷的确是一个能让你观察到两种生命方式的地方：人类的方式和自然世界的方式。毕竟，城镇只是一艘载满不断移动的幸存者的大船，他们日复一日把青草往外舀，铲除锈迹。一叶救生艇，一间棚屋，母舰的亲属，时不时迷失于季节的平静风暴中，在白蚁和蚂蚁的无声浪涛中沉入吞咽一切的河谷，感受蚱蜢轻快的跳跃，如干透的纸张在火热的野草丛中窸窣作响。接着，它因层层蛛网变得隔音，最终，在瓦砾和焦油的雪崩中，雷暴用蓝色的霹雳将之点燃,它像着火的神殿一样坍塌,变成一团篝火,同时闪电按动快门,拍摄下了荒野的胜利。

吸引道格拉斯的正是这一点——年复一年,人类与土地之间谜一般的拉锯战。他知道城镇永远不会真正获胜,城镇只是存在于平静的危险之中,配备了割草机、除虫剂和树篱剪。只要文明命令它"继续游",它就稳稳地浮于海上。但是,当最后一人停下来时,当他的铲子和割草机碎成锈蚀的麦片时,每栋房子都已准备好被绿色潮水淹没,被埋葬,直到永远。

镇子。荒野。房屋。河谷。道格拉斯朝前看看,又朝后看看。可要如何将两者联系起来,如何理解这种交互……

他的目光向下移到地上。

夏天的第一项仪式——摘蒲公英,开始酿酒——已经结束了。现在,第二项仪式正等着他,他却静静站着。

"道格……快来啊……道格……!"男孩们奔跑着,远去了。

"我活着,"道格拉斯说,"但这有什么用呢?它们比我更鲜活。为什么?为什么呢?"

他独自站着,已然知道答案,低头凝视自己一动不动的双脚……

当天晚上,道格拉斯和父母以及弟弟汤姆看完电影一起回家,他在商店明亮的橱窗里看到了那双网球鞋。他迅速瞥向别处,但脚踝已被抓住了,他双脚悬空,然后开始狂奔。大地旋转。随着身体的奋力冲刺,头顶的商店遮阳棚啪啪地扇动帆布翅膀。母亲、父亲和弟弟静静地走在他两侧。道格拉斯却是在往后走,盯着身后午夜橱窗里的网球鞋。

"电影挺好看的。"母亲说。

道格拉斯喃喃地说:"是的……"

已是六月,早就过了买那双鞋的时节。可它们是如此特别,就像夏天的雨落在步道上一样安静。六月与大地充满了初生之力,每一处的每一件事物都在运动。青草仍在从乡野涌来,包围了人行道,困住了房舍。小镇随时都可能倾覆、沉没,在三叶草和杂草中留不下任何动静。而道格拉斯却站在这里,被困在僵硬的水泥和红砖街道上,几乎动弹不得。

"爸爸!"他脱口而出,"刚才那个橱窗里,那双奶油海绵轻便鞋……"

父亲甚至没有转身。"你为什么需要一双新的运动鞋?你能告诉我理由吗?"

"嗯……"

因为它们让你感觉像是每年夏天第一次脱下鞋子在草地上奔跑。像是冬天把脚丫子从热乎乎的被窝里伸出去,让寒风从敞开的窗户外突然吹过来,你把脚在外面晾了很久才缩回被窝里,你感受自己的双脚,它们就像结实的积雪。那双网球鞋的感觉就像每年第一次在潺潺小溪中涉水,看见自己的脚在水面之下,因为光线折射,看起来比水面上真实的身体更靠近下游半英寸。

"爸爸,"道格拉斯说,"这很难解释。"

不知何故,造网球鞋的人就是知道男孩们需要什么、想要什么。他们把棉花糖和盘绕的弹簧装在鞋底,其余部分则都用在荒野中漂白、烧制的草茎编织。在鞋子柔软壤土的深处,隐藏着雄鹿纤细而坚韧的肌腱。造那双鞋的人一定看过很多风吹拂树木,很多河流向湖泊。不管那是什么,它就在那双鞋子里,那就是夏天。

道格拉斯想用语言表达这一切。

"我知道,"父亲说,"但是去年的运动鞋怎么了?你为什么不把那一双从壁橱里找出来呢?"

唉,他替住在加利福尼亚的男孩感到惋惜,他们一年到头都穿网球鞋,从未体会过冬季结束的感觉——脱下盛满雪与雨的铁般坚硬的皮鞋,赤脚跑上一天,然后穿上当季第一双新网球鞋,那感觉,比赤脚更棒。魔法就在那双新鞋里。这魔法可能在九月一日失效，但现在是六月下旬，法力依旧充足，这样的新鞋能让你跃过树顶、河流和房舍。如果你愿意，它们还能让你飞越栅栏、人行道和狗儿。

"爸爸你不明白吗？"道格拉斯说，"我就是不能再穿去年那双了。"

因为去年那双鞋已经死了。去年他刚开始穿的时候，那双鞋挺好的。但是到了每年夏末，你总会发现，你总会知道，你穿着它们已不再能飞越河流、树木和房屋了，它们已经死了。但现在又是新一年，他觉得这次有了这双新鞋，他可以做任何事情，任何事情。

他们走上台阶，迈进家门。"你可以攒钱，"爸爸说，"再过五六个星期——"

"那时夏天就结束了！"

灯熄灭了，汤姆睡着了，道格拉斯躺在床上看着自己的脚丫。它们远在床尾，沐浴着月光，摆脱了沉重的铁鞋，大块大块的沉重冬日已从脚上滑落。

"理由。我得想出买那双鞋的理由。"

好吧，人人都知道朋友们会在镇子周围的山丘上撒野，惊扰奶牛，扮演天气变化的晴雨表，晒太阳，像日历一样每天撕去一层，好吸收更多的阳光。要逮住那些朋友，你必须跑得比狐狸和松鼠还快许多。至于这座镇子，它充满了因暑热而变得暴躁的敌人，所以记得冬季的每一次争论和羞辱。找到朋友，抛弃敌人！这句正是奶油海绵轻便鞋的口号。世界是不是跑得太快了？想迎头赶上吗？想要变得警觉，保持警觉吗？那就穿上轻便鞋吧！轻便鞋！

他举起存钱罐，听到微弱的叮当声，那是轻飘飘的一点儿硬币。不管你想要什么，他想，你总得自己想辙。现在正是深夜，我得找到穿越森林的小径……

镇中心商店的灯一盏接一盏地熄灭了。一阵风吹进窗户，如一条向低处流淌的河，他的双脚也想随之而去。

在梦里，他听到一只小兔在温暖的草地上跑啊跑啊跑。

桑德森老先生在自己的鞋店里转来转去，就像宠物店老板在店铺里转来转去一样——笼子里有来自世界各地的动物，而他一路上短暂地抚摸每一只。桑德森先生用双手轻抚橱窗里的鞋子，对他来说，有的鞋像猫咪，有的像小狗；他满怀关切地抚摸每一双，调整鞋带，摆正鞋舌。然后他站在地毯正中央，环顾四周，点点头。

仿佛有一阵雷声传来，越来越响。

片刻之前，桑德森鞋店的门口还是空荡荡的。片刻之后，道格拉斯·斯波尔丁就笨拙地杵在那儿，低头瞪着自己的皮鞋，好像他没法把那两只沉重的东西从水泥地上拔出来。他站定时，雷声也停止了。现在，道格拉斯只敢看着自己双手中捧着的零钱，缓慢而痛苦地从周六中午的明亮阳光中走出来。他小心翼翼地把一摞摞五分、一毛和二十五分的硬币堆放在柜台上，就像一个正琢磨棋局的人，担心下一步会把自己带入阳光中还是阴影深处。

"你不用开口,我知道!"桑德森先生说道。

道格拉斯愣住了。

"首先,我知道你想要买什么,"桑德森先生说,"其次,我每天下午都看到你站在橱窗前;你难道以为我看不见?你错了。第三,我就直说全称吧,你想要皇冠奶油海绵轻便网球鞋:'就像你脚上的薄荷脑!'第四,你想赊账。"

"不是!"道格拉斯叫道,喘着粗气,像在梦里跑了一整夜,"我有比赊账更好的办法!"他继续喘着说道,"在我告诉您之前,桑德森先生,我得问您一个小问题。您还记得自己最近一次穿轻便运动鞋是什么时候吗,先生?"

桑德森先生的脸色暗了下来。"哦,是在十年、二十年,大概三十年前了吧。怎么了?"

"桑德森先生,为了对得起顾客,先生,您不觉得您至少应该试一下自己卖的网球鞋吗?哪怕就试一分钟,好知道它们穿在脚上究竟什么感觉。人们要是不经常尝试的话,就会忘记那种感觉。联合雪茄店的人就抽雪茄,不是吗?我想,糖果店的人应该也会亲自尝一尝商品的。所以……"

"你应该注意到了,"老人说,"我穿着鞋子呢。"

"但您穿的不是运动鞋啊,先生!您只有对自家店的运动鞋赞不绝口,才能把它们推销出去,可是如果您不了解这双鞋,又怎么能狠狠地夸它们呢?"

桑德森先生后退了一步,与这个激动的男孩保持距离,一只手摸了摸下巴。"这个嘛……"

"桑德森先生,"道格拉斯说,"您卖东西给我,我也要卖给您一件同样有价值的东西。"

"孩子,我穿上这双运动鞋对销售来说是绝对必要的吗?"老人问道。

"我真的希望您穿上试试,先生!"

老人叹了口气。一分钟后,他坐下来,轻轻地喘息着,给套在狭长双脚上的网球鞋系鞋带。靠着他西装的深色袖口,那双鞋看起来像是无关且异质的东西。桑德森先生站了起来。

"感觉如何?"男孩问。

"你问我感觉如何,我说感觉很好。"他准备再次坐下。

"等一下!"道格拉斯伸手阻止,"桑德森先生,现在您能不能来回晃一下,蹭一蹭鞋底,稍微蹦一蹦,听我把话说完?是这样的:我把钱给您,您给我这双鞋,我还差您一元钱。但是,桑德森先生,但是——我一旦穿上这双鞋,您知道会发生什么吗?"

"什么?"

"砰!我给您寄包裹、取包裹,我给您端咖啡,替您丢垃圾,我还为您跑邮局、电报局、图书馆!您每分钟能看见十二个我进进出出。感受一下这双鞋,桑德森先生,感觉一下它们能带我走多快!里面所有的弹簧!您感觉到鞋里的奔跑了吗?感觉到了吗?它们抓着您的双脚,不让您孤零零的,也不喜欢您只是站在那儿。感觉到了吗?那些您懒得去办的杂务,我干起来得有多麻利？您舒舒服服留在凉爽的店铺里，而我在镇上奔来跑去！但那真不是我的本领，都是因为这双鞋。它们会像疯了一样穿小巷，抄捷径，又跑回来！然后再次出发！"

桑德森先生站在那儿，被这串滔滔不绝的话语惊呆了。话音响起时，他已顺流远行；他开始深陷鞋中，活动脚趾、足弓和踝关节。在敞开的店门外吹来的微风中，他轻悄悄地前后摇晃。网球鞋无声地没入地毯深处，仿佛那是丛林中的草地，是壤土，是弹性十足的黏土。在发酵的面团里，在顺从的土地上，他的脚跟庄重地弹了一下。种种情绪从他脸上急促掠过，如同许多开了又关的彩灯。他的嘴微微张开。慢慢地，他的身体不再摇动，男孩的话也说完了。两人站在原地，在宏大而自然的沉默中凝视彼此。

鞋店外面，几个人从烈日下的人行道上走过。

老人和男孩依旧站着，男孩兴高采烈，老人一副得到了启示的表情。

"孩子，"老人终于说道，"五年后，你愿意在这家店铺找一份卖鞋的工作吗？"

"天哪，谢谢，桑德森先生，但我还不知道自己以后要做什么。"

"孩子，不论你想做什么，"老人说，"你都能做到。没人能阻止你。"

老人轻快地穿过店面，走到堆放着无数鞋盒的墙边，拿了一双鞋给男孩。老人开始在纸上列清单，男孩穿上鞋系好鞋带,然后站在一旁等着。

老人把清单交给他。"这是今天下午你要替我做的事。完成之后咱们就两清了,你就被解雇了。"

"谢谢您,桑德森先生!"道格拉斯蹦蹦跳跳地离开。

"等一下!"老人喊道。

道格拉斯停下脚步转过身来。

桑德森先生往前靠了靠。"鞋子感觉如何?"

男孩低下头,看见自己的双脚浸在河流深处,浸在麦田里,浸在已把他赶出镇子的风中。他抬头看向老人,眼中火辣辣的,嘴巴在动,但一句话也说不出来。

"羚羊?"老人问道,从男孩的脸一直打量到鞋,"瞪羚?"

男孩想了想,犹豫片刻,迅速地点了点头。几乎在一瞬间,他消失了。伴着一声低语,他转身离开。门口空空荡荡。网球鞋的声音消失在丛林的酷热中。

桑德森先生站在艳阳高照的店门口,聆听。很久以前,当他还是个做梦的男孩时,他就记得那个声音。优美的造物在苍穹之下跳跃,穿过灌木丛,在树下,在远处,留下的只有它们奔跑的轻柔回响。

"羚羊,"桑德森先生说,"瞪羚。"

他弯腰捡起男孩丢弃的沉重冬靴,里面盛满了被遗忘的雨和融化已久的雪。他走出刺目的阳光,从容、轻悄、缓慢地走着,重返文明……

他拿出一本黄色的五分钱便笺簿，又拿出一根黄色的提康德罗加铅笔。他翻开便笺簿，舔了舔铅笔。

"汤姆，"他说，"你和你那些统计数据给了我一个主意。我也要这么做，追踪各种事情。比如说，你知道每年夏天我们做的事情，其实我们已经在前一整个夏天里做过一遍又一遍了吗？"

"比如什么，道格？"

"比如酿蒲公英酒，比如买新网球鞋，比如放这一年的第一支蹿天炮，做柠檬水，脚丫子里扎刺，摘野狐狸葡萄。每年都是同样的事情，同样的方式，没有变化，没有区别。这就占了半个夏天，汤姆。"

"那另外半个呢？"

"都是我们第一次做的事情。"

"比如吃橄榄吗？"

"比那个重要。比如发现爷爷或爸爸并不是无所不知的。"

"可他们就是无所不知啊，你不许胡说！"

"汤姆，别跟我争了，我已经把这一条记在'重大发现'

类下面了。他们不是什么都知道。不过那也没关系。这一点也被我发现了。"

"你的清单里面还有什么疯狂的新东西?"

"我正活着。"

"嘿,这可不是什么新闻!"

"思考这件事,注意到这件事,这是新的。你做一些事情,但你并没去观察。然后,你突然开始用心看,并且看到了自己在做什么——这可是第一次,真的。我打算把夏天分成两部分记录。第一部分的标题是:仪式。今年第一瓶根汁汽水。今年第一次光脚在草地上跑。今年第一次差点淹死在湖里。第一个西瓜。第一只蚊子。第一次收获蒲公英。这些是我们做了一遍又一遍却从未思考过的事情。现在翻到本子的后面,像我刚才说的,这里记'重大发现',或者叫'重大启示'。'启示'是个挺厉害的词语,或者'灵感',明白了吗? 换句话说,如果你做了一件熟悉的事情,比如把蒲公英酒装瓶,就把它记在'仪式'下面。然后你思考这件事情,不管你想到了什么,疯狂或者不疯狂都行,你就把它记在'重大启示'下面。关于蒲公英酒,我写了这些:你每装一瓶,就是把一大块一九二八年安全储存了起来。你觉得怎么样,汤姆?"

"你在说什么,我早就跟不上了。"

"我再给你看一条。正面'仪式'这部分我记了:六月二十四号上午,第一次跟爸爸争吵,爸爸舔了一口'一九二八年夏天'。后面'启示'部分我记的是:大人和孩子吵架是因为他们属于两个不同的种族。看看他们,和我们不一样。看看我们,和他们不一样。不同的种族,'两者永远没有交集'。汤姆,不管你同不同意,事实就是这样!"

"道格,你说中了,你说中了!一点儿没错!这正是我们没法跟爸爸妈妈好好相处的原因。麻烦,麻烦,从早到晚只有麻烦!嘿,你真是个天才!"

"在接下来的三个月里,你要是遇到做过一遍又一遍的事情,告诉我。仔细想想那件事,然后把结论也告诉我。到了劳动节那天,咱们把整个夏天加起来,看看能得到什么!"

"我现在就有一个数据给你。拿笔记下来,道格。这个世界上有五十亿棵树——这是我查到的。每棵树下都有影子,对吧?那么,黑夜是怎么来的呢?我告诉你:是从五十亿棵树下爬出来的影子拼成的!想想看!影子在空气中跑来跑去,你可以说它们在搅浑水。如果我们能想个办法让那该死的五十亿个影子留在树下,我们就可以熬到半夜了,道格,因为没有黑夜了!这就是我贡献的:一个旧知识和一些新思考。"

"没错,确实有新有旧。"道格拉斯舔着黄色的提康德罗加铅笔,他非常喜欢"提康德罗加"这个名字。"你再说一遍。"

"五十亿棵树下都有影子……"

是的，夏天是一项仪式，每项仪式都有其自然的时间和地点。柠檬水或冰茶制作仪式，酿酒仪式，穿鞋或不穿鞋仪式。还有最后一项，紧随着其他各项，带着宁静尊严的——前廊秋千仪式。

夏季第三天下午四五点，爷爷再次现身于屋门前，静静凝视前廊天花板上那两个空环。他走到排列成行的天竺葵花盆旁边，像亚哈王一般审视着柔和的日光与天色，他唾湿手指以试探风向，然后脱下外套，看看在吹西风的时候衬衣袖子感觉如何。他与其他鲜花前廊上的船长们互相致意，亲自走出去检查柔软的地面和温暖的天气，完全不顾隐于门廊黑色纱门后面的妻子如模糊的手影小狗般唠唠叨叨说个没完。

"可以了，道格拉斯，咱们把它挂起来吧。"

他们在车库里找到了那把象轿椅，掸了掸灰尘，抬了出来。这就是为安静的夏夜节日准备的秋千椅，爷爷用链子把它挂在前廊天花板的孔眼上。

道格拉斯体重比较轻，第一个坐上了秋千。过了一会儿，爷爷小心翼翼又一本正经地坐到了男孩身边。就这样，他们坐着，对彼此微笑、点头，无声地前后摆动。

十分钟后，奶奶拿着水桶和扫帚出来冲洗、清扫前廊。其他椅子——摇椅和直背椅，也被人从房子里请了出来。

"这个季节就得早一点儿出来坐，"爷爷说，"趁着蚊子还不多。"

七点左右，如果你站在餐厅窗外，就会听到椅子从桌旁移开的声音，接着，有人在试弹一架琴键发黄的旧钢琴。火柴被划燃，第一摞餐盘在洗碗水里冒泡，又在壁架上叮当作响。某处隐约传来留声机的声音。然后，随着暮色渐深，在黄昏街道两侧一栋又一栋的房屋前，在橡树和榆树无垠的华盖下，在阴凉的门廊上，人们纷纷出现，就像晴雨钟里那些能判断天气好坏的小人儿一样。

伯特叔叔，也许是爷爷，然后是父亲，还有一些堂表兄弟；男人都先走出来，走入糖浆般的夜晚，吞云吐雾，把女人的温言软语留在渐渐凉快下来的厨房里，让她们整理属于她们的宇宙。接着，前廊下出现第一声男人聊天的话音；脚都跷了起来。男孩们围在磨旧的台阶或木栏杆周围，晚上某一刻，肯定有什么要摔倒在这里，一个男孩或一盆天竺葵。

最后，奶奶、太奶奶和母亲如鬼魅般在纱门后徘徊片刻，走出来。男人们起身让出空间，让出座位。妇女们随身带着各种各样的扇子、叠起的报纸、竹质掸子或喷了香水的手帕，一边说话一边在身前扇风。

他们谈了一晚上的话，第二天没人记得。大人们谈论的事情对谁都不重要；重要的是，说话声在三面环绕前廊的娇嫩蕨类植物之间回荡；重要的是，夜色浸润整座镇子，仿佛黑水倾倒在屋舍上，雪茄头上火星明灭，谈话在继续，继续。女人们的闲话飘散出去，扰乱了第一批蚊子，于是它们在空中疯狂舞蹈。男人们的声音渗入老房子的木材中；如果你闭上眼睛，把脑袋贴在地板上，你能听见男人的声音隆隆作响，就像一场来自远处的政治地震，持续不断，音调扬起或降下。

道格拉斯四肢伸开，躺在前廊干燥的木板上，他对这些说话声感到完完全全的满足和安心。这些声音将永远持续下去，汇成一股喃喃低语的溪流，流过他的身体，流过他紧闭的眼睑，流过他昏昏欲睡的耳朵。摇椅的声响像蟋蟀，蟋蟀的鸣叫则像摇椅，餐厅窗户边覆满苔藓的雨水桶滋生了另一代蚊子，为未来无穷无尽的夏天提供了一个话题。

坐在夏夜的前廊上乘凉是如此惬意，如此轻松，如此令人安心，永远不叫人觉得厌烦。这些是恰当的、永续的仪式；烟斗透出火光，苍白的双手在昏暗的光线中织着毛线，享受用锡箔包裹的冰凉的爱斯基摩派雪糕，所有人来来往往。因为在夜晚的这个或那个时刻，每个人都会来这里串门——两侧的邻居，街对面的熟人。芙恩小姐和洛伯塔小姐开着电动代步车嗡嗡地驶过，带汤姆或道格拉斯绕着街区兜一圈，然后走到大房子前坐下，朝滚烫的脸颊扇风。回收废品的乔纳斯先生把马和车都停在巷子里，走到台阶前。他憋了一肚子的话，都像是以前从未有人说过的，而且不知怎的，他的话确实听着新鲜。最后是孩子们，眯着眼睛玩了最后一场捉迷藏或踢罐子游戏，正气喘吁吁、满面红光。他们会像回旋镖一样悄悄地沿着无声的草坪走回来，沉入前廊无休无止的说话声中，变得沉静、温柔……

躺在蕨叶与青草的夜晚之中，躺在懒洋洋的低喃将黑暗交织的夜晚之中，哦，这是多么难得的享受啊。大人们已经忘记了道格拉斯就在那儿，他躺着，纹丝不动，一声不响，留心聆听他们为他、为他们自己的未来做出的种种计划。那些话语如吟诵，在月光映照下的香烟烟雾中飘散，而飞蛾像迟开的苹果花一样活跃起来，绕着远处的街灯轻轻扑扇翅膀。说话声仍在继续，已然进入未来的岁月……

这天晚上,在联合雪茄店门前,男人们聚集在一起,在话语中焚烧飞艇,击沉战舰,点燃炸药炸翻天。总而言之,他们品味着瓷烟嘴里的细菌,那些细菌总有一天能为他们预防感冒。雪茄的烟雾聚成湮灭的云朵,又被吹散。云雾笼罩着一个紧张的身影,隐约可见他正听着那些挖坟掘墓的讨论和"尘归尘,土归土"之类的腔调。那是镇上的珠宝匠列奥·奥弗曼,他睁大水汪汪的黑眼睛,终于举起孩子般的双手,沮丧地喊出了声:

"别说了!看在上帝的分上,别搞得好像在墓地里似的!"

"列奥,你说得太对了。"斯波尔丁爷爷说道。他正带着两个孙儿,道格拉斯和汤姆,享受晚间散步。"可是,列奥,只有你能让这些满嘴晦气话的人闭嘴。发明一件能让未来更光明、更周全、充满无限欢乐的东西吧。你造过自行车,修好了投币弹球机,还当过咱们镇上的电影放映员,不是吗?"

"对呀,"道格拉斯说,"给咱们发明一台快乐机器吧!"

男人们都笑了。

"我才不干呢,"列奥·奥弗曼说,"到目前为止,我们都利用机器做过些什么好事？让人们哭泣吗？没错！每当人类觉得似乎能与机器好好相处的时候——嘣！某人多加了一个齿轮，飞机就开始朝我们扔炸弹，汽车就能把我们撞下悬崖。那么，这个男孩就不该提这种要求吗？不！不是这样的……"

列奥·奥弗曼的声音渐不可闻，他走到路边抚摸自己的自行车，仿佛那是一头动物。

"我又有什么好失去的呢？"他喃喃地说，"手指头上的一点儿皮，几磅金属，几个钟头的睡眠吗？我要尝试一把，我发誓！"

"列奥，"爷爷说，"我们只是说说——"

但列奥·奥弗曼已经离开了，蹬着车穿越温暖的夏夜，他的声音飘了回来："……我会发明出来的……"

"嘿！"汤姆惊叹道，"我打赌他真的能做到。"

望着他在夜晚的砖石路面上骑行，你能看出来列奥·奥弗曼是个随遇而安的人。他享受着当熔炉般的热风吹来时，蓟花在热草丛中摇摆的模样，或是电线在被雨淋湿的电线杆上嘶嘶的声响。他在不眠之夜沉思——这并不令他痛苦，反而乐在其中——宇宙大钟是越走越慢，还是会自己上紧发条，谁能分辨呢？在许多个夜晚，他屏息聆听，一会儿认为宇宙越走越慢，一会儿又觉得它会自己上发条……

他边骑自行车边想，人生之中有多少事情算得上真正的冲击？出生，成长，衰老，死亡。关于第一件事，你没什么可做的。但是，剩下的那三件呢？

他的快乐机器有着金光闪闪的辐条，在他脑中的天花板上旋转起来。一台机器，可以把男孩们从桃子绒毛变成荆棘，把女孩们从毒堇变成甜桃。在未来的某些年岁，你或许会在夜晚枯躺于床上，看自己的影子清晰地斜倚在地上，心跳加速至数十亿次；而他的发明必然能让人在落叶中安心入睡，仿佛秋日的男孩们，舒舒服服地散落在干枯的书堆之间，满足于成为世界之死的一部分……

"爸爸！"

他的六个孩子，索尔、马歇尔、约瑟夫、丽贝卡、露丝、娜奥米，年纪从五岁到十五岁不等，都冲过草坪来迎他的自行车，每个孩子都立即触碰到了他。

"我们等着你呢。有冰淇淋！"

朝前廊走去，他能感觉到黑暗中妻子在微笑。

他们舒适地、安静地吃饭，五分钟过去了，他挖起一勺月亮色的冰淇淋，好像那是宇宙的全部秘密，需要仔细品尝。他说："莱娜，我想试着发明一台快乐机器，你觉得怎么样？"

"出什么事了？"她赶紧问。

爷爷陪道格拉斯和汤姆散步回家。半路上，查理·伍德曼、约翰·赫夫和其他几个男孩跑了过来，像一群流星，他们的引力如此之大，甚至把道格拉斯从爷爷和汤姆身边拉开，把他带向河谷。

"别走丢了，孩子！"

"不会的……我不会的……"

男孩们冲入黑暗中。

汤姆和爷爷默默走完了剩下的路，他们走进家门时，汤姆才开口："天哪，一台快乐机器——这也太厉害了吧！"

"胆子尽管放大一点。"爷爷说。市政厅的大钟敲了八下。

市政厅的大钟敲了九下，时间已经不早了，夜色深沉地笼罩着这条小小的街道，街道位于一座小镇，小镇位于一个大州，大州位于一片大陆，大陆位于一颗名为地球的行星，行星正在宇宙的深渊中瞄准某处或漫无目的地俯冲。汤姆能感受到那漫长坠落的每一英里。他坐在前门的纱窗旁，望向屋外奔涌的黑暗，那黑暗看起来非常无辜，仿佛是静止不动的。只有闭上眼睛躺下时,你才能感觉到世界在床下旋转,一片黑暗之海涌入,拍打并不存在的悬崖,掏空了你的耳朵。

有一股雨的味道。汤姆身后,母亲正在熨衣服,把水从顶着软木塞的番茄酱瓶子里洒到窸窣作响的干衣服上。

大约一个街区外,有一家店还在营业——辛格太太的铺子。

最后,就在辛格太太要打烊的时候,母亲心软了,对汤姆说:"快去买一品脱冰淇淋吧,叫她盛的时候一定要压结实。"

汤姆问能否在上面舀一勺巧克力,因为他不喜欢香草味,妈妈同意了。他攥着钱,光脚跑过夜晚温暖的水泥人行道,在苹果树和橡树下,向小商店奔去。小镇是如此安静遥远,你只能听到蟋蟀在遮住了星星的木蓝丛后面鸣叫。

他的光脚丫子拍打着人行道。他穿过街道,看见辛格太太正用意第绪语哼着歌,在店铺里笨拙地走来走去。

"一品脱冰淇淋?"她问,"上头来一勺巧克力的?好嘞!"

汤姆观看她挪开冰淇淋柜的金属盖,抄起球形勺,把纸品脱盒里塞得满满当当,念叨着:"上头来一勺巧克力的,好嘞!"他给了钱,取过冰凉冰凉的盒子,往额头和脸颊上擦了擦,笑起来,光着脚咚咚咚地往家走。在他身后,孤单小店的灯光熄灭了,只有街角的路灯还亮着,整座城市似乎都要睡了。

推开纱门,他发现母亲还在熨衣服。她看起来很热,有些烦躁,但还是笑了。

"爸爸什么时候开完会回来?"他问。

"大概十一点或十一点半吧。"母亲回答。她把冰淇淋拿到厨房,分成了几份。汤姆得到了有巧克力的那份,母亲也给自己盛了一份,然后把剩下的收起来。"等道格拉斯和你爸回来吃。"

他们坐下来享用冰淇淋,被宁静深沉的夏夜包裹。母亲和汤姆自己以及围绕着这栋街边小房子的夜色。他把每一勺冰淇淋都舔得干干净净,然后再挖下一勺。妈妈把熨衣板收好,把热熨斗放在敞开的盒子里晾着,坐在留声机旁边的扶手椅上,吃着甜点,说道:"天哪,今天真热。地面吸收了所有的热气,晚上释放出来。睡觉又得黏黏糊糊出一身汗。"

两人只是干坐着聆听夜晚的声音,被每一扇门窗和彻底的寂静压制着。因为收音机没电了,而且他们已经把尼克伯克四重唱、艾尔·乔森和两只黑鸦喜剧组合的唱片都听了个遍。所以汤姆只是坐在硬木地板上,看着外面的黑暗、黑暗、黑暗,他把鼻子顶在纱门上,直到鼻尖的皮肤被压出了一个个黑色的小方块。

"道格在哪儿呢?都快九点半了。"

"他会回来的。"汤姆说道,他确信道格拉斯一会儿就回来。

他跟着妈妈出去洗碟子。在这被烘焙过的夜晚,勺子或盘子发出的每一个声响都被放大了。他们默默走到起居室,挪开沙发靠枕,然后一起猛地把坐垫拉开,把沙发伸展成一张双人床。母亲整理床铺，利落地拍击枕头，好让它们蓬松起来，能支撑脑袋。接着，就在男孩伸手解衬衫扣子的时候，她说："等一会儿，汤姆。"

"怎么了？"

"我让你等一会儿。"

"妈妈，你看起来怪怪的。"

妈妈坐了一会儿，然后站起来，走到门口呼唤："道格拉斯，道格拉斯，道格！道格拉斯——"汤姆听见她叫了一遍又一遍。她的呼唤飘入夏夜温暖的黑暗中，再也没有回来。回声仿佛心不在焉。

道格拉斯。道格拉斯。道格拉斯。

道格拉斯！

汤姆坐在地板上，有一种寒意，不是冰淇淋，不是冬季，也不是夏日暑热的一部分。它渗透全身。他注意到妈妈的眼神闪烁飘忽，注意到她犹豫不决精神紧张的样子，注意到所有这些迹象。

她打开纱门，迈入夜色之中。她走下台阶，又走下前门的人行道，挨着丁香花丛。他听着她移动的脚步。

她再次呼喊。

寂静。

她又喊了两遍。汤姆呆坐在屋里。现在道格拉斯随时都可能在狭长街道的尽头回答："我在这儿呢，妈妈！没事，妈妈！嘿！"

但他没有回答。在之后的两分钟里,汤姆坐在那儿看着铺好的床,看着无声的收音机、无声的唱片机,看着枝形吊灯的玻璃骨架静静地发光,看着地毯上猩红色和紫色的花饰。他故意用脚趾踢床,想看看疼不疼。挺疼的。

他正嗷嗷叫时,纱门开了,母亲说:"来吧,汤姆。咱们出去溜达一圈。"

"去哪儿?"

"就走到街角。走吧。"

他拉着她的手。母子俩一同沿着圣詹姆斯街往前走。脚下的水泥路仍是温热的,蟋蟀在渐沉的黑暗中叫得越发响亮。他们走到一个街角,转弯,朝西河谷走去。

远处一辆汽车驶过,车灯闪烁。周围完全没有生气、光亮和活力。

时不时有还没睡的人家,窗户里透出方形的微弱的光,向他们身后越退越远。但是大多数暗沉沉的房子都已经入睡了,在几处没点灯的地方,还有居民坐在前廊上低声夜话。走过某栋房子时,你听到秋千在嘎吱作响。

"真希望你爸爸在家。"母亲说,她的大手紧紧抓着他的小手,"等我把你哥哥找出来,看我怎么收拾他。'孤身客'又回来了,又在杀人。再没有人是安全的。你永远不知道'孤身客'什么时候会在哪里出现。所以老天,等道格回家了,我非打他的屁股,把他揍个半死不可。"

现在他们又走过一个街区,到了教堂街和格伦罗克街交叉处,正站在德国浸信会教堂圣洁的黑色影子旁。教堂后方一百码之外就是河谷。他能闻到。那儿有一种属于阴暗下水道和腐烂树叶的浓绿色气味。这是一条蜿蜒穿过城镇的宽阔河谷——白天已是一片丛林,晚上应当离得远远的,母亲经常这么说。

德国浸信会教堂离得这么近,他本该感到安心,但他没有,因为这座建筑没透出灯光,冰冷无用,如同河谷边缘的一片废墟。

他才十岁。他对死亡、害怕或恐惧知之甚少。六岁时,死亡是棺材里的那尊蜡像。太爷爷过世,看起来像棺木里一只倒下的巨大秃鹫,沉默、孤僻,不再教育他如何做一个好孩子,不再简洁地评论政治。七岁时,死亡是他的小妹妹。那天早晨醒来,他望向她的婴儿床,妹妹用一种盲目、忧郁、僵硬、冰冷的目光盯着自己,直到大人拿着一只小柳条篮来把她带走。死亡是四个星期后,他站在她的高脚椅旁,突然意识到她再也不会坐在上面又笑又哭,以她的出生惹他嫉妒了。那就是死亡。死亡是行踪莫测的孤身客,在树后行走站立,在乡野中等待,一年一两次,来到这座小镇,这些街道,来到这许多没有光线的地方。过去三年里,他杀死了一个、两个、三个女人。那就是死亡……

但这不仅仅是死亡。这个夏夜,在星空之下,你一生中所能感受到、看到、听到的全部,一下子将你淹没。

离开人行道,他们走上一条饱经踩踏、杂草丛生的卵石小路,蟋蟀在响亮饱满的鸣唱中跳跃。他顺从地跟在勇敢、美丽、高大的母亲身后,她是宇宙捍卫者。然后,他们一起走向、抵达、停留在文明的尽头。

河谷。

此时此地,在丛林黑暗的深渊里,突然出现了所有他永远不会知道、不会理解的事情。一切没有名字的东西都活在拥挤的树影中,活在腐烂的气味中。

他意识到自己和母亲形影相吊。

母亲的手颤抖了一下。

他感觉到了那一丝颤动……为什么?母亲比他更高大、更强壮、更聪明,不是吗?她也感受到了那种无形的威胁,那种从黑暗中向外摸索的感觉,那种潜伏在表象之下的恶毒吗?难道,长大不会带来力量吗?成年无法慰藉心灵吗?人生没有避风港?没有足够强大的肉体城堡能抵挡午夜的攻击?疑惑的洪流将他冲走。冰淇淋仿佛再次凝固于他的喉咙、肠胃、脊柱和四肢;霎时他感到寒冷,就像吹了十二月的风。

他意识到所有人都是这样,凡人皆孤独。一种单一性,社会的一个单元,却总是处在恐惧中。比如在这儿,站着。如果他尖叫,如果他大声呼救,会有区别吗?

黑暗可能会迅速席卷而来,在某个寒冷彻骨的时刻,一切都将结束。很久之后黎明才会到来,很久之后警察才会拿着手电筒刺探黑暗、凌乱的小径,很久之后人们才会心惊胆战地踩着那些卵石来救他。即便他们现在离他不到五百码——这当然更好——黑暗的潮水只需三秒钟便能涌起,带走他十年的短暂生命而后……

生活的孤独本质冲击着他开始颤抖的身体。母亲也是孤身一人。她不能指望婚姻的神圣，不能指望家人爱意的庇护，不能指望合众国宪法或城市警察。在这一瞬间，她无法指望任何人，除了她自己的内心，而在那里，她只能找到意志无法控制的厌恶和恐惧。在这一瞬间，这只是一个属于个体的问题，在寻求一个属于个体的解答。他必须接受自己的孤独状态，并以之为起点开始前行。

他使劲咽了咽口水，紧紧抓住母亲。哦，上帝啊，请不要让她死掉，他暗想。别对我们做任何可怕的事情。父亲一小时后就开完会，等他回家时，如果房子里空无一人……

母亲沿着小路前进，走进那片原始丛林。他的声音颤抖。"妈妈，道格没事。道格没事。他没事。道格没事！"

母亲的声音紧张高亢。"他总是要来这里。我让他别来，但是那些该死的孩子，他们还是会来这里。总有一天晚上他会陷在这里，再也出不去——"

再也出不去。这句话里暗含着太多可能。流浪汉。罪犯。黑暗。意外。还有最糟糕的——死亡！

孤身存在于宇宙中。

全世界有一百万座这样的小镇。每一座都黑暗、孤独、遥远，充满了战栗和惊奇。小镇的音乐是小调小提琴尖利的演奏，没有灯光，但有许多阴影。噢，它们巨大的膨胀的孤独。它们秘密的潮湿的河谷。小镇夜间的生活是一种恐怖，理智、婚姻、孩子、幸福都受到一头名为死亡的怪物的威胁。

黑暗中,母亲提高了嗓门。"道格!道格拉斯!"

突然,两人都意识到不太对劲。

蟋蟀的鸣叫已经停止。

沉默是完整的。

他至今从未体会过这样的沉默。如此完整的沉默。蟋蟀为什么不唱了?为什么?什么原因?它们从不停止鸣叫。从不。

除非。除非——

有事情要发生了。

整座河谷似乎都紧张起来,黑色纤维聚集在一起,从周围绵延数英里的沉睡的乡间汲取能量。从被露水浸透的森林、幽谷,到有狗对月嗥叫的起伏丘陵,四面八方的大寂静被吸进一个中心,它们是其核心。十秒钟后,就会有事发生,就会有事发生。蟋蟀保持休战,星星垂得那么低,他几乎可以摸到那些金属箔片。它们成群结队,炙热而尖锐。

寂静在增长,增长。紧张,越来越紧张。噢,这里如此幽暗,远离一切。噢,上帝啊!

接着,河谷对面飘来遥远的话音:"好的,妈妈!我这就来,妈妈!"

又是一遍:"嗨,妈妈!我来了,妈妈!"

然后是网球鞋快速穿过河谷底部的声音,三个孩子咯咯笑着冲过来。他的哥哥道格拉斯,查理·伍德曼,还有约翰·赫夫。边跑,边笑……

星星像千万只蜗牛被蛰的触角一样，缩回了天上。蟋蟀开始唱歌了！

黑暗退缩了，诧异了，震惊了，愤怒了。它退缩了，在准备进食时被如此粗暴地打断，它失去了胃口。当黑暗像岸边的海浪一样退去，三个孩子笑着从中挤了出来。

"嗨，妈妈！嗨，汤姆！嘿！"

闻起来像道格拉斯，没错。汗水、青草、树木、树枝和小溪的气味。

"年轻人，你该挨揍了。"母亲宣布。她立刻将恐惧收拾起来。汤姆知道她永远不会把此事告诉任何人，永远不会。但这将永远留在她心里，就像永远留在他心里一样。

夏季的深夜，他们走回家睡觉。道格拉斯还活着，他很高兴。非常高兴。有那么一瞬间，他以为……

远处，在月光下昏暗的乡村，一列火车呼啸疾驰，越过高架桥，沉入山谷，就像一件迷失的金属物件，无名无姓，奔跑着。汤姆哆嗦着爬上床，躺在哥哥身边，聆听火车汽笛声，想着一位表兄。他原本就住在遥远的乡下，此刻火车穿行的地方；多年前的一个深夜，他死于肺炎——

汤姆闻到道格身上的汗味。太神奇了。他不再颤抖。

"只有两件事我可以肯定，道格。"他低声说。

"是什么？"

"晚上太黑了——这是其中一件。"

"另一件呢？"

"奥弗曼先生的快乐机器里不包含夜晚的河谷，如果他真要造这么一台机器的话。"

道格拉斯考虑了一会儿。"可不是嘛。"

他们不说话了。竖起耳朵，他们突然听到沿街传来的脚步声，到树下了，现在就在门口的人行道上。母亲在她的床上轻声说道："是你们的父亲。"

没错。

深夜，在前廊上，列奥·奥弗曼写下一张他在昏暗中看不清的清单。当偶然想到一个很棒的组件时，他惊呼："啊！"或是："又想到一个！"

这时前门的纱窗发出轻轻的拍击声，像有只飞蛾。

"莱娜？"他低声问。

她坐到他身旁的秋千上，穿着睡衣。她不像缺爱的十七岁女孩那样纤瘦，也不像缺爱的五十岁妇人那样胖，她的身材绝对恰到好处，圆润、结实。只要生活中没烦恼，任何年龄的女人都应该是这样，他思忖。

她是一个奇迹。她的身体和他的一样，总是在为她着想，但方式不同：塑造孩子们，或者走在他前面进入任何一个房间，改变那里的气氛，以适应他所处的任何特定情绪。她似乎没有长时间的思索；思考和行动以一种自然而温和的回路从她的头脑通向双手，他无法描绘其中的蓝图，也不在乎。

"我们不需要，"她终于开口，"……那台机器。"

"确实不需要，"他说，"但有时你得为别人搞些发明创造。我在想，放什么进去。电影？收音机？三维观察镜？所有这些都集合在一处,这样一来,任何人都可以伸手抚摸它,微笑着说:'是的,先生,这就是快乐。'"

没错,他想,制造一种装置,即便要忍受潮湿的双脚、鼻窦问题、皱巴巴的床铺和凌晨三点那些被怪兽吞食灵魂的时刻,机器能够制造快乐。像一个有魔力的盐粒研磨器,一旦扔进海里,就永不休止地制造盐末,把大海变得咸咸的。谁不愿意为发明那样一台机器而忙活得大汗淋漓呢?他问这个世界,他问这座城镇,他问自己的妻子!

在身旁的前廊秋千上,莱娜以不安的沉默给出看法。

他现在也沉默了,扭过头,听上方的榆树叶在风中嘶嘶作响。他提醒自己,别忘了,这声音也一定要放进机器里。

一分钟后,前廊与秋千都空荡荡的,立在黑暗中。

爷爷在睡梦中微笑。

他感觉到了笑容,想知道它为何出现,他醒了。他静静躺着聆听,微笑的原因找到了。

他听到了一种声音,比鸟鸣或新叶的沙沙声重要得多。每年他都会这样醒来,躺着等待那个声音——它意味着夏天正式开始了。它开始于这样的一个早晨,某位寄宿房客、侄子、堂兄、儿子或孙子出现于楼下草坪,随着金属旋转的咔嗒声在甜蜜的夏草间穿行,在不断变小的四边形中移动,从南到北、从东到西。喋喋不休的割草机中跃出一股泉水:三叶草的花、少数未收割的蒲公英火焰、蚂蚁、树枝、卵石、去年七月四日烟花的残渣碎屑,但主要是清澈的绿。清凉柔软的泉水。爷爷想象水轻挠他的腿,溅上他燥热的脸,令他的鼻孔中充满新季节开始的永恒气味,带来一个承诺:是的,我们都将再活十二个月。

上帝保佑割草机,他想。是哪个傻瓜把一月一日定为新年的?不,他们应该派一个人去观察伊利诺伊、俄亥俄和艾奥瓦的一百万块草坪,等青草长到该割的时候,那天早上应该有一出割草机在原野上收获鲜草的不断膨胀的伟大交响乐,而不是喧闹的号角和呼喊。人们应该在真正代表每年开始的那一天互相扔青草末,而不是五彩的纸屑和螺旋线!

他嗤了一声,嘲笑自己对这件事的冗长讨论,走到窗前,探出身子,沐浴在柔和的阳光中。果然,有个房客,名叫福雷斯特的年轻记者,刚割完了一行。

"早上好,斯波尔丁先生!"

"割个痛快,比尔!"爷爷高兴地喊道,很快就下楼去吃奶奶做的早餐了。飘窗开着,割草机的嗡嗡声在他用餐时懒散地响着。

"割草机的声音叫人充满信心,"爷爷说,"你听听!"

"割草机用不了多久了。"奶奶盛出一叠小麦面饼,"现在有一种新的草,比尔·福雷斯特今天搞来的,不需要修剪。我不知道他们管那种草叫什么,但它长到那么高之后就不再长了。"

爷爷盯着老伴儿。"你跟我开玩笑的水平太差了。"

"你自己看看去。真是的。"奶奶说,"这是比尔·福雷斯特的主意。新草就在房子旁边的小空地上放着。你只要在这儿挖一个小洞,那儿刨一个小坑,然后把新草种下去。到年底,新草杀死老草,你就可以卖掉你的割草机了。"

爷爷从椅子上站起来,穿过大厅,十秒之内就出了前门。

比尔·福雷斯特放下机器,微笑着走过来,在阳光下眯着眼睛。"没错,"他说,"昨天买的草。我想着,等我放假了,我替您种下去。"

"为什么没人问问我的意见?这是我的草坪!"爷爷喊道。

"我以为您会喜欢的,斯波尔丁先生。"

"告诉你,我觉得我并不喜欢。先看看你这该死的草。"

他们站在一块块方正的新草皮旁。爷爷用鞋尖怀疑地拨弄。"我看,跟以前普通的草没区别。你不是一大早还没睡醒的时候让什么奸商给坑了吧?"

"我在加利福尼亚见过这种草。就这么高,不会再长了。这草要是能适应咱们这儿的气候,咱们明年就不用每周出来修剪那些倒霉玩意儿了。"

"这就是你们这代人的问题,"爷爷说,"比尔,我替你害臊,亏你是个新闻记者。生活中所有需要咀嚼滋味的东西,都叫你们消除了。说什么要省时间,省精力。"他不屑地轻推草皮托盘,"比尔,等你到了我这个年纪,你就会发现,那些小趣味、小事情比大事更重要。春天早晨出门散步要好过开着改装过引擎的汽车奔驰八十英里。你知道为什么吗?因为它充满了味道,充满了许多生长中的东西。你有时间去寻找,去发现。我知道——你们现在追求的是更广泛的影响,我知道这也没什么错。但是,对于一个在报社工作的年轻人来说,你既要捡西瓜,也不能丢了芝麻。你欣赏全副骨架,而我喜欢一枚枚指纹,这都很好。现在这些东西对你来说很麻烦,或许是因为你从来没学会使用它们。要是你说了算,你会通过一项法律,废除所有的小工作、小事情。但那样的话,在大工作之间你就会无事可做，你会花很长时间找点事情来做，这样你才不会发疯。与其那样，为什么不让大自然给你展示一些东西呢？修剪杂草也可以是一种生活方式，孩子。"

比尔·福雷斯特静静地对他微笑。

"我知道，"爷爷说，"我话太多了。"

"我就爱听您说。"

"那我就再说几句。灌木上的紫丁香胜过兰花。而蒲公英和狗牙根更好！为什么？因为它们让你弯下腰，让你暂时远离人群和城镇，让你流汗，让你俯身，让你感觉到自己还有鼻子。当你独处的时候，有那么一小会儿你又真的是你自己了；你可以好好思考问题，就你自己。园艺是搞哲学的最方便的借口。没人猜测，没人指责，没人知晓，你就在那儿深思，牡丹丛里的柏拉图，给自己种毒堇的苏格拉底。一个背着一袋血肥走过自家草坪的男人就好比是让世界在肩头轻松旋转的阿特拉斯。绅士塞缪尔·斯波尔丁曾经说过：'挖掘大地，挖掘灵魂。'让割草机的叶片转起来吧，比尔，你就能漫步在青春之泉的浪花中。我说完了。还有，偶尔吃点蒲公英叶子也不错。"

"先生，您都多少年没吃蒲公英叶子了？"

"我不是来跟你讨论这个的！"

比尔轻轻地踢了踢其中一块草皮，点点头。"关于这种新草，我刚才还没说完。它们长得很密，保证能杀死三叶草和蒲公英……"

"老天啊！那意味着明年没有蒲公英酒了！那意味着没有

蜜蜂来我们的草坪了！你脑子坏了，孩子！这么多草皮一共花了你多少钱？"

"一元一块。我买了十块，想给大家一个惊喜。"

爷爷把手伸进口袋，掏出老旧的深口钱包，拧开银扣，从里面取出三张五元钞票。"比尔，你从这笔交易中赚了五元。我要你把这一堆毫不浪漫的草皮运到河谷、垃圾场——扔到哪儿都可以，但我文明而谦卑地请求你不要把它们种在我的院子里。你的动机是无可指责的，但我觉得，因为我已接近最脆弱无力的年龄，我的动机必须优先考虑。"

"好吧，先生。"比尔不情愿地把钞票装进口袋。

"比尔，你换一年再种新草吧。我死后的第二天，比尔，你可以随意摧毁整片该死的草坪。你觉得你可以再等五年左右，等我这个爱说教的老东西咽气吗？"

"瞧您说的！"比尔回答。

"割草机有一种特质，我甚至无法对你解释清楚，但对我来说，它是世界上最美妙的声音，是这个季节最清新的声音，是夏天的声音。如果没有它，我会非常怀念，我会想念割草的味道。"

比尔弯腰捡起一块草皮。"我这就扔到河谷去。"

"你是一个善良、善解人意的年轻人，将来会成为一名出色而敏锐的记者。"爷爷说道，一边帮他收拾，"这是我的预言！"

上午过去，中午到来，午饭后爷爷躺下休息，读了一点惠蒂埃，然后沉沉睡去。三点钟他醒来时，阳光正透过窗户照进卧室，明亮而清新。他躺在床上，听到那古老的、熟悉的、难忘的声音，吃了一惊。

"哟，"他说，"有人在用割草机！但是草坪今天早上刚剪过！"

他又仔细聆听。没错，就是割草机，没完没了的嗡嗡声，从这头到那头，又从那头到这头。

他把脑袋探出窗外，目瞪口呆。"呵，是比尔。比尔·福雷斯特，嘿！太阳晒到你了吗？你又在剪草坪了！"

比尔抬头，露出洁白的牙齿，笑着挥了挥手。"我知道！早上我漏掉了几个地方！"

在接下来的五分钟里，爷爷面带微笑，惬意地躺在床上。比尔·福雷斯特推着割草机向北、向西，然后向南，最后，在一股巨大的绿色喷泉水中，向东。

星期天早上，列奥·奥弗曼在车库里慢慢溜达，期待着某些木头、一卷电线、一把锤子或扳手跳起来高喊："从这里开始！"但没有任何东西跳起来，没有任何东西呼唤一个开始。

　　他思忖，快乐机器是可以放进口袋里的东西吗？或者，他继续想，可以把人放进它的口袋里？

　　"有一点我绝对知道，"他大声说，"它应该是鲜亮的！"

　　他把一罐橙色颜料放在工作台中央，拿起一本词典，溜达进房子里。

　　"莱娜？"他瞥一眼词典，"你'高兴、满足、幸福、愉悦'吗？你觉得'走运、有福气'吗？你觉得周围的东西'聪明而恰当''成功且合适'吗？"

　　莱娜停下切蔬菜的刀，闭上了眼睛。"请把你那个词汇表再给我念一遍。"她说。

　　他合上词典。

　　"我问了什么，让你得停下来想一个钟头才能回答我？我只想要一句简单的是或不是！难道你不满足，不愉悦，不幸福吗？"

"母牛才会过得心满意足,小宝宝和返老还童的人才会觉得愉悦,上帝保佑他们。"她说,"至于'幸福',列奥,你看我刷水槽时笑得开心吗?"

他仔细凝视她,表情放松下来。"莱娜,你说的没错。男人不懂得感恩。也许下个月,咱们就解脱了。"

"我又没发牢骚!"她喊道,"又不是我拿着一张清单进来说'把你的舌头伸出来'。列奥,谁会问'是什么让心脏整夜跳动'之类的问题?没人问这些!接下来你就要问'什么是婚姻'了?谁知道呢,列奥?别问了。一个人不能老是琢磨'这东西是怎么运转的,那玩意的工作原理是什么',否则他就会从马戏团的秋千上掉下来,他思考喉咙肌肉怎么运作时就会呛着自己。吃饭、睡觉、呼吸,列奥,别那么盯着我,好像我是家里新添的家具!"

莱娜·奥弗曼愣住了。她皱起鼻子闻了闻。

"老天!看看你干的好事!"

她猛地拉开烤箱门。一股浓烟在厨房里弥漫。

"幸福!"她哭着说,"半年了,我们第一次吵架!幸福,二十年了,我第一次把晚餐的面包烤成木炭!"

烟雾散去时,列奥·奥弗曼不见了。

可怕的铿锵声,人与灵感的碰撞,金属、木材、锤子、钉子、丁字尺、螺丝刀满天飞,持续了很多天。有时,遇到困难的列奥·奥弗曼会在街上闲逛,焦躁不安,听见远处传来轻微的笑声就会猛地抬起头,聆听孩子们的笑话,看看是什么让他们如此快活。夜晚,他坐在邻居的前廊上听老家伙们谈论生活琐事。每当老人们爆发出笑声,列奥·奥弗曼就活跃起来,仿佛一位将军看到黑暗势力被击溃,再度确认了战略。回家的路上,他觉得胜利就在眼前,直到他走进车库里,看着那些死气沉沉的工具和没有生命的木材。然后,他明亮的脸色被苍白的恐惧替代,为了掩盖挫败感,他把机器的零件敲得粉碎,好像它们真的曾有什么价值。最后,机器终于开始成形。十天十夜之后,列奥·奥弗曼走进家中,他因疲劳而颤抖,魂不守舍,腹中空空,笨手拙脚,像被闪电劈了一样。

孩子们一直在疯狂地对彼此尖叫,现在突然沉默了,仿佛钟声响起时红死病魔进了家门。

"快乐机器,"列奥·奥弗曼声音沙哑,"已经造好了。"

"而列奥·奥弗曼,"妻子说,"已经瘦了十五磅。他已经两个星期没跟自己的孩子说话了,他们很焦躁,他们在打架,听听!他老婆也很焦躁,已经胖了十磅,需要新衣服,看看!当然——机器造好了。但是快乐呢?谁敢保证?列奥,别管你正在造的大钟了。你永远也找不到足够大的布谷鸟放进去!人类不应该鼓捣这些东西。这东西不是忤逆上帝,不是,但它绝对是跟你过不去。你要是再折腾一个星期,我们就把你埋进你的宝贝机器里!"

但列奥·奥弗曼正忙着观察房子突然向上坠倒。

多有趣啊,他想,瘫倒在地板上。

黑暗眨了一下眼,将他包裹,那一刻他听到有人尖声高喊了三遍"快乐机器"。

次日早晨,他注意到的第一件事是几十只鸟在空中飞舞,激起涟漪,就像掷入异常清澈的溪流中的彩色石子。它们轻轻敲击车库的铁皮屋顶。

几条杂种狗一条接一条走进院子,在车库门外小心窥视,发出哀鸣。四个男孩、两个女孩和几个男人在车道上犹豫了一下,然后在樱桃树下慢慢前行。

列奥·奥弗曼侧耳聆听,他知道是什么把人和动物都吸引到了院子里。

快乐机器的声音。

那种声音像是夏日里从巨人的厨房传出来的。各种各样的嗡鸣,高高低低,时而稳定,时而变化。一群像茶杯那么大的金色蜜蜂正在烘烤令人难以置信的食物。而女巨人自己,心满意足地哼着歌,可能会溜到门口。她的脸是一轮巨大的蜜桃色的月亮,像整个夏天一样宽阔,平静地凝视着微笑的狗、玉米色头发的男孩和发如面粉的老人。

"等等,"列奥·奥弗曼大喊,"今天早上我还没把机器打开呢!索尔!"

索尔站在下面的院子里,抬起头来。

"索尔,是你打开的吗?"

"你半小时前叫我预热的!"

"好吧,索尔,我忘了。那会儿我还没睡醒。"他倒回床上。

妻子给他端来早餐,在窗边停下,低头看向车库。

"告诉我,"她平静地说,"如果那台机器像你说的那样,它知不知道怎么在里面制造宝宝?它能让七十岁的人变回二十岁吗?还有,当你和所有的快乐一起躲在机器里时,死神看上去会是什么样子?"

"躲?"

"如果你死于劳累过度,我今天该做什么,爬到下面那个大盒子里享受快乐?还有,列奥,告诉我,咱们的生活是什么样的?你知道咱们的房子是什么状况。早上七点,做早餐,伺候孩子们;八点半你们都出门了,只剩下我一个人洗衣服,一个人做饭,补袜子,除杂草。我还得跑去商店采购或者擦银器。谁在抱怨?我只是在提醒你,列奥,房子是怎么收拾好的,里面都有些什么!所以现在回答我:你如何用一台机器得到我说的这一切?"

"建造原理不是这样的!"

"对不起。那我就没时间去参观了。"

她吻了吻他的脸颊,走出房间。他躺在那儿,闻着从楼下机器里吹来的风。风中充满香气,那是他从来不知道的巴黎秋天街道上出售的烤栗子的味道……

狗和孩子们像被催眠了似的,一只小猫从他们身边走过,贴着车库门发出呼噜声,伴随着雪浪拍击海岸的声音,那片遥远的、有节奏地呼吸的海岸。

明天，列奥·奥弗曼想，我们一起试试这台机器，我们所有人。

那天深夜，他被什么声音吵醒了。他听到有人在远处的另一个房间里哭泣。

"索尔？"他低声呼唤，下了床。

索尔在自己的房间里哭，脑袋埋进了枕头里。"不要……不要……"他抽泣着，"那里……在那里……"

"索尔，你做噩梦了？跟我说说吧，儿子。"

但男孩只是哭泣。

列奥·奥弗曼坐在儿子床边，他突然想看看窗外。楼下，车库门敞开着。

他感到后脖颈的寒毛竖起来了。

索尔再次入睡，不安，呜咽。他父亲下楼，走进车库，屏住呼吸，伸出手。

在微凉的深夜，快乐机器的金属机身却太热了，热得烫手。所以，他思忖，索尔今晚来过这里。

为什么？索尔不快乐，需要这台机器吗？不，儿子很快乐，但他想永远抓住快乐。这个聪敏的男孩知道自己的境遇，他只想一直保持下去，你忍心责怪他吗？不！然而……

楼上，突然有什么白色的东西从索尔卧室的窗户里喷出来。列奥·奥弗曼的心怦怦直跳。然后他意识到只是窗帘被风吹到了空旷的夜色中。但那画面是如此隐秘而闪亮，就像男孩的灵魂逃出了他的房间。而列奥·奥弗曼举起双手，仿佛要阻止它，把它推回沉睡的房子里。

他冷得哆嗦，走回屋里，走进索尔的房间。他把鼓胀的窗帘抓回来，把窗户锁紧，那苍白的东西便无法再次逃逸了。然后他坐到床边，把手放在索尔的背上。

"《双城记》？我的。《老古玩店》？哈，那是列奥·奥弗曼的！《远大前程》？以前是我的。但现在就算是他的吧！"

"干什么呢？"列奥·奥弗曼走进来。

"整理共同财产！"妻子说道，"当爹的半夜把儿子吓得够呛，是时候一拍两散了！再见了，荒凉山庄先生，还有老古玩店。在所有这些书里，没有哪个疯狂科学家像列奥·奥弗曼那样生活，一个也没有！"

"你要走了！你甚至还没试过那台机器！"他抗议道，"只要试过一次，你就会把行李放回原处，你就会留下来！"

"《汤姆·斯威夫特和他的电子歼灭器》[①] ——这本是谁的？"她自问，"这还用猜吗？"

她吸了一下鼻子，把《汤姆·斯威夫特》给了列奥·奥弗曼。

---

① 可能在戏仿《汤姆·斯威夫特和他的电子来复枪》（*Tom Swift and His Electric Rifle*），出版于1911年的青少年科幻小说，作者为维克多·阿普尔顿。

当天傍晚,所有的图书、碗碟、衣服和传单都被平均分成了两份,这一摞,那一摞,这一叠,那一叠,这一堆,那一堆。莱娜·奥弗曼数得头晕目眩,不得不坐下来。"行了,"她气喘吁吁,"在我走之前,列奥,来证明你不会让无辜的儿子做噩梦吧!"

列奥·奥弗曼默默地领着妻子走进暮色。她站在八英尺高的橙色大盒子前。

"这就是快乐吗?"她说,"我按下哪一个按钮才会大喜过望、知足常乐、称心如意、感激不尽呢?"

孩子们也聚了过来。

"妈妈,"索尔说,"不要!"

"我得知道我在喊些什么,索尔。"她钻进机器,坐了下来,看着外面的丈夫,摇摇头。"不是我需要这个,是你,一个神经崩溃的人,哭着喊着要我坐进来。"

"试试吧,"他说,"你会明白的!"

他关上舱门。

"按那个按钮!"他冲着机器里的妻子喊。

咔哒一声。机器静静地颤抖,像一只狗在酣睡中做梦。

"爸爸!"索尔一脸担心。

"听!"列奥·奥弗曼说。

起初,什么声音也没有,除了机器中隐秘移动的齿轮和转盘的震动。

"妈妈没事吧?"娜奥米问。

"没事，她没事！来了，注意……就是现在！"

他们听见机器里的莱娜·奥弗曼"噢"了一声，然后是充满惊讶的"啊！""嚯！"。他看不见的妻子在感叹："巴黎！"接着，"伦敦！那是罗马！金字塔！狮身人面像！"

"狮身人面像，听到了吗，孩子们？"列奥·奥弗曼低声说着，笑起来。

"香水！"莱娜·奥弗曼吃惊地喊。

某处隐约传来留声机播放《蓝色多瑙河》的声音。

"音乐！我在跳舞！"

"只是以为她在跳舞。"父亲向全世界吐露真相。

"太神奇了！"看不见的女人赞叹。

列奥·奥弗曼脸红了。"多么善解人意的妻子啊。"

这时，在快乐机器里，莱娜·奥弗曼开始哭泣。

笑容从发明家的脸上消失了。

"妈妈在哭。"娜奥米说。

"不可能！"

"真的在哭。"索尔说。

"她不应该哭啊！"列奥·奥弗曼眨眨眼睛，把耳朵贴在机器上，"但是……没错……像个婴儿……"

他只能打开舱门。

"等等。"妻子坐在那里，泪水顺着脸颊流下，"让我哭完。"她又哭了几声。

列奥·奥弗曼关掉机器，有些发愣。

"哦，这是世界上最可悲的东西！"她哭着说，"我感觉糟透了，糟透了。"她从舱门里爬出来。"先是巴黎……"

"巴黎怎么了？"

"我这辈子从没想过要去巴黎，但现在你让我开始琢磨这件事：巴黎！突然我就想去巴黎了，但我知道我并不在那儿！"

"可你的感觉几乎就跟真的一样，在这台机器里。"

"不。坐在那里面，我心里清楚。我想，这不是真的！"

"别哭了，妈妈。"

她用泪水汪汪的幽黑大眼睛看着他。"你让我感觉在跳舞。我们已经二十年没跳过舞了。"

"明晚我就带你去跳舞！"

"不，不！这不重要，跳舞不应该是什么重要的事情。但是你的机器说这很重要！所以我相信了！没事的，列奥，等我再哭一会儿就好了。"

"还有什么？"

"还有？机器说：'你很年轻。'但我不年轻了。它在说谎，那台悲伤机器！"

"怎么个悲伤法？"

妻子此刻安静下来。"列奥，你犯的错误是，你忘记了某个时刻，某一天，我们都要从这东西里爬出来，重新面对没洗的脏盘子和没整理的床铺。当你在机器里的时候，当然，空气清新，温度适宜，夕阳永远无限好。所有你希望持续的东西，都能持续。但是在机器外面，孩子们在等着吃午饭，衣服需要缝扣子。坦率地说，列奥，你能花多长时间欣赏永恒的日落？谁会希望夕阳一直挂在天边呢？谁会追求完美的温度？谁会要求空气永远香甜？过了一段时间之后，谁会注意到这些呢？最好日落只有一两分钟。看完日落之后，让我们做点别的吧。人都是这样的，列奥。你怎么会不明白呢？"

"我不明白？"

"我们都喜欢日落，因为日落是一瞬间的美好，然后就会消逝。"

"但是莱娜，日落短得令人悲伤。"

"不，如果夕阳永不落山，让我们感到无聊，那才是真正的悲伤。所以你做了两件不该做的事。你让转瞬即逝的事情变慢，甚至停留下来。你把遥远的事物带到了自家后院，可它们不属于这里。它们只会对你说：'不，你永远不会去旅行，莱娜·奥弗曼，巴黎你永远见不到！罗马你永远去不了。'但我一直都知道，为什么非要告诉我？最好忘掉这些，凑合过，列奥，凑合过下去，好吗？"

列奥·奥弗曼倚在机器上。他迅速拿开被烫到的手，有些吃惊。

"那现在怎么办，莱娜？"他说。

"这不是我能决定的。我知道只要这个东西还在，我就想溜出来，索尔就会像昨晚那样溜出来。我们会违背自己的判断，坐进去，看着远方。每次我们都会哭，不再是从前其乐融融的一家。"

"我不明白,"他说,"我怎么会错得这么离谱。让我检查一下你说的是不是真的。"他在机器里坐定。"你现在不走吧?"

妻子摇摇头。"我们会等你的,列奥。"

他关上舱门。在温暖的黑暗中,他犹豫了一下,按下按钮。当他正沉浸在色彩和音乐中时,他听到有人尖叫。

"火,爸爸!机器着火了!"

有人猛敲舱门。他跳起来,撞到了头。门终于打开时,他倒了下来,男孩们把他拖出机器。他听到低沉的爆炸声从身后传来。全家人都在奔跑。列奥·奥弗曼转过身,大声喘息:"索尔,打电话叫消防队!"

莱娜·奥弗曼抓住正要狂奔的索尔。"索尔,"她说,"等一等。"

一股火焰蹿出,又是一声低沉的爆炸。等机器确确实实燃烧起来,莱娜·奥弗曼点点头。

"可以了,索尔,"她说,"快叫消防队。"

人们都被大火吸引过来。斯波尔丁爷爷、道格拉斯、汤姆和大部分房客,河谷对面的几个老头,还有周围六个街区的所有孩子。列奥·奥弗曼家的孩子站在最前面,对车库顶上跳跃的火焰倍感骄傲。

斯波尔丁爷爷盯着空中的团团烟雾研究了一会儿,平静地问:"列奥,是那个吗?你的快乐机器?"

"总有一天,"列奥·奥弗曼说,"我会搞明白,然后告诉你们的。"

莱娜·奥弗曼此时站在夜色中，看着消防员在院子里跑进跑出；车库隆隆坍塌。

"列奥，"她说，"你不需要多久就能搞明白。看看周围。思考一下。安静一会儿。然后就来告诉我。我就在屋里，要把书放回书架上，把衣服放回衣柜里，还得准备晚餐。晚餐已经晚了，看天都多黑了。来吧，孩子们，来帮帮妈妈。"

消防员和邻居们都走后，只有列奥·奥弗曼和斯波尔丁爷爷、道格拉斯、汤姆还留在冒着烟的废墟旁，闷闷不乐。列奥把脚尖在湿漉漉的灰烬中搅动，缓缓说出了他想说的话。

"你从人生中学到的第一件事是你很蠢。你从人生中学到的最后一件事是你依旧那么蠢。这一个小时里，我想了很多。我想，列奥·奥弗曼真是有眼无珠！……你想见识真正的快乐机器吗？他们数千年前就申请了专利的那个，现在还能运转。它并不是一直都没问题，不！但它能运转。它一直在这里。"

"可是大火——"道格拉斯说。

"没错，起了大火，车库没了！但是就像莱娜说的，搞明白可不需要一年那么久；车库里烧掉的东西不算什么！"

他们跟着他走上前廊的台阶。

"就在这儿，"列奥·奥弗曼低声说，"前窗。安静点，你们马上就能看到。"

爷爷、道格拉斯和汤姆迟疑着透过大窗玻璃向屋里看去。

在一小束温暖的灯光下，你可以看到列奥·奥弗曼想展示的东西。索尔和马歇尔坐在咖啡桌旁下棋。餐厅里，丽贝卡正在摆放餐具。娜奥米正在给纸玩偶剪连衣裙。露丝在画水彩画。约瑟夫正在玩电动火车。透过厨房的门，可以看到莱娜·奥弗曼正从热气腾腾的烤箱里端出一大份炖肉。每一只手，每一个脑袋，每一张嘴都在忙碌不停。你可以隔着玻璃听到他们遥远的声音。你可以听到有人用高亢甜美的声音唱歌。你也能闻到烤面包的香味，你知道这是真正的面包，很快就会涂上真正的黄油。一切都在斗室之中，一切都在运转。

爷爷、道格拉斯和汤姆转头看向列奥·奥弗曼。他正透过窗户平静地凝视，粉红色的灯光映着他的脸颊。

"没错，"他喃喃地说，"就在那儿。"看着这栋房子里所有零零碎碎的东西混合、搅动、沉淀、平衡，再次稳定地运行，他时而显出淡淡的悲伤，又突然高兴起来，最后是平静的接受。"快乐机器，"他说，"快乐机器。"

片刻之后，他也走进屋里。

爷爷、道格拉斯和汤姆看到他在家里修修补补，这里调整调整，那里挪动挪动，在所有那些温暖、奇妙、无限精致、永远神秘和永不停歇的部件中忙碌。

然后，他们微笑着走下台阶，走进清新的夏夜。

每年两次,他们把大地毯带进院子里,铺在看起来不合时宜、无人走动的地方——草坪上。然后奶奶和母亲从房子里出来,手里拿的东西看起来像是市中心冷饮店里那些漂亮的铁艺椅的靠背。这些巨大的铁丝魔杖在家人手中传来传去,道格拉斯、汤姆、奶奶、太奶奶和母亲就像一群女巫和亲随,泰然自若地站在古老的亚美尼亚仪式中。然后,太奶奶发出信号,一眨眼或一抿嘴,连枷举了起来,竖琴弦一次又一次地敲打在地毯上。

"吃我一棒!再来一棒!"太奶奶说道,"干掉苍蝇,孩儿们,弄死那些虱子!"

"嘿,您老人家真有兴致!"奶奶对自己的母亲说。

他们大笑起来。尘土的风暴在周围膨胀。笑声变成了被呛到的咳嗽声。

雨点般的绒毛、潮水似的沙粒、金色的烟草碎片飘动,在爆炸了又再爆炸的空气中颤抖。男孩们停下来。他们曾见到自己的鞋子和老人的鞋子在这块地毯的经纬线上踩踏了十亿次,现在随着他们拍打的潮水一次又一次沿着东方海岸席卷而来,那些痕迹被冲刷得干干净净。

"你丈夫把咖啡洒到了那里!"奶奶给了地毯一记痛击。

"这里,你掉过一摊奶油!"太奶奶的敲击扬起一大股灰尘。

"看看这些划痕。孩子们,孩子们!"

"太奶奶,这里是你洒的钢笔墨水!"

"呸!我的墨水是紫色的。那块是普通的蓝墨水!"

砰!

"看看这条磨出来的小路,从大门直到厨房门。食物。狮子被水源吸引就是因为食物。转个方向吧,把它铺到另一边去。"

"更好的办法是,把男人都拦在房子外面。"

"让他们把鞋子脱在门外。"

砰,砰!

然后他们把地毯挂在晾衣绳上,敲打最后一轮。汤姆凝视着错综复杂的卷曲线条,那些花朵、神秘的图案和穿梭的纹样。

"汤姆,别傻站着。敲呀,孩子!"

"真有趣,能看到各种东西。"汤姆说。

道格拉斯怀疑地抬头看了一眼。"你看到了什么?"

"整座镇子、人们、房子,这里是咱们家!"砰!"咱们的街道!"砰!"那边黑色的部分就是河谷!"砰!"那里是学校!"砰!"这个滑稽的人物是你,道格!"砰!"这是太奶奶、奶奶、妈妈。"砰！"这块地毯铺了多少年了？"

"十五年。"

"大家在上面踩了十五年，我看见了每一个鞋印。"汤姆惊叹。

"嘿，孩子，你真是能说会道。"太奶奶说。

"我看到了这栋房子在这些年里发生的所有事情！"砰！"所有的往事，当然，我还能看到未来。只要眯着眼睛看周围的图案，就能知道明天我们会去哪里散步，在哪里奔跑。"

道格拉斯停了下来，不再挥动地毯拍。"你还看到了什么？"

"主要是线。"太奶奶说，"没多少绒了，只剩底下的皮。能看到制造商是怎么织出这东西的。"

"对！"汤姆神秘地附和，"一条线，另一条线。我全都看到了。可怕的恶魔。致命的罪人。有坏天气，也有好天气。野餐。宴会。草莓节。"他一本正经地拿起拍子，从一处敲击到另一处。

"那是你交给我经营的寄宿公寓。"奶奶激动得神采奕奕。

"都在地毯上，模模糊糊的。把脑袋歪到一边，道格，把一只眼睛眯起来看。当然了，最好是晚上，在屋里，把地毯铺在地上，有灯光照着。然后你能看到各种形状的阴影，深深浅浅。你观察脱落的线头，触摸那层绒毛，让手在皮毛上驰骋。我敢打赌，它闻起来就像荒漠。滚烫，充满沙砾，也许就像木乃伊大棺的内部。看，那个红点，那是快乐机器起火的地方！"

"肯定是谁的三明治里的番茄酱。"妈妈说。

"不对,那是快乐机器。"道格拉斯说。看到它在那儿燃烧,他感到难过。他原本指望列奥·奥弗曼能让万事井井有条,让每个人都有笑容,让自己内心的小陀螺仪向太阳倾斜——每当地球向外太空和黑暗倾斜的时候。但梦想破碎了,只有奥弗曼的胡言乱语、灰烬和煤渣。砰!砰!道格拉斯不断敲击。

"看,这里是那辆绿色电动车!芙恩小姐!洛伯塔小姐!"汤姆说。"嘟!嘟!"砰!

他们大笑起来。

"那里是你的生命之弦,道格,上面打了好多结。你吃了太多酸苹果。睡前还吃泡菜!"

"哪儿?在哪儿?"道格拉斯凝视地毯,高声问道。

"这根是下一年的,这根是未来两年的。还有这根,是未来一、二、三、四、五年的!"

砰!铁丝拍子发出嘶嘶声,像昏暗天空下的一条蛇。

"还有一根要继续生长!"汤姆说。

他用力拍打地毯,五千个世纪的尘埃从受到冲击的纹理上跳起,在空中停顿了一个漫长到可怕的时刻。就在道格拉斯直起身,眼睛眯成一条缝,想努力看清那些纬线、经线和颤动的图案时,亚美尼亚尘埃的雪崩无声地迎面而来,覆盖他,淹没他,永远将他埋葬在家人面前……

这一切是如何从孩子们开始的,本特利老太太始终也不明白。她经常在食杂店看到他们,在卷心菜和吊着的香蕉之间,就像飞蛾或猴子。她对他们微笑,他们也对她微笑。本特利老太太看着他们在冬雪上留下脚印,呼吸秋天的烟雾,摇下春天的苹果花,但她并不害怕他们。至于她自己,她的家中井然有序,每样东西都摆放在合适的位置。地板清扫得干干净净,食物整齐地装罐保存,帽针插在靠垫上,卧室梳妆台的抽屉里整齐地摆满了多年来收集的物品。

本特利老太太是个收藏者。她保存票据、剧院旧节目单、蕾丝碎片、围巾、铁路换乘票:一切存在之物的标签和象征。

"我有一大堆唱片,"她经常说,"这张是卡鲁索①。一九一六年,在纽约。我六十,约翰还活着。这张是《六月之月》,一九二四年的,我记得,就在约翰去世之后。"

在某种程度上,那是她人生最大的遗憾。她最喜欢触摸、聆听和观看的东西却没有保存下来。约翰已远在草地乡间,成为陈年往事。他的灵柩隐藏在碧草之下,留给老太太的仅有衣橱里的一顶高礼帽、一根手杖和一套整整齐齐的好衣服。他的大部分遗物已被飞蛾侵蚀殆尽。

但能保存的东西,她已妥善保存。在巨大的黑衣箱里,有她被樟脑丸压皱的粉色碎花连衣裙,还有童年的雕花玻璃盘——她五年前搬到这座小镇时把它们都带来了。丈夫生前在许多城镇都有出租的房产,她就像一颗发黄的象牙棋子,不停移动,将房产一处接一处出售,直到现在,她来到一座陌生的镇子,只剩下乌黑丑陋的衣箱和家具,像原始动物园里的动物一样蜷缩在她身边。

关于孩子们的那件事发生在仲夏。本特利老太太出来给前廊的常春藤浇水,看见两个穿浅色衣服的女孩和一个小男孩躺在她的草坪上,享受着青草带来的绵延不尽的刺痛感。

老太太低头朝他们微笑,脸上仿佛蒙着一张蜡黄的面具。这时一辆冰淇淋车绕过街角,小精灵乐队一般。铃铛摇出冰凉的旋律,像行家轻敲水晶酒杯时的声音,清脆圆润,召唤着所有人。孩子们坐起来,转过头,如向日葵追着太阳。

本特利老太太招呼他们:"你们想吃吗?过来吧!"冰淇淋车停下来,她用钱换了几块正宗的冰河期碎片。孩子们嘴里含着冰雪向她道谢,目光从她的纽扣鞋移到她的白发上。

"你不想吃一口吗?"男孩问。

"不用了,孩子。我已经足够老,足够冷了。最热的日子里我也不会解冻的。"本特利太太笑着说。

---

① Enrico Caruso (1873—1921), 意大利著名男高音歌唱家。

他们举着微型冰川，三人并排坐在阴凉的前廊长椅上。"我叫爱丽丝，她叫珍，那是汤姆·斯波尔丁。"

"真好。我是本特利夫人。他们叫我海伦。"孩子们盯着她。

"我叫海伦，你们不相信吗？"老太太说。

"我不知道老太太还有名字。"汤姆眨着眼睛说。

本特利老太太苦笑了两声。

"他的意思是，从来没听过有人叫老太太的名字。"珍说。

"亲爱的，等你和我一个年纪的时候，他们也不会叫你'珍'啦。老年人的生活正式得可怕。永远是'夫人'。年轻人不喜欢叫我'海伦'。好像那样太轻率。"

"你几岁？"爱丽丝问。

"我还记得翼龙到处飞的日子。"本特利老太太笑了。

"但是到底几岁呢？"

"七十二。"

他们慢慢地吮了一大口冰棍儿，思考这个数字。

"那太老了。"汤姆说。

"我在你们这个年纪的时候，和现在的感觉没什么不同。"老太太说。

"我们这个年纪？"

"对呀。我曾经是个漂亮小女孩，就和你一样，珍，还有你，爱丽丝。"

孩子们没说话。

"怎么了?"

"没什么。"珍站起身。

"噢,我希望你不用这么快就走。你还没吃完呢……是有什么事吗?"

"我妈妈说撒谎是不对的。"珍说。

"当然不对。撒谎是很差劲的行为。"本特利老太太表示同意。

"妈妈还说不要听信谎言。"

"谁对你撒谎了,珍?"

珍看着她,然后紧张地瞥向别处。"你。"

"我?"本特利老太太笑了,把枯萎的爪子按在干瘪的胸前,"我撒了什么谎?"

"你的年纪。你还说你以前是个小女孩。"

老太太僵住了。"但许多年前,我的确是个小女孩啊,和你一样的小女孩。"

"走吧,爱丽丝,汤姆。"

"等一下。"老太太说,"你不相信我吗?"

"我不知道,"珍说,"大概不信吧。"

"多可笑啊!这不是显而易见的事情吗?每个人都曾经年轻过!"

"除了你。"珍轻声说,低着头,几乎是自言自语。她手里的冰棒棍儿掉进了门廊地板上那摊香草味的液体中。

"但我当然也是从八岁、九岁、十岁长大的,就像你们一样。"

两个女孩发出一声短促的、迅速打住的笑声。

本特利老太太的眼睛里闪着泪光。"好吧,我不能浪费一上午跟十岁的孩子争论。不用说,我十岁的时候也一样稀里糊涂的。"

两个女孩笑出了声。汤姆似乎很不安。

"你在跟我们开玩笑呢。"珍咯咯地笑着说,"本特利夫人,你才没有十岁的时候呢,不是吗?"

"你们快回家吧!"老妇人突然叫道,她再也受不了孩子们的目光了,"我不想听你们的笑声。"

"你的名字也不是真叫海伦吧?"

"当然是海伦!"

"再见。"两个女孩笑着走到树荫下,穿过草坪,汤姆慢慢地跟在她们后面。"谢谢你请我们吃冰棍儿!"

"我小时候也玩跳房子!"老太太冲他们高喊,但孩子们已经走了。

在这天剩下的时间里,本特利老太太把茶壶摔得乒乓乱响。她丁零咣啷地糊弄了一顿午餐,还不时走到前门,希望能趁那些傲慢的小恶魔大笑游玩时抓住他们。但是,如果他们出现了,她又能对他们说些什么?她为何要为这些孩子烦心呢?

"他们在想什么!"本特利老太太对着她那些精致的玫瑰花纹茶杯说道,"我曾是个小女孩,这一点从来没人质疑过。多么愚蠢、可怕的想法。我不介意变老——真的不介意——但我无法忍受自己的童年被夺走。"

她仿佛看到孩子们从幽暗的树木下飞奔而去,结霜的手指间攥着她如空气一般无形的青春。

晚饭后,她毫无缘由地看着自己的双手。它们就像降神会上的一副幽灵手套,用一块洒了香水的方巾把几件东西收在一起。然后她走到前廊,愣愣地在那儿站了半个小时。

孩子们像夜鸟一样突然飞过,本特利老太太的声音让他们停了下来。

"什么事,本特利夫人?"

"到前廊上来!"她招呼他们。女孩们爬上台阶,汤姆跟在后面。

"怎么了,本特利夫人?"他们把"夫人"这个称呼当作一根低音琴弦,额外用力地敲击,好像那是她的名字一样。

"我有些宝贝给你们看。"她打开那条洒了香水的方巾,凝视手中,似乎自己也感到惊喜。她拿起一把插梳,精致小巧,边缘闪烁着一排水钻。

"这是我九岁时戴过的。"她说。

珍把插梳拿在手里把玩,说:"真漂亮。"

"让我也看看!"爱丽丝叫道。

"这是我八岁时戴的一枚小戒指。"老太太说,"现在我的手指已经戴不下了。往里面看,你能看到比萨斜塔正要倒下。"

"让我看看是怎么倒的!"两个女孩争来抢去,直到珍把戒指戴到了手上。"哎呀，正好是我的尺寸！"她叫道。

"插梳正好适合我的脑袋！"爱丽丝惊叹。

本特利老太太又拿出几颗五石子。她说："这些是我以前玩的。"

她把五石子抛出手，它们散落在前廊的地板上，形成了一个星座。

"还有这个！"她得意地亮出王牌，一张她七岁时的照片，穿着一条黄蝴蝶般的裙子，金色的卷发，眼睛如吹制的蓝玻璃，像个小天使那样噘起嘴。

"这个小女孩是谁？"珍问。

"是我！"

两个女孩拿着照片端详。

"但是看起来不像你。"珍果断地评论，"任何人都可以弄到这样的照片，在某些场所。"

她们盯着她看了很久。

"还有其他照片吗，本特利夫人？"爱丽丝问，"你后来的照片？你有十五岁的照片、二十岁的照片、四十岁的照片和五十岁的照片吗？"

女孩们咯咯地笑起来。

"我什么也不用给你们看！"本特利老太太说。

"那我们就不必相信你了。"珍答道。

"但这张照片可以证明我也年轻过！"

"照片里是另一个小女孩，像我们这样的小女孩。你冒用的。"

"我也曾经是新娘子!"

"那本特利先生在哪儿?"

"他已经去世很久了。如果他在这儿,他会告诉你们我二十二岁时有多么年轻,多么漂亮。"

"可他不在这儿,他也没法说话,那能证明什么呢?"

"我有结婚证。"

"结婚证也可以冒用别人的。让我相信你曾经年轻过的唯一方法……"珍闭上眼睛,强调她对自己的判断有多自信,"……就是有人告诉我,他们曾见过你十岁时的样子。"

"小傻瓜,成千上万的人见过小时候的我,但他们都死了——或者病了,住在别的镇子里。我在这里一个熟人都没有,我是几年前刚搬来的,所以没人见过我年轻的样子。"

"嘿嘿,我就知道!"珍朝她的小伙伴们眨了眨眼,"没人见过她以前什么样!"

"听着!"本特利老太太攥住女孩的手腕,"你必须相信这些事情。总有一天你会和我一样老。人们也会这么说你。'哦,不,'他们会说,'那些秃鹫从来就不是蜂鸟,猫头鹰从来不是黄鹂,鹦鹉从来不是青鸟!'总有一天你会像我一样!"

"我们才不会!"女孩们说,"这可能吗?"她们彼此确认。

"等着瞧吧!"本特利老太太说道。

她对自己说,哦,上帝啊,孩子就是孩子,老太太就是老太太,没有介于两者之间的东西。孩子无法想象他们看不到的

87

变化。

"你的母亲,"她对珍说,"这些年来,你没注意到你的母亲有什么变化吗?"

"没有。"珍说,"她始终是一个样子。"

这是真的。每天都和你生活在一起的人,你看不出他们的变化。只有经历多年的长途旅行后,故人才会让你震惊。她觉得自己像是在一列轰鸣的黑色列车上坐了七十二年的女人,终于来到站台上时,每个人都在惊呼:"海伦·本特利,是你吗?"

"我们该回家了。"珍说,"谢谢你送的戒指,正好适合我的手指。"

"谢谢你的插梳。很漂亮。"

"谢谢这张小女孩的照片。"

"回来——你们不能拿走!"她们跑下台阶时,本特利老太太高喊,"那些是我的东西!"

"别拿走!"汤姆追在两个女孩身后,"还给本特利夫人!"

"不,这些是她偷来的!是另一个小女孩的东西。她偷来的。谢谢!"爱丽丝高声叫道。

不管她怎么追着喊,两个女孩已经不见了,就像黑暗中的飞蛾。

"对不起。"汤姆站在草坪上,抬头看向老太太。他也走了。

她们拿走了我的戒指、插梳和照片。本特利老太太在台阶上颤抖。哦，我变空了，空空荡荡。这就是我的生活。

她醒着在床上躺了好几个小时，直到深夜，周围是她的衣箱和小饰品。她瞥了一眼整齐摆放的织物、玩具和装饰羽毛，大声问自己："这些真的属于我吗？"

或者，这只是一个老太太精心设计的诡计，好让自己相信自己曾有过去？毕竟，一段光阴一旦流逝，它便真的结束了。你总是活在当下。她可能曾经是个女孩，但现在不是了。她的童年一去不复返，没有什么能把它找回来。

一阵夜风吹进房间。白色窗帘飘动，拂过一根黑色手杖。这根手杖已经靠在墙边多年，旁边是另一些小摆设。手杖颤抖着，倒在一片月光中，发出轻柔的声响。金色杖尖闪着光。那是她丈夫去看歌剧时拄的手杖。他仿佛正用手杖指着她。过去当他们偶尔意见不合时，他会这么指着她，用柔和、悲伤而理性的声音理论。

"那些孩子是对的。"他会说，"亲爱的，他们什么也没偷你的。那些东西不属于此时此地的你。它们属于另一个你，很久以前的你。"

噢，本特利老太太在心中轻叹。然后，就像一张古老的留声机唱片在钢针下发出嘶嘶声一般，她记起了与本特利先生曾经的一次对话。本特利先生穿得整整齐齐，一尘不染的翻领上别着一朵粉红色的康乃馨。他说："亲爱的，你永远也不懂飞逝的时间，不是吗？你总是试图成为过去的你，而不是今晚的你。为什么要保存那些票根和戏剧节目单?日后他们只会让你伤心。扔了吧,亲爱的。"

但本特利老太太顽固地留着它们。

"这是行不通的。"本特利先生喝着茶,继续说道,"无论你多么努力地想成为过去的你,你只能成为此时此地的你。时间会催眠我们。当你九岁的时候,你认为自己一直都是九岁,而且永远都会是九岁。当你三十岁的时候,你似乎总是在明亮的中年边缘保持平衡。然后,当你七十岁的时候,仿佛永远都会是七十岁。你活在当下,你困于年轻的当下或年老的当下,除此之外并没有其他的当下了。"

这是他们平静婚姻中为数不多的温和争论之一。他从来不赞成她收藏小物件。"做现在的你,埋葬你所不是的那一切。"他曾经这样说,"票根是一种把戏。收藏这些东西就像是一种魔术,用镜子变的魔术。"

如果他还活着,今晚他会说什么?

"你收藏的是茧,"他会这么说,"是你再也穿不上的紧身胸衣。所以为什么还要留着它们呢?你无法证明你曾经年轻过。照片?不,照片会说谎。你不是照片。"

"宣誓书呢?"

"不,亲爱的,你不是一个日期,不是墨水,也不是纸。你不是这些装满垃圾和灰尘的大箱子。你只是你,此时此刻——现在的你。"

本特利老太太对往昔回忆点点头,感觉呼吸变得轻松了一些。

"是的,我明白了。我明白了。"

带有金色杖尖的手杖静静躺在洒满月光的地毯上。

"明天上午,"她对手杖说,"我要彻底解决这件事情。安定下来,只做我自己,不做其他任何一年的其他人。没错,这就是我要做的。"

她沉沉入睡……

明亮的、碧绿的早晨,在她的门口,两个女孩轻轻拍击纱门。"还有什么要给我们的吗,本特利夫人?还有那个小女孩的东西吗?"

她领着她们穿过大厅,来到图书室。

"拿着这个。"她把自己十五岁时扮演"大官的女儿"穿的裙子给了珍。"这个,还有这个。"一个万花筒,一个放大镜。"想要什么随便挑。"本特利老太太说,"书、旱冰鞋、娃娃,所有东西都是你们的。"

"我们的?"

"都是你们的。接下来的一个小时你们能帮我干些活儿吗?我要在后院生一堆火。我要清空衣箱,把垃圾扔给清洁工。它们不属于我。没有任何东西属于任何人。"

"我们能帮忙。"她们说。

本特利老太太领着女孩们来到后院,胳膊底下夹了好些东西,手里拿着一盒火柴。

91

于是这个夏天剩下的时间里,你能看到两个小女孩和汤姆在本特利老太太的前廊上等着,像电线上的鹡鸰。当卖冰棍儿的小贩摇出清脆的铃声时,前门打开了,本特利老太太飘然而出,手伸进银口钱包深处。之后的半小时里,你可以在前廊上看到他们,孩子们和老太太一起将冰凉的巧克力冰棒放进口中,笑声不断。最后他们成了好朋友。

"你几岁了,本特利夫人?"

"七十二。"

"五十年前你几岁呢?"

"七十二。"

"你从来没年轻过吗?你从来没有系过丝带,也没有穿过这样的衣服?"

"从来没有。"

"你有名字吗?"

"我的名字就是本特利夫人。"

"你一直住在这栋房子里吗?"

"是的。"

"你从来都不漂亮吗?"

"从来不漂亮。"

"从来从来、永远永远都不?"两个女孩会凑向老太太身边,在夏日下午四点的寂静中等待她的回答。

"从来从来、永远永远都不。"本特利老太太说。

"你的五分钱便笺簿准备好了吗,道格?"

"当然了。"道格认真舔了舔铅笔。

"到目前为止,你都写了些什么?"

"所有的仪式。"

"七月四日、酿蒲公英酒,还有挂上前廊秋千之类的事情,嗯?"

"瞧这一条,一九二八年六月一日,我吃了夏季的第一个爱斯基摩派。"

"那不算夏天,那还是春天。"

"但怎么说也是个'第一',所以我记下来了。六月二十五日,买到了那双新网球鞋。六月二十六日,赤脚走上了草坪。忙啊忙啊忙!这次你有什么要报告的,汤姆?新的第一次,还是暑假的美妙仪式?比如去小溪抓螃蟹,逮水黾?"

"人一辈子也不可能抓到水黾。你听说过谁抓到水黾的吗?动动脑子!"

"我正在想。"

"想到了吗?"

"你说得对,从来没人抓到过。应该没人能抓到。它们跑得太快了。"

"它们不是跑得快。它们根本不存在。"汤姆说。他想了想,点点头。"没错,它们根本就不存在。好吧,我要把这一点写下来。"

汤姆靠过去,在哥哥耳边低语。

道格拉斯记了下来。

两人都看着那句话。

"太神奇了!"道格拉斯说,"我从没想到这一点。真厉害!真的。老人从来都没当过孩子!"

"有点让人悲伤。"汤姆说道,一动不动地坐着,"可我们帮不了他们什么。"

"镇上好像到处都是机器。"道格拉斯边跑边说,"奥弗曼先生和他的快乐机器,芙恩小姐和洛伯塔小姐的绿色机器。对了,查理,你要带我去看什么?"

"一台时间机器!"查理·伍德曼气喘吁吁地说道,跟在他身后,"我以妈妈的荣誉、童子军的荣誉、印第安人的荣誉起誓!""过去和未来都能去吗?"

约翰·赫夫问道,轻松地绕着他们跑了一圈。

"只能回到过去,你不可能两头都占着。我们到了。"查理·伍德曼在一道树篱前停了下来。

道格拉斯窥视那栋老房子。"见鬼,那是弗雷利上校的房子。里面不可能有时间机器。他不是发明家,如果他是,像时间机器这样重要的东西,咱们早就知道了。"

查理和约翰踮着脚走上前廊的台阶。道格拉斯哼了一声,摇摇头,留在台阶下面。

"好吧,道格拉斯。"查理说,"你就留在门外当笨蛋吧。没错,弗雷利上校并没有发明这台时间机器,但所有权属于他,而且时间机器一直都在这里。我们太笨了,没有注意到!

再见,道格拉斯·斯波尔丁,再见!"

查理拉着约翰的胳膊肘,好像在护送一位淑女。他们打开前廊的纱门,走了进去。

纱门没有砰的一声关上,门被道格拉斯抓住了。他默默地跟在伙伴后面。

查理穿过封闭的门廊,敲了敲里面的门,然后推开。他们凝视着一道长长的黑暗的走廊,走廊尽头的房间像海底洞穴般泛出柔和的绿光,昏暗而湿润。

"弗雷利上校?"

寂静。

"他有点耳背。"查理低声说,"但他让我直接进来,大声喊他。上校!"

唯一的回答是尘土沿着螺旋楼梯轻轻飘落。然后,走廊尽头的海底房间里传来了微弱的动静。

他们小心翼翼地往前走,看向这间只有两件家具的房间——一个老人和一把椅子。两者彼此相似,都如此瘦弱,你甚至可以清楚地看到他们是如何被组装起来的——圆球与凹槽,筋腱与关节。房间的剩余部分是粗糙的地板、光秃秃的墙壁和天花板,以及无边无际的寂静空气。

"他好像死了。"道格拉斯低声说。

"不,他只是在想要去哪里作时间旅行。"查理自豪地悄声说道,"上校?"

其中一件棕色家具动了动,那是上校。他眨眨眼睛,集中精神，露出一个没牙的狂野微笑。"查理！"

"上校，道格和约翰来——"

"欢迎，孩子们。坐下，坐下！"

男孩们不安地坐在地板上。

"可是，那个——"道格拉斯正要发问，查理用胳膊肘捅了他一下。

"哪个？"弗雷利上校问。

"他的意思是，我们该说些什么。"查理对道格拉斯做了个鬼脸，然后对老人微笑，"我们没什么可说的。上校，您说点什么吧。"

"小心，查理，老人只会等着别人请他们说话。然后他们就像生锈的电梯一样咯吱咯吱地喋喋不休。"

"程连苏。"查理漫不经心地建议道。

"什么？"上校问。

"在波士顿，"查理提示道，"一九一〇年。"

"波士顿，一九一〇年……"上校皱起眉头，"噢，程连苏，当然了！"

"是的，上校。"

"让我想想……"上校的低语仿佛在平静的湖水上漂浮，"让我想想……"

男孩们等待着。

弗雷利上校闭上双眼。

"一九一〇年十月一日，一个平静凉爽的秋夜，波士顿综艺剧院，没错，就是在那里。座无虚席，观众翘首以盼。管弦齐鸣，大幕拉开了！程连苏，伟大的东方魔术师！他就在舞台上！而我就坐在台下，前排正中间！'子弹戏法！'他高喊，'哪位愿意上台见证！'坐在我旁边的男人走了上去。'请检查步枪！'程连苏说，'请给子弹做标记！'他说，'现在，请把这颗有记号的子弹从步枪里射出来，瞄准我的脸，'程连苏说，'在舞台的那一头，我会用牙齿接住子弹！'"

弗雷利上校深吸一口气，停顿了一下。

道格拉斯盯着他，半是疑惑，半是敬畏。约翰·赫夫和查理完全入迷了。现在老人继续讲述，他的脑袋和身体仿佛冻住了，只有嘴唇在动。

"'预备，瞄准，开火！'程连苏喊道。砰！步枪开火了。砰！程连苏发出一声尖叫，踉踉跄跄，他摔倒了，满脸是血。一片混乱。观众们站了起来。步枪有问题。'死了。'有人说。他们没说错。死了。可怕，太可怕了……我会永远记得……他的脸上仿佛戴着一张红色的面具，幕布迅速落下，女人在哭泣……一九一〇年……波士顿……综艺剧院……可怜的家伙……"

弗雷利上校慢慢睁开眼睛。

"天哪，上校，"查理说，"真是精彩。现在说说坡尼·比尔①吧？"

---

① Pawnee Bill，当时著名的演艺界人士，擅长"狂野西部秀"。

"坡尼·比尔……?"

"那时候您还在大草原上,一八七五年。"

"坡尼·比尔……"上校再次沉入黑暗中,"一八七五年……是的,我和坡尼·比尔在草原中央的一个小坡上等待着。'嘘!'坡尼·比尔说,'听。'大草原就像一座大舞台,为即将到来的风暴做好了准备。雷声响起。很轻。雷声再次响起。没那么轻柔了。无边无际的大草原上,是一大片不祥的深黄色阴云,其中布满黑色闪电,不知何故紧贴地面,有五十英里宽,五十英里长,离地不过一英寸。'天呐!'我喊道,'天呐!'——站在那片小山坡上——'天呐!'大地像一颗疯狂的心脏怦怦直跳,孩子们,一颗惊慌失措的心脏。我的骨头震得都快散架了。大地在颤抖:嘚啦啦,嘚啦啦,轰!轰隆隆。就是这声音:轰隆隆。哦,那场伟大的风暴轰隆隆地向下,向上,翻过起伏的土地,你所能看到的只有云,里面有什么根本看不见。'就是它们!'坡尼·比尔高喊。云团是扬起的尘埃!不是蒸汽或雨水,不,是草原尘埃从火绒上扬起——干草像细腻的玉米粉,像花粉,闪耀着阳光,因为太阳已经出来了。我再次惊呼起来!为什么?因为在那团地狱之火般的尘埃中,有一片面纱掀起,我看到了它们,我发誓!古老草原上的大军:野牛,美洲野牛!"

上校任由沉默积聚,然后又将之打破。

"脑袋像黑巨人的拳头,身体像火车头!两万、五万、二十万枚钢铁导弹从西边射出,偏离了轨道,灰烬四溅,它们眼睛像燃烧的火炭,隆隆地奔向黑暗!

"我看到尘土扬起,有那么片刻,我看到它们隆起的后背、凌乱的鬃毛形成一片海洋,蓬松的黑色波浪起起伏伏……'开枪!'坡尼·比尔说,'开枪!'我扳下击锤,瞄准。'开枪!'他说。我站在那儿,感觉自己仿佛上帝的右手,看着充满劲头与暴力的伟大景象在正午的子夜流逝,流逝,就像一列漆黑闪亮的葬礼列车,漫长,悲伤,永不停歇。而你是不会向葬礼列车开枪的,对吧,孩子们?不应该吧?那时我只希望尘土再次沉降,覆盖命运的黑色形状,让它们在沉重的骚动中撞击、推挤。接着,孩子们,尘埃远去了。云团遮住了数百万只正在鼓起雷声扬起风暴的蹄子。我听到坡尼·比尔的咒骂,他拍打我的胳膊。但我庆幸自己没让哪怕一粒铅弹去触碰那团云或云中蕴藏的能量。我只想站在那儿看时间滚滚流逝,隐藏在野牛制造的风暴之中,由它们裹挟着奔向永恒。

"一个小时,三个小时,六个小时,风暴从地平线尽头消失,袭向那些比我更不友善的人类。坡尼·比尔已经走了。我独自站着,耳朵彻底聋了。我怔怔地朝南方走了一百英里,穿过一座城镇。我听不见人们说话的声音,也满足于听不见。有那么片刻,我只想回忆那雷声。有时我仍能听到它,在这样的夏日午后,当湖面上空积起雨云时。一种令人敬畏的奇观之声……我希望你们也能听到……"

昏暗的光亮从弗雷利上校的鼻子里透出来。他的鼻子很大,像白瓷,里面盛着薄薄一杯温热的橙茶。

"他是睡着了吗?"道格拉斯终于发问。

"不是。"查理说,"他只是在给电池充电。"

弗雷利上校的呼吸又轻又短,好像跑了很长一段路。最后他睁开了眼睛。

"上校!"查理满怀钦佩地招呼他。

"你好,查理。"上校对男孩们笑了笑,似乎有些困惑。

"那是道格,那是约翰。"查理介绍。

"你们好,孩子们。"

男孩们也向上校问好。

"可是——"道格拉斯说,"那个……在哪儿?"

"天哪,你真笨!"查理戳了戳道格拉斯的胳膊。他转向上校。"您刚才说什么,上校?"

"我刚才说话了吗?"老人喃喃地问。

"刚才讲到了内战。"约翰·赫夫平静地提示,"他还记得内战吗?"

"我还记得吗?"上校反问,"噢,我记得,我当然记得!"他再次闭上眼睛,声音颤抖,"我记得一切!除了……我是哪一边的……"

"您制服的颜色是——"查理说。

"颜色会蹭掉,"上校低声说,"会变得模糊。我看到士兵和我在一起,但很久以前我就看不清他们外套和帽子的颜色了。我出生在伊利诺伊,在弗吉尼亚长大,在纽约结婚,在田纳西盖了一栋房子,现在,许多年之后,老天啊,我又回到了

101

绿镇。所以你们明白颜色为什么会混在一起了……"

"但您还记得您是在山的哪一边打的仗吗？"查理并没有提高嗓门，"太阳是从您的左边还是从您的右边升起？您是向加拿大进军还是向墨西哥进军？"

"似乎有些早晨太阳从我的右手边升起，另一些早晨从我的左肩升起。我们向各个方向进军。已经过去七十年了。人可记不住那么久之前的太阳和早晨。"

"您记得打胜仗的时候，对吧？您在哪儿打过胜仗？"

"不记得，"老人低沉地回答，"我不记得有哪一边在任何时刻、任何地方胜利过。战争里没有赢家，查理。你总是在输，输得更晚的那一方能提条件。我只记得很多损失，很多悲伤，什么好事都没有，除了战争的终结。终结，查理，终结本身就是一场胜仗，与枪炮无关。但我想，这不是你们想听的那种胜仗。"

"安蒂特姆①，"约翰·赫夫说，"问问安蒂特姆。"

"我当时就在那儿。"

男孩们的眼睛亮了起来。"奔牛河，问问他奔牛河……"

"我当时就在那儿。"上校的声音很轻。

"夏罗呢？"

"在这一生中，我每年都会想起这个可爱的地名，只能在

---

① 安蒂特姆以及下文中的奔牛河、夏罗等，都是美国内战期间著名战役的发生地。

战役记录上看到它是多么遗憾啊。"

"看来您当时也在夏罗。那么萨姆特堡呢?"

"我看到了火药冒出的第一股烟。"梦幻般的声音,"那么多事情都涌了出来,哦,那么多往事。我记得那些歌曲。'今夜波托马克河畔无战事,士兵们安宁地躺着做梦;他们的帐篷在秋月的清辉中,在营火的照耀下,闪着光芒。'我想想,想想……'今夜波托马克河畔无战事;没有声响,除了河水的奔腾;露水温柔地落在逝者的面庞——哨兵再也不用当班了!'……投降后,林肯先生在白宫阳台上要求乐队演奏'看呀,看呀,看到迪克西'……还有一位来自波士顿的女士,有天晚上她写了一首将千古传唱的歌:'我双眼已经看见我主降临的荣光,祂正践踏那滋长忿怒之果的地方。'深夜我总会哼起这些歌,感觉自己回到了那个时代。'迪克西的骑士们!守卫着南方的海岸……''当孩子们凯旋,兄弟,他们将戴着桂冠……'那么多歌谣,两边都在唱。歌声在夜风中吹向北方,吹向南方。'我们来了,父亲亚伯拉罕,三十万人,还有更多……''今晚宿营,今晚宿营,在我们的旧营地。''欢呼!欢呼!我们带来禧年!欢呼!欢呼!让我们自由的旗帜!'"①

老人的声音渐渐褪去。

男孩们一动不动,坐了很长时间。然后查理转过身来,看着道格拉斯:"所以,你就说他到底是不是吧!"

---

① 本段中提及的皆为美国南北战争期间的流行歌曲。

道格拉斯做了两个深呼吸，说："他确实是。"

上校睁开了眼睛。

"我确实是什么？"他问。

"一台时间机器。"道格拉斯喃喃地回答，"时间机器。"

上校盯着男孩们看了整整五秒钟。现在轮到他的声音中充满了惊奇。

"你们就是这么叫我的吗？"

"是的，上校。"

"是的，先生。"

上校慢慢靠在椅背上，看着几个男孩，看着自己的双手，然后稳稳地看着他们身后的空白墙壁。

查理站了起来。"我想我们该走了。再见，谢谢您，上校。"

"嗯？哦，再见，孩子们。"

道格拉斯、约翰和查理蹑手蹑脚地走出门去。

虽然他们就从上校眼前走过，但老人并没有看见他们离开。

男孩们走到街上，有人从一楼的窗户高喊"嘿！"，吓了他们一跳。他们抬起头。

"怎么了，上校？"

上校探出身子，挥舞一条胳膊。

"孩子们，你们说的话我想过了！"

"什么，上校？"

"你们说得对！我之前怎么没想到呢！一台时间机器，天哪，我是一台时间机器！"

"没错，先生。"

"再见，孩子们。欢迎你们随时再来！"

走到街道尽头，他们又转过身来，看到上校还在挥手。他们挥手回应，感到开心又温暖，然后继续前进。

"咔嚓、咔嚓。"约翰说，"我可以穿越到十二年前。嗡——咔嚓、咔嚓——叮！"

"是的，"查理回头看向那栋安静的房子，"但你不能回到一百年前。"

"对，"约翰若有所思地说，"我回不到一百年前。但刚才那是真正的时间旅行。他真是一台超棒的时间机器。"

他们默默地走了整整一分钟，低头盯着自己的脚。他们走到一道栅栏前。

道格拉斯说："最后一个翻过栅栏的，就是小女孩。"

回家的一路上，他们都管道格拉斯叫"朵拉"。

午夜过后很久，汤姆从睡梦中醒来，发现道格拉斯正打着手电筒在五分钱便笺簿上奋笔疾书。

"道格，怎么了？"

"怎么了？发生了那么多事！我正在记录，汤姆！看这里；快乐机器没成功，不是吗？但是，谁在乎呢！不管怎样，我把一整年都安排好了。如果要去主干街道的任何一处，我可以搭乘绿镇电车，从电车里监视整个世界。如果要去主干街道之外的任何一处，我可以去敲芙恩小姐和洛伯塔小姐的门，她们就会给电动代步车的电池充电，然后我们就能沿着人行道航行。如果要钻小巷、翻栅栏，要去绿镇上那些犄角旮旯的地方，我可以穿上新买的运动鞋。运动鞋、代步车、电车！我准备好了！但更好的是，汤姆，更好的是，听着！如果要去别人去不了的地方——因为他们不够聪明，甚至想不到这一点——如果我想回到一八九〇年，然后转到一八七五年，再转到一八六〇年，我只需要跳上弗雷利上校号特快列车！我是这样写的：'也许老人从来都不是孩子，就像我们对本特利夫人所说的那样，但是，不管是老是小，他们中的一些人一八六五年夏天曾在阿波马托克斯①附近。'他们拥有印第安人的视力,他们向后看可以比你我向前看时看得更远。"

"听起来好厉害,道格。是什么意思?"

道格拉斯继续书写。"意思就是,他们是一群远行客,而你和我成为远行客的可能性比他们低太多了。如果幸运的话,我们能活四十年、四十五年、五十年。对他们来说,那只是绕着街区慢跑。等你活了九十年、九十五年、一百年,才是真正的远行。"

手电筒熄灭了。

他们躺在月光下。

"汤姆,"道格拉斯低语,"我要用各种方法旅行,把我能看到的一切都收进眼中。但最重要的是,我得去看望弗雷利上校,每周一次、两次、三次。他比其他什么机器都好。他说,你听。他说得越多,你就越能四处张望,注意到一些事情。他告诉你,你正乘坐一列非常特殊的火车。嘿,老天,这是真的。他一直都在远行的路上,他什么都知道。而现在我们来了,你和我,踏上了同一条路,不过是继续往下走的。有那么多事物要观察、嗅闻、摆弄,你需要推醒弗雷利老上校,你需要他活着,这样你才能记住每一秒!记住需要记住的每一件事情!所以等你真的老了,孩子们来找你,你可以为他们做上校

---

① Appomattox,美国南北战争中南方联军向北方联军投降的地点。1865 年 4 月 9 日,南军将领在此地签署投降书,美国内战结束。

曾经为你做的事。就是这样,汤姆,所以我得花很多时间去看望他,听他说话,尽可能经常和他一起远行。"

汤姆沉默了片刻。然后他望向黑暗中的道格拉斯。

"远行。这个词是你造的?"

"也许是,也许不是。"

"远行。"汤姆轻声念叨。

"只有一点我可以肯定。"道格拉斯闭上眼睛,"这个词听起来确实很孤独。"

砰!

一扇门猛地关上了。阁楼里,尘土从书桌和书柜上弹跳起来。两个老妇人倚着阁楼的门瘫倒,手还都在摸索着,要把门锁紧,再锁紧。似乎有一千只鸽子从她们头顶的屋顶上起飞。两人好似背负着重担一般,弯着腰,躲在翅膀的拍打声中。然后她们停下来,惊讶地咧着嘴。她们刚才听到的只是纯粹的恐慌,是心脏在胸膛中剧烈跳动的声音……喧嚣之中,她们试图听见彼此的声音。

"我们做了什么!可怜的夸特梅因先生!"

"我们肯定是把他撞死了。肯定有人看到了,而且在跟踪我们。看……"

芙恩小姐和洛伯塔小姐透过布满蜘蛛网的阁楼窗户往外看。楼下仿佛没发生什么大悲剧,橡树和榆树在新鲜的阳光下继续生长。一个男孩在人行道上徘徊,掉头,再次走过来,不时抬头看着。

在阁楼上,两位老妇人互相凝视,好像要在流动的溪水中看到她们的脸。

"警察!"

但楼下没人边敲门边高喊"我们是执法部门!"。

"下面那个男孩是谁?"

"道格拉斯,道格拉斯·斯波尔丁!老天,他是来请求搭乘绿色机器的。他什么都不知道。是骄傲毁了我们。骄傲和那辆电动代步车!"

"都怪那个来自甘波特福尔的倒霉推销员。这是他的错,他和他的那些话。"

不停地说呀,说呀,就像夏天屋顶上的细雨。

她们仿佛回到了那一天,那个中午。她们拿着白色扇子,端着一盘清凉的、颤巍巍的酸橙果冻坐在树木成荫的前廊上。

突然,在炫目的强光中,在金黄的阳光里,它出现了,像王子的马车一样灿烂耀眼……

那台绿色机器!

它翩然滑行。它轻声低语,似一阵海风。它像枫叶一样精致,比溪水更清新,威严如正午潜行的猫,发出轻微的喉音。机器里端坐着一人,巴拿马草帽戴在抹着凡士林发油的脑袋上,正是那个甘波特福尔的推销员!机器的橡胶轮胎面柔软精致,在灼热的白色人行道上呼啸掠过,低鸣着来到门廊台阶前,旋转,停下。推销员跳了出来,用巴拿马草帽遮挡阳光。在那片小小的阴影里,他的笑容闪过。

"鄙人威廉·遏邋!而这个——"他捏了捏某个橡胶小球。响起海豹的叫声,"——就是喇叭!"他掀起黑色缎子靠垫:

"蓄电池！"闪电的气味在灼热的空气中飘荡。"方向操纵杆！脚踏板！遮阳顶篷！这些全都加起来，就是绿色机器！"

在黑暗的阁楼里，两个老妇人合上眼，颤抖着，回忆着。

"当时我们为什么不用织补针扎死他呢！"

"嘘！听！"

有人敲楼下的前门。过了一会儿，敲门声停止了。她们看见一个女人穿过院子，走进隔壁的房子。

"只是拉维尼娅·内布斯，拿着个空杯子，我猜是来借糖的。"

"扶着我，我害怕。"

她们闭上眼睛。记忆再次回放。来自甘波特福尔的男人突然拿起铁箱子上的旧草帽夸张地挥了挥。

"谢谢，那我就来一杯冰茶。"寂静中，你能听到清凉的液体冲击着他的胃。然后他把目光转向两位老太太，就像一位大夫拿着小手电筒，照向她们的双眼、鼻孔和嘴。"女士们，我知道您二位都活力十足。能看出来。八十岁——"他打了个响指，"对二位来说不算什么！但是，要知道，当您忙啊忙得不行的时候，您确实需要一位朋友，一位靠得住的朋友，这位朋友就是咱们这台双人座绿色机器。"

他明亮如绿玻璃、似毛绒狐狸般的眼睛凝视着那台奇妙无比的商品。它停在那儿，散发着崭新的气味，在灼热的阳光中等着她们——一把装在轮子上的舒适客厅椅。

"像天鹅的羽毛一样安静。"她们的面孔能感觉到他轻柔的呼吸。"听!"她们仔细聆听。"蓄电池已经充满电,准备好了!听!没有一点儿震动,没有一丝声音。电动的,女士们。每天晚上在车库里给它充电就行了。"

"它不会——那个——"妹妹喝了几口冰茶,"它不会意外电着我们吧?"

"不可能!快打消这念头!"

他再次跃上机器,牙齿就像你在口腔诊所的橱窗里看到的那样,在你深夜经过时兀自呲着,对你扮鬼脸。

"去参加茶会!"他绕着代步车跳了一圈华尔兹。"去桥牌俱乐部。走亲访友。社交晚宴。午餐小聚。生日派对!美国革命女儿会①的早餐会。"他嗡嗡地开走了,像是永远驶离这里。安静的橡胶轮胎又将他载了回来。"还有金星妈妈②们的晚餐会。"他像女性一般端庄地坐着,仿佛被自己扮演的角色束缚住了。"轻松操控。安静地抵达,优雅地离开。无需驾照。在炎热的日子里还可享受凉风。啊……"他驶过前廊,头向后仰,眼睛愉悦地闭着,发丝在风中凌乱地飘舞。

他手里拿着草帽,恭敬地走上前廊台阶,然后转身注视着试验车型,仿佛注视着熟悉的教堂祭坛。"女士们,"他轻声说,"首付只要二十五元。之后每月十元,两年付清。"

芙恩第一个走下台阶,爬上双座代步车。她不安地坐进

---

① DAR (Daughters of the American Revolution),一个基于血统的非营利妇女组织,只有参加过独立战争的人的女性直系后代可以加入。
② Gold Star Mother,指在第一次世界大战中失去儿子的美国母亲。

去。她的心里有些痒痒。她抬起手,大胆地捏了捏那个橡胶球。

响起海豹的叫声。

前廊上的洛伯塔笑得前仰后合,靠在栏杆上。

推销员也大笑起来。他扶着姐姐走下台阶,大声说着什么,同时掏出笔,在草帽里寻找票据或是其他什么东西。

"我们就这么把它买下来了!"阁楼上的洛伯塔小姐回忆起往事,被自己的胆量吓坏了,"他应该警告我们的!我一直觉得它不过就是嘉年华过山车上的小斗子!"

"可是,"芙恩为当时的决定辩解,"我的髋骨疼了很多年,你一走道就嫌累。而它看起来是那么精致,那么高雅。就像过去女人的环形裙撑。它们能航行!绿色机器航行时是那么安静!"

就像一艘游船,驾驶起来非常容易,只需用手轻轻扭动手柄。

噢,那精彩迷人的第一个星期——在金色阳光洒落的神奇午后,伴随微弱的嗡鸣声驶上一条梦幻而永恒的河流,在这座阴翳小镇中穿行。她们僵硬地坐着,对路过的熟人微笑,在每一个转弯处安静地伸出皱巴巴的爪子,经过十字路口时从黑色橡胶喇叭中挤出嘶哑的提示音。有时她们让道格拉斯或汤姆·斯波尔丁或任何其他在旁边小跑、聊天的男孩搭一段便车。缓慢而愉快的十五英里最高时速。她们穿梭于夏日光影之间,脸上布满了雀斑和路边树木投下的斑驳图案,她们来来往往,仿佛一个车轮之上的古老幻象。

"然后,"芙恩小声说,"今天下午!哦,今天下午!"

"这是个意外。"

"但是我们跑了,这是犯罪!"

这天中午,她们安静的绿色机器在慵懒的小镇上穿行,身下皮革座垫的气味与香囊里飘散出的灰色香气在车后的空气中弥漫。

事情在一瞬间发生。正午时分,她们轻盈地滑行到了人行道上,因为路面上炙热难耐,唯一的阴凉处是草坪旁的树木下。她们开到一个盲角,按响了低沉的喇叭。突然,就像从惊吓盒里弹出的人偶,夸特梅因先生不知从哪里冒了出来!

"当心!"芙恩小姐尖叫。

"当心!"洛伯塔小姐尖叫。

"当心!"夸特梅因先生尖叫。

两个女人互相抓住对方,没人握着操纵杆。

一声可怕的巨响。绿色机器继续在炽热的日光下行驶,驶过成荫的栗树,驶过成熟中的苹果树。两个老太太只回头看了一次,眼中充满尚未消退的恐惧。

老头儿躺在人行道上,一声不吭。

"咱俩就这么回来了。"芙恩小姐在昏暗的阁楼里哀叹,"噢,我们当时为什么不停下来!为什么要逃跑?"

"嘘!"她们一起仔细聆听。

敲门声再次从楼下传来。

声音停止时,她们看见昏黄的日光下,一个男孩穿过草坪。"是道格拉斯·斯波尔丁又想搭车了。"她们都叹了一口气。

几个小时过去了,太阳正在下山。

"我们已经在阁楼躲了一下午。"洛伯塔疲惫地说,"可不能在阁楼里躲三个星期,直到所有人都忘记此事。"

"我们会饿死的。"

"那我们怎么办?你觉得有人看见了吗?有人跟着我们吗?"两人看向彼此。

"没有。没人看见。"

小镇静默着,所有的小房子都亮起了灯。下面飘来浇过水的草地和准备中的晚餐的气息。

"该煎肉了。"芙恩小姐说,"弗兰克十分钟后就该回家了。"

"我们敢下去吗?"

"如果弗兰克发现家里没人,他会报警的。那只会让事情变得更糟。"

太阳沉得越来越快。在发霉的黑暗中,现在她们只是两团会动的影子。"你觉得,"芙恩小姐问,"他死了吗?"

"夸特梅因先生吗?"

停顿。"对。"

洛伯塔有些迟疑。"咱们可以看看晚报上怎么说。"

她们打开阁楼的门,小心翼翼地看着楼梯。"唉,如果弗兰克知道这件事,他会把绿色机器从我们身边拿走的。可是它那么可爱,那么好用,能带着我们吹凉风,逛镇子。"

"那咱们不告诉弗兰克。"

"不告诉他吗?"

她们相互搀扶着走下吱吱作响的楼梯,来到二楼,停下来探听动静……在厨房里,她们凝视着储藏柜,用惊恐的眼睛向窗外窥视,最后开始在炉子上煎汉堡肉饼。默默地干了五分钟活之后,芙恩悲伤地看着洛伯塔,说:"我在想,咱俩已经老了,变得虚弱,但又不愿意承认。咱们会搞出危险的事情来。咱们逃走了,欠社会一个交待……"

"然后呢……?"两姐妹看着彼此,手里的活停了下来,厨房里煎东西的声音陷入沉寂。

"我认为,"芙恩盯着墙看了很久,"咱们不应该再开绿色机器了。"

洛伯塔拿起一个盘子,紧握在她瘦弱的手里。"再也不开了?"她说。

"不开了。"

"可是,"洛伯塔说,"咱们也没必要——把它处理掉吧?咱们还是可以留着它,不是吗?"

芙恩想了想。"是的,我想是可以留着它。"

"至少也是件摆设。我现在就出去把电池断开。"

洛伯塔正要出去,她们的弟弟——年仅五十六岁的弗兰克走进门来。

"嘿,我的老姐姐们!"他招呼道。

洛伯塔一言不发从他身边走过,走入夏日的黄昏中。弗兰克拿着报纸,芙恩一把从他手里拿了过去。她颤抖着把报纸翻了一遍又一遍,长吁一口气,还给了弟弟。

"我刚才在外面遇见了道格·斯波尔丁。他说有个口信捎给你们。他说让你们不用担心——他都看见了,什么事都没有。他这话是什么意思?"

"我一个字也没听懂。"芙恩转过身去找手帕。

"哦,好吧,这些小孩子。"弗兰克盯着姐姐的背影看了很久,耸耸肩。

"晚饭好了吗?"他讨好地问。

"好了。"芙恩摆好餐桌。

外面传来刺耳的声音。一下,两下,三下——越来越远。

"什么声音?"弗兰克透过厨房的窗户凝视暮色,"洛伯塔在干什么?你看她,坐在绿色的机器里,按橡胶喇叭呢!"

一声,然后又来了两声,在暮色中,像某种悲伤动物的轻柔鸣叫,渐渐消散。

"她又怎么了?"弗兰克问。

"不用你管她!"芙恩高声喝道。

弗兰克一脸惊讶。

过了一会儿,洛伯塔平静地走进来,不看向任何人,然后他们坐下来吃晚饭。

清晨，第一束阳光刚洒上屋顶。所有树木的叶子都在黎明带来的微风中颤抖、苏醒。然后，在一段银色轨道的转弯处，电车远远地驶来了，漆成橘色的车厢在四个钢蓝色的小巧车轮上保持平衡。闪亮的黄铜肩章和金色饰边覆盖了车头；司机老先生把一只皱巴巴的鞋踩下去，镀铬的铃铛就叮叮叮地响起来。电车车头和侧面的数字是明亮的柠檬色。车厢里的座位上仿佛铺着凉爽的绿色苔藓。车顶上抛出一条马车鞭似的东西，扫过树梢间如蜘蛛丝一般的电线，从中获取能量。每扇车窗中都飘出一股香气，那是无处不在的蓝色和夏日风暴与闪电的神秘气味。

电车沿着榆树成荫的长长街道行驶，司机戴着灰色手套轻轻触摸操纵杆，像一个永恒的画面。

中午，司机把电车停在街区中央，从车窗中探出头来。"嘿！"

道格拉斯、查理、汤姆以及附近所有小男孩和小女孩都看到了那只挥动的灰色手套。他们从树上跳下，将跳绳丢在草坪上,它们如同白色的蛇。孩子们纷纷跑来,坐在绿绒布面的电车座位上。免费的。司机特里登先生用戴着手套的手捂住收款箱的投币口,一边沿着阴凉的街道开动电车,一边招呼孩子们。

"嘿!"查理问,"我们要去哪儿?"

"最后一程。"特里登先生说,眼睛盯着前方高高的电线,"再也没有电车了。公共汽车明天开始运行。他们要给我发养老金,让我退休。所以——每个人都能免费搭一程!坐稳喽!"

他使劲扳动黄铜把手,电车呻吟着驶上一条无尽的绿色曲线。整个世界仿佛静止不动,似乎只有孩子们、特里登先生和他的神奇机器漂浮在一条无尽的河流上,远去。

"最后一天?"道格拉斯惊呆了,"他们不能这么做!绿色机器已经没指望了,被锁在车库里,没有商量的余地,这还不够糟吗?而我新买的网球鞋已经开始变旧、变慢,这还不够糟吗?我要怎么在镇上漫游?但是……但是……他们不能取消电车!为什么?"道格拉斯问道,"不管怎么看,公共汽车和电车都不是一回事。汽车发出的声音不一样。汽车没有轨道也没有电线,没有天线擦出火花,不往轨道上撒砂,没有电车的颜色,没有铃铛,也不会像电车一样放下踏板台阶!"

"嘿,你说得没错。"查理附和,"看着踏板像手风琴一样从电车上放下来,我总是很兴奋。"

"对。"道格拉斯说。

然后他们就到了线路的尽头,废弃了十八年的银色轨道,一直延伸到起伏的乡村。一九一〇年，人们会拎着巨大的野餐篮子乘电车去切斯曼兹公园。这条轨道从未被拆除，仍然锈迹斑斑地躺在山峦之间。

"这就是我们该掉头的地方了。"查理说。

"这就是你说错的地方喽！"特里登先生啪的一声按下了应急发电机开关，"瞧着！"

一记颠簸，电车开始轻盈滑行，掠过城市边缘，离开街道，顺势下坡，在弥漫芳香的阳光和散发蘑菇气味的大片阴影之间穿行。不时有溪水冲刷轨道，阳光透过绿玻璃般的树叶洒下来。他们驶过长满野向日葵的草地，经过空荡荡的废弃车站，这里只有打了孔的换乘车票四处飘散，如节日的五彩纸屑。他们循着一条林间溪流进入夏日的郊野，这时道格拉斯说道：

"哎，电车里的气味就是不一样。我坐过芝加哥的公共汽车，闻起来怪怪的。"

"电车太慢啦，"特里登先生说，"他们要启用公共汽车。上班的要坐，上学的也要坐。"

电车呜咽着停了下来。特里登先生从头顶架子上取下一个巨大的野餐篮。孩子们欢叫着，帮他把篮子搬到一条小溪旁，溪水注入一片寂静湖泊。那儿有一个从前的乐队亭，摇摇欲坠，破败中逐渐变成白蚁的尘土。

他们坐着吃火腿三明治、新鲜的草莓和油亮的橙子。特里登先生向他们讲述二十年前的盛况。夜晚，乐队在那个华丽的凉亭里演奏，乐手吹响铜质号角，胖胖的指挥从指挥棒上甩出汗水，孩子们与萤火虫在深草丛中赛跑，穿长裙挽高髻的女士与领口紧扣的男士在木栈道上流连。木栈道还在那儿，随着时间的推移，现已软化成一片糊状纤维。湖水湛蓝静谧，鱼在明亮的芦苇间平静穿梭，电车司机不停地说呀说呀，孩子们觉得好像身在另一个年代，特里登先生看起来年轻得惊人，眼睛像小灯泡，闪烁着蓝色的电光。这是悠然自得的一天，没有人匆匆忙忙。森林在四周铺展，太阳静止在一个位置上，特里登先生的声音抑扬顿挫，一根织补针在空气中缝了又缝，拼贴出金色的无形的图案。一只蜜蜂在花瓣中安顿下来，嗡嗡，哼哼。电车像一台被施了魔法的蒸汽笛风琴，阳光照射到的地方蒸腾出热气。当他们享用成熟的樱桃时，电车仿佛就在他们手上，散发着黄铜的味道。夏风从他们的衣衫上吹出电车的明亮气息。

一只潜鸟飞过天空，号叫着。

有人打了个寒战。

特里登先生戴上手套。"好了，该回去了。否则父母会以为我把你们拐跑了。"

电车里静悄悄的，又阴又冷，就像在卖冰淇淋的药房里。孩子们在沉默中转动座椅，绿色天鹅绒坐垫发出轻柔的摩擦声。他们坐下来，背对着寂静的湖泊、废弃的乐队亭和木栈道——如果你在湖畔散步时踏上那些木板，它们会奏出某种音乐。

叮！特里登先生踩响了轻柔的铃铛声，他们飞驰过被太阳遗弃的、花朵枯萎的原野，穿过树林，驶向小镇。当特里登先生让孩子们在阴凉的街道上下车时，小镇似乎在用砖块、沥青和木头压迫着电车的两侧。

查理和道格拉斯是最后两个，他们站在电车伸出的舌头旁——也就是展开的折叠台阶边上，呼吸中都带着电流，看着黄铜操纵杆上特里登先生戴手套的手。

道格拉斯用手指轻抚苔藓绿的坐垫，看向天花板上银色、黄铜色和酒红色的内饰。

"嗯……再见了，特里登先生。""再见，孩子们。"

"回头见，特里登先生。""回头见。"

空气中有一声轻柔的叹息；车门轻轻地合上，褶皱的舌头收了回去。傍晚时分，电车缓缓驶离，比太阳还明亮，全是橘色，全是闪耀的金色与柠檬色。车轮旋转，它绕过远处一个街角，不见了，消失了。

"那些校车！"查理走到路边，"甚至不给咱们上学迟到的机会，直接来家门口接人。咱们这辈子再也不会迟到了。想想那种噩梦吧，道格，好好想想吧。"

而道格拉斯站在草坪上，仿佛看见了明天会发生什么：人们会把热沥青倒在银色的轨道上，这样你就永远不会知道曾经有电车从那儿驶过。但他知道，不管这些轨道埋得有多深，他需要很多很多年才能把它们遗忘。在秋天、春天或冬天的某个早晨，他知道自己醒来后即便不走近窗户，即便只是深深地、暖洋洋地赖在被窝里,也能听见电车的声音,微弱而遥远。

在清晨街道的拐弯处,在大街上,在一排排平整的梧桐树、榆树和枫树之间,在生活开始前的宁静中,他会听到那熟悉的声音从屋舍边飘过。像时钟的滴答,像十几个金属桶滚动的隆隆声,像破晓时一只巨大蜻蜓的嗡鸣。像旋转木马,像一场小型雷电风暴,闪电的蓝色,来到这里,又离开。电车的声音!踏板台阶放下又收起时发出嘶嘶声,像汽水机的喷嘴。梦境再次开始,它沿着线路航行,在一条隐藏的、被埋葬的轨道上,去往某个隐藏的、被埋葬的目的地……

"晚饭后玩儿踢罐子吗?"查理问。
"好。"道格拉斯说,"踢罐子。"

约翰·赫夫，十二岁，关于他的事实很简单，陈述如下：他能比有史以来的任何一个乔克托人或切诺基人开辟更多的小径；他能从空中跃下，好比黑猩猩跃下藤蔓；他能在水下屏气两分钟，你再次见到他时，已在下游五十码之外。你扔给他的棒球，他击中了苹果树，震落一场丰收。他能跳上六英尺高的果园墙，快速摇动树枝，带着一大堆桃子下来，比这群孩子中的任何一个都快。他一边奔跑一边大笑。他坐下时总是很放松。他不会霸凌其他人。他很友善。他的头发又黑又卷，牙齿白得像奶油。他记得所有牛仔歌曲的歌词，如果你问他，他会教你。他知道所有野花的名字，知道月亮什么时候升起，什么时候落下，知道什么时候涨潮，什么时候退潮。事实上，据道格拉斯·斯波尔丁所知，他是二十世纪唯一生活在伊利诺伊州绿镇的神。

此刻，又一个温暖的、大理石般圆润的日子，他和道格拉斯正在镇外徒步，天穹高悬如蓝色的吹制玻璃，小溪明亮，如镜的溪水在白色石块上散开。蜡烛火焰般完美的一天。

道格拉斯脚步不停，觉得日子会永远这样继续下去。完美,圆润,青草的味道向前散播,和光速一样快。好朋友吹出黄鹂一样的哨音,击中垒球,而你模仿马儿起舞,钥匙叮当作响,沿着尘土飞扬的小径前行,所有这一切都是完整的,一切都可触及;万事近在眼前,万物就在手边,并将永远存在。

那是一个多么美好的日子,而忽然之间一片云彩掠过天空,遮住太阳,再也不移动了。

约翰·赫夫已经平静地说了好几分钟。道格拉斯停下来,站在小径上,看着他。

"约翰,你说什么?"

"你已经听到了,道格。"

"你说你要——搬走?"

"火车票就在我口袋里。呜呜——,呲——哐当、哐当、哐当、哐当。呜——"

他的声音渐渐变弱。

约翰严肃地从口袋里掏出一张黄绿色的火车票,两人都看向纸片。"今晚的!"道格拉斯说,"天哪!今晚咱们不是要玩一二三木头人的吗!怎么会这样,这么突然?你一直都住在绿镇,从我记事起。你不能说走就走!"

"因为我父亲,"约翰说,"他在密尔沃基找到工作了。我们直到今天才确定……"

"天哪,下周的浸礼会野餐,还有劳动节和万圣节的热闹狂欢——你爸就不能等等吗?"

约翰摇摇头。

"天哪!"道格拉斯说,"让我先坐下!"

他们坐在山坡上的一棵老橡树下,回望小镇,太阳在他们周围投下巨大的颤抖的影子。树下凉得像一个洞穴。远处,在阳光下,小镇仿佛被暑气涂抹了一遍,所有窗户都敞开着。道格拉斯想要跑回那里,让镇子的重量、房屋的体积把约翰围住,阻止他起身逃走。

"可我们是朋友。"道格拉斯无助地说。

"我们永远都是朋友。"约翰说。

"你每个星期都会回来看我,对吧?"

"爸爸说一年只能回来一两次。有八十英里的路。"

"八十英里不算远!"道格拉斯喊道。

"对,一点儿也不远。"约翰说。

"我奶奶有电话。我会打电话给你。或者我们会去拜访你。那样多棒啊!"

约翰沉默了很久。

"那么,"道格拉斯说,"咱们聊点儿什么吧。"

"聊什么?"

"天哪,你就要搬走了,咱们有一百万件事情要聊!咱们下个月、下下个月会聊的所有事情!螳螂、齐柏林飞艇、杂技演员、吞剑艺人!继续聊刚才没说完的,蚱蜢乱吐烟草叶!"

"奇怪的是,我现在不想聊蚱蜢。"

"你总是喜欢聊蚱蜢!"

"对。"约翰直直地望向镇子,"但我这会儿不想聊。"

"约翰,怎么了?你怪怪的……"

约翰闭上了眼睛,五官都皱到了一处。"道格,泰尔家的宅子,楼上,你知道我说的是哪儿吧?"

"知道。"

"那些小圆窗上的彩色玻璃,它们一直都在那儿吗?"

"当然。"

"你确定吗?"

"那些该死的旧窗户在我们出生之前就已经在那儿了。怎么了?"

"之前我从没注意过,直到今天。"约翰说,"今天穿过镇子的路上,我一抬头,看见它们就在那里。道格,这些年我在做什么,我怎么就没看见那些彩色玻璃呢?"

"你有其他事情要做。"

"是吗?"约翰转过身,有些惊恐地看着道格拉斯,"天哪,道格,为什么那几扇窗户会吓到我?我是说,彩色玻璃没什么可怕的,对吧?只是……"他不知该如何解释,"只是,如果我今天才看到那些窗户,那么我还错过了什么?镇上还有多少东西是我没看到的?等我离开了,我还能记得它们吗?"

"任何你想记住的事,你都能记住。两年前的夏天我去露营,我现在还记得。"

"不,不一定都能记住!你告诉我的。你曾经夜里醒来,意识到自己记不起母亲的脸。"

"才没有!"

"有几个晚上,我在自己家也遇到这种事。吓死我了。我得去父母的房间,看着他们睡觉时的脸,以确保自己记得!我回到自己的房间,转眼又忘记了。老天,道格,多可怕啊!"他紧紧抓住膝盖,"答应我一件事,道格。你要记得我,你要记得我的脸和一切。你能答应吗?"

"这个再简单不过了。我脑子里有一台电影放映机。夜里躺在床上,我只要打开脑子里的那盏灯,电影就会投射在墙上,清清楚楚,你就会在镜头里,对我大喊,对我挥手。"

"闭上眼睛,道格。现在,告诉我,我的眼睛是什么颜色的?不许偷看。我的眼睛是什么颜色的?"

道格拉斯开始冒汗。他的眼皮紧张地抽动。"见鬼,约翰,这不公平。"

"快说!"

"棕色!"

约翰转过身去。"不对。"

"不对吗?"

"差太远了!"约翰闭上眼。

"转过来。"道格拉斯说,"睁开,让我看看。"

"没用的。"约翰说,"你已经忘了。就像我说的那样。"

"转过来!"道格拉斯抓住约翰的头发,慢慢地扳过他的脸。

"好吧,道格。"

约翰睁开眼睛。

"绿色的。"沮丧中,道格拉斯放下手,"你的眼睛是绿的……但已经接近棕色了。几乎是棕绿色的！"

"道格，别当着我的面说瞎话。"

"好。"道格小声答应，"我不胡说了。"

他们坐在那儿，听其他男孩跑上山，对着他们尖叫呼喊。

他们沿着铁轨奔跑，打开装在棕色纸袋里的午餐，深嗅食物的香气：蜡纸包裹的辣味火腿三明治、绿色的海泡菜和五彩薄荷糖。他们一次又一次奔跑，道格拉斯弯下腰，把耳朵贴在炽热的钢轨上，聆听遥远的火车声。那是来自他们看不见的别处的航行，通过摩尔斯电码给他发送消息，而他在这里，在灼人的阳光下。道格拉斯站起身，一下呆住了。

"约翰！"

约翰在奔跑，这可太糟了。因为如果你奔跑，时间也会奔跑。你欢呼，尖叫，冲刺，旋转，翻滚，太阳突然就落山了，哨声响起，你走在回家吃晚饭的漫长道路上。趁你不注意，太阳就会跑到你身后！让时间慢下来的唯一方法就是什么也不做，仅仅观察！只要瞪着眼睛观看，你就可以把一天延长成三天，保证有效！

"约翰！"

现在他已经无能为力了，只能使一个诡计。

"约翰，甩掉，甩掉其他人！"

道格拉斯和约翰大喊着加速，乘着风冲下山坡，让地心引力为他们服务。他们穿过草地，绕过谷仓，直到追逐者的声音渐渐消失。

约翰和道格拉斯爬进一个干草堆里，干草如一丛巨大的篝火在脚下噼啪作响。

"咱们什么也别做。"约翰说。

"我正要这么说。"道格拉斯说。

他们静静地坐着，喘息。

有一个细小的声音，像是干草堆中的昆虫发出的。

他们听到了，但都不去追寻声音的来源。当道格拉斯移动手腕时，滴答的声响转移到了干草堆的另一处。然后他把胳膊放到膝盖上，那声响又从他膝头传来。他让目光迅速向下一瞥。手表说三点了。

道格拉斯悄悄地把右手移到滴答声上，拔出了发条。他把手放到身后。

现在他们有足够长的时间来仔细观察这个世界，感受太阳像一阵炽热的风在天空中流动。

但最后约翰一定感觉到了他们影子那无形的重量在移动，在倾斜。他说话了。

"道格，几点了？"

"两点半。"

约翰看向天空。

别看！道格拉斯在心中呼喊。

"我看更像是三点半、四点。"约翰说，"做童子军时学过的。"

道格拉斯叹了口气，慢慢地把手表的时间往后调。

约翰默默地看着他这么做。道格拉斯抬起头来。约翰往他胳膊上揍了一拳，一点也没使劲。

一辆火车飞速驶来，男孩们都跳到一边，大叫着，对着火车挥舞拳头，道格拉斯和约翰也在其中。火车在铁轨上呼啸而过，车上的两百人都已不见了。尘土随着列车向南飘了一小段，然后落在蓝色铁轨间金色的寂静中。

男孩们正往家走。

"等我十七岁，我要去辛辛那提当铁路消防员。"查理·伍德曼说。

"我有个叔叔在纽约，"吉姆说，"我要去那里当印刷工。"

道格没有问其他人。他脑中的火车已经在鸣笛了，他仿佛看到朋友们把脸紧贴在车窗上，或是站在车尾的观景平台上，一点点离他远去。他们一个接一个地溜走了。空荡荡的铁轨和夏日的天空，他自己在另一列火车上，朝另一个方向驶去。

道格拉斯感觉到大地在他脚下移动，看到他们的影子从青草上移开，给空气染上颜色。

他使劲咽了口唾沫，发出一声尖叫，收回拳头，把软皮球嗖地射向天空。"最后一个到家的是犀牛屁股！"

他们在铁轨上狂奔，大笑，在空中跳跃。约翰·赫夫的步子那么轻快，几乎碰不到地面。而道格拉斯，每一步都踩在地上。

傍晚七点，晚饭吃完，男孩们一个个走出家门，伴随着砰、砰、砰的甩门声以及父母要求他们别甩门的呵斥声。道格拉斯、汤姆、查理和约翰站在其他五六个男孩之间，到了玩捉迷藏和一二三木头人的时候了。

"就一局，"约翰说，"然后我就得回家。九点的火车。谁来当鬼？"

"我。"道格拉斯说。

"我第一次听到有人自愿当鬼。"汤姆说。

道格拉斯盯着约翰看了很久。"开始跑啦！"他喊道。

男孩们大叫着四散开来。约翰后退几步，然后转身开始大步跑。道格拉斯缓慢地数数。他让伙伴们跑得很远，散开来，每个人都分隔在自己的小世界中。当他们越跑越快，几乎要跑出道格拉斯的视野时，他深吸一口气。

"木头人！"

所有人瞬间冻结。

道格拉斯静静地穿过草坪，走到约翰·赫夫身边，约翰就像暮色中的一只铁鹿。

远处，其他男孩举起手，做着鬼脸，眼睛像毛绒松鼠一样明亮。

而眼前的约翰孤零零的，纹丝不动。没人冲过来或是大声喊叫，没人破坏这一刻。

道格拉斯绕着木头人顺时针走了一圈，又逆时针走了一圈。木头人一动不动。他不说话。他望向远处的地平线，嘴边挂着半个笑容。

就像几年前在芝加哥,他们去参观一处摆放着大理石雕像的巨大场地,他就这样默默绕着雕像行走。约翰·赫夫就在眼前,膝盖和屁股上沾着草屑,手指上有小口子,胳膊肘的创口已经结了痂。约翰·赫夫就在眼前,穿着悄无声息的网球鞋,双脚裹在寂静之中。这张嘴巴在夏天嚼过许多杏子派,说过许多关于生活和土地的平静话语。还有这双眼睛,不像雕像的眼睛那样死板,而是充满了融化的绿色和金色。他黑色的发梢时而飘向北,时而飘向南,或是飘向微风吹过的任何方向。他的手上有道路的泥土,有树皮的碎屑,有整座小镇。手指闻起来有火麻、藤蔓和青苹果的气味,还有旧硬币或泡菜绿的青蛙。他的耳朵被阳光穿透,像油桃表面明亮温热的蜡。他的呼吸带着留兰香气味,无形地飘散在空气中。

"约翰,"道格拉斯说,"现在你连睫毛都不许动一下。我命令你站在这里不移动,站三个小时!"

"道格……"

约翰的嘴唇翕张。

"不许动!"道格拉斯命令道。

约翰重新摆出望向远处天空的姿势,但这一回他的嘴边没有笑意。

"我得走了。"他低声说。

"一块肌肉都不许动,这是游戏规则!"

"我现在得回家了。"约翰说。

现在雕像动了，把手从空中放下，转过头看着道格拉斯。他们就站在那儿，看着彼此。其他孩子也放下了胳膊。

"再玩一轮，"约翰说，"不过这次我来当鬼。开跑！"

男孩们狂奔。

"停！"

男孩们瞬间冻结，道格拉斯也在其中。

"一块肌肉都不许动！"约翰高喊，"一根头发都不许动！"

他走过来，站在道格拉斯身边。

"哎，这是唯一的办法。"他说。

道格拉斯望向暮色渐沉的天空。

"木头人，你们每一个木头人，三分钟不许动！"约翰说。

道格拉斯感觉到约翰绕着他走动，就像他刚才绕着约翰走那样。他感觉到约翰往他的胳膊上捶了一下，没使劲。"再见。"他说。

然后是一阵奔跑的脚步声。道格拉斯不用回头就知道身后已经没人了。

远处，火车汽笛响起。

道格拉斯就这样站了整整一分钟，等待奔跑的声音消散，但那声音没停。他还在跑，可听起来就在附近，道格拉斯暗想。他为什么不停下来？

然后他意识到那只是自己的心跳声。

停！他的手猛击胸口。别跑了！我不喜欢这种声音！

他走在草坪上，走在其他雕像之间。但他不知道他们是不是也活过来了。他们似乎纹丝不动。他自己也只有膝盖以下在移动。他身体的其余部分仍似冰冷的石头,格外沉重。

走上自家前廊,他猛地扭头看向身后的草坪。

草坪上空荡荡的。

一连串步枪射击声。沿街的纱门一扇接一扇砰砰作响,夕阳的齐射。

他想,雕像是最好的。雕像是唯一能留在草坪上的东西。永远不要让它们移动。一旦你允许了,你就拿它们毫无办法。

突然,拳头像活塞一样从他身侧射出,在草坪、街道和渐浓的暮色中猛烈地摇晃。他的脸涨得血红,他的眼睛在燃烧。

"约翰!"他大喊,"约翰!约翰,你是我的敌人,听到了吗?你不是我的朋友!永远不要回来!滚开吧,你!敌人,你听到了吗?你是敌人!我跟你一刀两断了,你就是一块泥巴,仅此而已,泥巴!约翰,你别假装听不见,约翰!"

天色变得更暗了,就像镇外一盏透亮大灯的灯芯又被调短了一点。他站在前廊上,喘着粗气,不停地咒骂。他的拳头仍然直直地朝街对面的房子挥动。他看看自己的拳头,它似乎变模糊了,整个世界也变模糊了。

爬上楼梯,在黑暗中,他只能感觉到自己的脸,但看不到自己的身体,甚至看不到自己的拳头。他一遍又一遍地对自己说,我生气,我气疯了,我恨他,我生气,我气疯了,我恨他!

十分钟后,在黑暗中,他慢慢爬到了楼梯顶端……

"**汤姆**,"道格拉斯说,"答应我一件事,好吗?"

"我答应你。什么事?"

"你是我弟弟,也许我有时会恨你,但咱俩要永远在一起,好吗?"

"你是说,你和那些大男孩出去玩的时候,我也能跟着吗?"

"嗯……当然了……那样也行。我的意思是,别离开我,明白吗?别让汽车撞了,别从悬崖掉下去。"

"当然不会啦!你当我傻吗?"

"因为如果最坏的情况发生,咱俩都变得很老了——比如说四十岁或者四十五岁,咱们可以在西部开采一座金矿,然后坐在那儿,把玉米须当烟抽,把胡子留起来。"

"留胡子!真带劲!"

"就像我说的,你要待在我身边,别出任何事。"

"放心,我靠得住。"汤姆说。

"我担心的不是你,"道格拉斯说,"而是上帝管理这个世界的方式。"

汤姆思考了一会儿。

"他干得还行,道格。"汤姆说,"他尽力了。"

她从浴室出来时,手指头上抹着碘酒。她给自己切一块椰子蛋糕时差点儿把手指剁了。就在这时,邮差走上前廊台阶,打开门,走了进来。门砰地关上了。艾蜜拉·布朗吓了一大跳。

"山姆!"她叫道,把抹了碘酒的手指在空中挥舞,"我还是不习惯自己的丈夫是个邮差。每次你径直走进来,我都吓得魂不附体!"

山姆·布朗拿着空了一半的邮件袋站在那儿,挠挠头。他回头看着门外,仿佛看到一团雾突然席卷而来,在这个平静甜美的夏日上午。

"山姆,你这么早就回来了。"她说。

"我待不住了。"他用困惑的声音说道。

"说来听听,怎么了?"她走过来,看着丈夫的脸。

"也许没事,也许要出大事。我刚给街那头的克拉拉·古德沃特送了个邮包……"

"克拉拉·古德沃特!"

"你先别生气。她的包裹里是书。一家叫'约翰逊-史密斯'的出版商从威斯康星的拉辛寄来的。其中一本书的书名是……我想想。"他的脸皱了起来，然后又松开，"艾尔伯图斯·麦格努斯[①]——作者就叫这个。《经认可及验证的、交感的及自然的埃及秘密，或……"他凝视天花板，试图回忆那些文字，"针对人类及野兽的白魔法与黑魔法，揭示古代哲学家的禁忌知识和奥秘》!"

"克拉拉·古德沃特？你说那是她的书？"

"送过去的路上，我瞥了前几页，这不算窥人隐私。'这位著名的学者、哲学家、化学家、博物学家、心灵学家、占星家、炼金术士、冶金学家、巫师与巫术之谜的解释者所揭示的生命的隐藏秘密，以及许多艺术和科学的深奥观点——晦涩的、朴素的、实用的，等等'——就是这么说的！天哪，我的脑袋就像一台柯达布朗尼相机。词儿我都记住了，但意思完全不懂。"

艾蜜拉看着自己抹了碘酒的手指，好像那是一个陌生人在指着她。"克拉拉·古德沃特。"她喃喃地说。

"当我把书递过去的时候，她直视着我的眼睛说：'我要当女巫，必须是一流女巫。我很快就要拿到证书了。接着买卖就开张。单人也好，群体也罢，男女老少，大大小小，没有我施不了的咒。'然后她大笑起来，一头扎进那书里，回屋

[①] Albertus Magnus（约1200—1280），也称大阿尔伯特，中世纪欧洲哲学家、神学家。

去了。"

艾蜜拉盯着她手臂上的瘀伤，小心地用舌头舔着下颌一颗松动的牙齿。

一扇门猛地关上了。汤姆·斯波尔丁跪在艾蜜拉·布朗家门口的草坪上，抬起头来。他在附近徘徊，看看各家的蚂蚁过得怎么样。他发现了一座特别好的蚁山，上面有一个大洞，各种各样火红明亮的蚂蚁在空中翻滚，疯狂地把蚱蜢或小鸟的遗体碎屑带往地下。然后就是这件事：布朗太太在前廊边上摇摇晃晃，好像刚刚发现地球正以每秒六十万亿英里的速度在太空中坠落。她身后是布朗先生，他不知道地球坠落的速度，可能知道了也不在乎。

"嘿，汤姆！"布朗太太招呼他，"我需要精神支持，需要相当于羔羊之血的法力。你跟我来！"

她冲了出来，穿过院子，一路上踩死蚂蚁，踢掉蒲公英的绒球，在花圃中留下一个个又大又尖的洞。

当布朗太太冲到街上时，汤姆又跪了一会儿，研究她的肩胛骨和脊柱。他在布朗太太的骨头里读出了滔滔不绝的夸张戏剧和冒险故事。他通常不会把这些与女士联系在一起，即便布朗太太唇上像是留着海盗胡子。片刻之后，他赶到她身边。

"布朗太太，您好像疯了！"

"你不知道什么是真疯，孩子！"

"当心！"汤姆喊道。

艾蜜拉·布朗太太被一只躺在青草上睡觉的铁狗绊倒，摔了个结结实实。

"布朗太太!"

"你看见了吗?"布朗太太坐在地上,"是克拉拉·古德沃特的把戏!魔法!"

"魔法?"

"别问了,孩子。台阶就在那儿。你先过去,把那些看不见的绳啊线啊都踢开。去按门铃,但按一下就要赶紧松开,否则电流会把你烧成灰烬!"

汤姆没碰门铃。

"克拉拉·古德沃特!"布朗太太用抹了碘酒的手指轻轻按下门铃。

这座庞大老宅的深处,阴凉昏暗的房间里,银铃声响起又消散。

汤姆仔细听着。更深处似有老鼠奔跑声。远处客厅里有什么东西动了一下,也许是一道影子,也许是被风吹起的窗帘。

"来了。"一个平静的声音说道。

古德沃特太太忽地出现在纱门后,像薄荷糖棒一样神清气爽。

"哦,你们好,汤姆,艾蜜拉。是什么风把——"

"少来这套!我们过来是因为你要当巫婆!"

古德沃特太太笑了。"你丈夫不仅是邮差,还是法律的守护神。鼻子都伸到我这儿来了!"

"他才不看别人的邮件。"

"两栋房子之间他要走十分钟,拿着人家的明信片大笑,人家邮购的鞋子他都要穿一穿才过瘾!"

"这跟他看见什么没关系。你亲口告诉他你买了什么书。"

"开个玩笑罢了。我要当女巫啦!我话还没说完,山姆吓得扭头就跑,好像我要扔闪电劈他一样。我敢说,你家先生的脑子里连一个褶子都没有。"

"你昨天在别处也说起了你的魔法——"

"你是说三明治俱乐部吧……"

"显然我没有收到邀请。"

"哎呀,夫人,我们还以为那是你固定陪你奶奶的日子呢。"

"只要有人开口邀请我去别处,我总是可以换一天陪奶奶的。"

"在三明治俱乐部,我只是坐在那儿,拿着一个火腿泡菜三明治,大声说了一句:'我终于要拿到我的女巫证书啦。我都学了好几年了!'"

"人家在电话里就是这么跟我形容的!"

"现代发明真是不得了啊!"古德沃特太太说。

"这么多年你一直是忍冬花淑女会的主席,今天我开门见山问一句,你是不是用巫术给成员们施了咒,叫她们每年都投你的赞成票?"

"这不已经是你认定的事情了吗,夫人?"古德沃特太太答道。

"明天又要选举了,我只想知道,难道你还要竞选下一个任期吗?难道你不害臊吗?"

"是的,再来一个任期。不,我不觉得害臊。听着,夫人,那些书是给我表弟劳尔买的。他才十岁,成天学魔术师在礼帽里找兔子。我跟他说,你在礼帽里找兔子,就跟在某些人的头颅里找脑子一样困难。但是你看,我说什么都没用,所以我就买了这些书送给他。"

"我才不信你的鬼话,就算你把手按在一摞《圣经》上起誓都没用。"

"反正我说的是实话。我喜欢拿当女巫的事情开玩笑。我解释自己的黑暗力量的时候,在场的女士们都跟听笑话一样。可惜你不在。"

"明天我会到场的,我要带着黄金十字架和我能组织起来的所有善良力量去和你战斗。"艾蜜拉说,"现在告诉我,你家里还有多少魔法垃圾?"

古德沃特夫人指向门内的一张茶几。

"我买了各种魔法草药。闻起来有奇怪的气味,劳尔很开心。那一小袋东西叫'蔗氏芸香'①,这是'萨比斯根',那个是'乌木草'。这是黑硫磺,还有那个,他们说是骨灰。"

"骨灰!"艾蜜拉猛地后退,踢到了汤姆的脚踝。汤姆叫了

---

① 原文为 Thisis rue,可能草药贩子说"这是芸香"(This is rue),整句话被古德沃特太太理解成了草药的名称,下文中的两种草药萨比斯根和乌木草也是子虚乌有。作者借此暗示古德沃特太太根本不懂魔法草药。

起来。

"然后还有苦艾和蕨叶,这样你就能冻住猎枪子弹,在梦里像蝙蝠一样飞翔。这本小册子的第十章里写的。我觉得成长期的男孩琢磨这些东西是没有问题的。看你的表情,你认为劳尔根本不存在。好吧,我可以给你他的地址,就在春田市。"

"呵,"艾蜜拉说,"等我给他写信的那天,你就坐巴士去春田市邮局的存局候领处,取了我的信,然后学小男孩的笔迹给我回信。我知道你的把戏!"

"布朗太太,实话实说——你是想当忍冬花淑女会的主席,对吧?十年了,你每届都参选。你提名你自己。最后总是得到一票。你自己投的。艾蜜拉,如果女士们想选你,她们会像山体滑坡一样,统统投给你的。但是从我站的地方看去,连一块卵石都不往下掉——除了你自己那块。要不这样吧,明天中午我来提名你,我来投给你,怎么样?"

"果然是你在作梗。"艾蜜拉说,"去年,选举期间我得了重感冒,不能出门,没法挨家挨户地在后院拜票。前年,我摔断了腿。太奇怪了。"她眯起眼睛,阴沉地看着纱门后面的女人,"这还没完。上个月我切到手指六次,磕破膝盖十次,从后廊摔出去两次,你听到没有——两次!我打破了一扇窗户,脱手四个盘子,摔碎了一个花一块四毛九从毕克斯比店里买的花瓶。从现在起,在我家周围,每碎一个盘子,我都要找你报销!"

"那到圣诞节之前我就变穷了。"古德沃特太太说。她拉开纱门，突然站出来，门砰的一声关上。"艾蜜拉·布朗，你多大年纪了？"

"你大概早就记在你的黑本子里了。三十五！"

"嗯，你这三十五年……"古德沃特太太抿起嘴，眨眨眼睛，计算着，"大概是一万两千七百七十五天，就算一天三次吧，那就是一万两千多件意外、一万两千多起事故再加一万两千多场灾难。你的生活真是丰富多彩，艾蜜拉·布朗。我能跟你握握手吗？"

"离我远点！"艾蜜拉不让她靠近。

"哎呀，夫人，你只是伊利诺伊州绿镇第二笨拙的女人。你一坐下，椅子就像拉手风琴。你一站起来，肯定踢到猫。你在开阔的草地上小跑，必然会掉进井里。你的人生就是一条漫长的下坡道，艾蜜拉·爱丽丝·布朗，你为什么不承认呢？"

"我的灾难并不是笨拙导致的，而是因为你。每次我在家打翻豆子罐或是手指被插座电到，你总是在距离我不到一英里的地方。"

"夫人，绿镇这么小，在一天中的某个时刻，任何两个人之间的距离都可能不到一英里。"

"你承认当时就在我附近咯？"

"我承认我出生在这里，是的。但现在我愿意付出一切，把出生地换成基诺沙或锡安。艾蜜拉，去找你的牙医吧，看看他能为你那条毒蛇舌头做些什么。"

"你！"艾蜜拉一时语塞，"你、你、你！"

"是你欺人太甚了。我原本对巫术没兴趣,但现在我决定好好研究一下了。听着!你现在是隐形的。你刚才站在那儿的时候,我对你施了咒语。我已经把你从视野里清除了。"

"你才没有!"

"总之,"女巫说道,"我再也没法看见你了,夫人。"

艾蜜拉掏出她的小镜子。"我明明就在这儿!"她仔细端详自己,倒吸一口气。她伸出手,像给竖琴调音似的,拨动了一根丝线。"我这辈子没长过一根白头发,直到此刻。"她举起那根头发:证据 A。

女巫笑得很迷人。"把它放进一罐静止的水里,明天早上就会变成蚯蚓。哟,艾蜜拉,终于肯掏出镜子照照你自己了!自己粗手笨脚的这么多年了,还总是怪罪别人!你读过莎士比亚吗?里面常有一句舞台指导:喧闹与忙乱。那就是你,艾蜜拉。喧闹与忙乱!现在赶紧回家吧,否则我就要摸你头上的肿块,预言你今晚肚子要胀气!去去去!"

她挥舞双手驱赶,好像艾蜜拉是一团什么东西。"天哪,今年夏天苍蝇真多!"她说道,走回屋里,闩上纱门。

"事已至此,古德沃特太太,"艾蜜拉端起双臂,"我再给你最后一个机会。退出忍冬花淑女会的竞选,否则明天我就和你面对面公平竞争,把职位从你手里夺过来。我会带汤姆一起去。他是个纯真善良的孩子。纯真和善良会赢得胜利。"

"我未必有那么纯真,布朗太太,"男孩说,"我妈说我是——"

"闭嘴，汤姆，我说好就是好！明天你就站在我身边，孩子。"

"遵命，夫人。"汤姆说。

"前提是，"艾蜜拉说，"我能活过今晚上。说不定这位女士要做我的蜡像——用生锈的针扎我的灵魂和心脏。汤姆，日出之后你要是在我的床铺上看到一颗干枯的大无花果，你知道是谁从园地里摘下了果实。你就等着看看古德沃特太太当主席吧，她能一直干到一百九十五岁。"

"嘿，夫人，"古德沃特太太说，"我今年已经三百零五岁了。现在他们已经不用'她'称呼我啦。"她用手指戳向街道，"阿布拉卡达布拉——妖魔邪祟快来吧！这招怎么样？"

艾蜜拉跑下前廊。"明天等着瞧！"她喊道。

"不见不散，夫人！"古德沃特太太回应道。

汤姆跟着艾蜜拉，一边走一边耸着肩，踢人行道上的蚂蚁。

穿过一条车道时，艾蜜拉尖叫起来。

"布朗太太！"汤姆惊呼。

一辆汽车从车库倒出来，正好碾过艾蜜拉的右脚大脚趾。

半夜，艾蜜拉·布朗太太被脚伤疼醒，她干脆起床，去厨房吃了一些凉鸡肉，然后列出一份整洁的、准确得令人痛苦的清单。首先，过去一年里的疾病。三次感冒，四次轻度消化不良，一次腹胀发作，关节炎，腰痛——她认为是痛风，严重的支气管咳嗽，初期哮喘，手臂上长出斑点，还有一次半规管化脓——害她有时摇晃不定，像只醉酒的蛾子；背痛，头痛以及恶心。药费：九十八元七角八分。

第二，过去一年中家里坏掉的东西。两盏灯，六个花瓶，十个盘子，一个汤碗，两扇窗户，一把椅子，一个沙发垫，六只玻璃杯，还有吊灯的一个水晶吊坠。总成本：十二元一角。

第三，她今晚的疼痛。她的脚趾疼，因为被车碾过。她的胃不舒服。她的后背僵硬，双腿一抽一抽地疼。她觉得眼球像一团燃烧的棉花。她嘴里有一股拖把味。她一直在耳鸣。成本？她心里计较着，走回床边。

一万元的个人痛苦。

"别想庭外和解！"她喊出了声。

"嗯？"丈夫醒了过来。

她躺了下来。"我只是拒绝死去。"

"啥？"他问。

"我不会死的！"她盯着天花板说。

"我也常这么说。"丈夫说道，翻了个身，开始打鼾。

艾蜜拉·布朗太太很早就起床了。她先去了趟图书馆，接着去药房，然后回家。中午，她正忙着混合各种化学品时，丈夫山姆拎着空邮袋回家了。

"午饭在冰箱里。"艾蜜拉在一只大玻璃杯里搅拌绿色的糊糊。

"我的老天，那是什么？"丈夫问，"看起来像是在太阳底下放了四十年的奶昔，都长真菌了。"

"以魔法对抗魔法。"

"你要喝这个吗？"

"去忍冬花淑女会干大事之前再喝。"

塞缪尔①·布朗闻了闻混合物的气味。"听我一句劝。先爬上那些台阶，然后再喝。这里头有什么？"

"天使翅膀上的雪，嗯，其实是薄荷醇，用来冷却炙烤你的地狱之火。我从图书馆借的一本书里这么说的。书里还说，现摘葡萄榨成汁，用于面对黑暗景象时保持清晰甜美的思绪。再加上红大黄、塔塔粉、白糖、蛋清、泉水和三叶草的嫩芽——都含有大地的力量。哈，我能说上一整天。都在这份清单里，善对恶，白对黑。我不能输！"

"行，你会赢的。"丈夫说，"但是你有把握吗？"

"要保持积极的信念。我要去找汤姆了，他是我的幸运符。"

"可怜的孩子，"山姆说，"你也说他天真无辜，可他马上就要被你们扯到缺胳膊少腿了，在忍冬花淑女会的廉价甩卖日。"

"汤姆不会有事的。"艾蜜拉说着，拿起冒着泡的魔药，塞进一个带盖的桂格燕麦盒里，走出门去。这回门没钩住她的裙

---

① 山姆是塞缪尔的昵称。

子,也没钩住她价值九角八分的新长袜。意识到这一点,她一路沾沾自喜,走到汤姆家。男孩按她的指示穿了一身白色夏装,正在那儿等她。

"您可算来了!"汤姆说,"盒子里是什么呀?"

"命运。"艾蜜拉说。

"那可真不错。"汤姆说,走在她前面大约两步。

忍冬花淑女会堂里挤满了女士,她们忙着照镜子,披裙子,互相确认衬裙没有露出来。

下午一点,艾蜜拉·布朗太太带着一个白衣男孩走上台阶。他捏着鼻子,眯着一只眼睛,眼前的视野只剩下一半。布朗太太看看人群,再看看桂格燕麦盒。她揭开盖子,往里瞥,倒吸一口气,又把盖子扣上了。里头的东西一口没喝。她走进大厅,塔夫绸随着她的脚步发出沙沙的摩擦声,所有女士如潮水般在她身后窃窃私语。

她和汤姆坐在大厅后排,汤姆看起来前所未有地痛苦。他睁开的那只眼睛看了看这群女士,然后干脆也闭上了。艾蜜拉坐在那儿,拿出魔药,慢慢喝了下去。

一点半,淑女会主席古德沃特太太敲了敲小木槌,除个别的二十多位女士之外,其他人都安静了下来。

在夏日的丝绸和蕾丝海洋之中,在一顶顶白色或灰色帽子的点缀下,她大声宣布:"女士们,现在是选举时间。但在我们开始之前,我相信艾蜜拉·布朗太太,我们著名的笔迹学家的妻子——"

一阵窃笑传遍了整个房间。

"彼祭学是什么?"艾蜜拉用胳膊肘怼了汤姆两下。

汤姆紧闭双眼,感觉到那只胳膊肘从黑暗中撞向自己。他气鼓鼓地低声说:"我不知道。"

古德沃特太太继续发言:"听我说,我们著名的手写字迹研究专家,美国邮政服务的塞缪尔·布朗……(更多笑声)……他的太太,布朗太太有话要对我们说。布朗太太?"

艾蜜拉站起来。她的椅子向后倒去,像捕熊器一样啪地合上。她吓得跳起一英寸高,鞋跟着地时摇摇晃晃,发出噼里啪啦的声音,好像随时会碎裂。"我有很多话要说。"她宣布,一只手里拿着空的桂格燕麦盒和一本《圣经》。她用另一只手抓住汤姆,奋力向前,撞到好几个人的胳膊肘,还对她们嘀咕:"看着点!当心,你!"她走到讲台前,转身,碰翻了一个玻璃杯,水洒了一桌子。在这一切发生时,她又恶狠狠地瞪了古德沃特太太一眼,等着她用一小块手帕把水擦干净。然后,带着神秘的胜利表情,艾蜜拉拿出空空的魔药杯,高高举起,展示给古德沃特太太看。她低声说:"你知道这里面装的是什么吗?已经在我体内了,现在,夫人。法力环绕着我。没有刀子能扎穿,没有斧头能劈开。"

台下的女士们都在说话,没人听见。

古德沃特太太点点头,举起双手,台下安静下来。

艾蜜拉紧紧拉住汤姆的手。汤姆依旧闭着眼睛，畏畏缩缩的。

"女士们，"艾蜜拉说，"我很同情诸位。我知道最近这十年你们经历了什么。我知道你们为什么投票给古德沃特太太。你们有儿子、女儿和男人要喂饱。你们的开支有预算限度。牛奶酸了，面包掉地上，蛋糕没发起来——这些都是你们负担不起的额外开支。你们不希望孩子连续三周感染腮腺炎、水痘和百日咳。你们不希望丈夫把车撞坏或者碰到城外的高压电线。但现在这一切都结束了。你们现在可以公开说出来了。不再有烧心或者背痛，因为我带来了好消息。我们要给这个巫婆进行驱魔！"

大家环顾四周，没看见有女巫。

"我说的就是你们的主席！"艾蜜拉喊道。

"就是我！"古德沃特太太向台下挥挥手。

"今天，"艾蜜拉喘着气，抓住讲台边缘支撑着身体，"我去了图书馆。我查了要如何破解法术。如何摆脱欺负你的人，如何让女巫离开。我找到了为我们所有人争取权利的方法。我能感觉到力量在增长。我身上有各种辟邪草药和化学物质的魔力。比如……"她停顿了一下，身体摇晃，眨了眨眼睛，"塔塔粉……还有……白山柳菊和在月光下变酸的牛奶，还有……"她停下来思索。她合上嘴，一个轻微的声音从她身体深处传来，从嘴角边迸出。她把眼睛闭上了一会儿，感受体内的力量。

"布朗太太,你还好吗?"古德沃特太太问。

"没……事!"布朗太太缓缓回答,"我放入了一些胡萝卜粉和欧芹根,切得很细;杜松子……"

她又停顿了一下,好像有个声音在对她喊"停",她看向台下一张张面孔。她发现房间开始慢慢转动,先是从左向右,然后从右向左。

"迷迭香根和鸦脚花……"她含糊地说。她松开了汤姆的手。汤姆睁开一只眼睛瞥向她。

"月桂叶,旱金莲的花瓣……"她说。

"你最好坐下来。"古德沃特太太说。

一位靠边坐的女士站起来打开了一扇窗。

"干槟榔、薰衣草和海棠籽。"布朗太太把草药名报完了,"快点,咱们开始选举吧。得有选票。我来计票。"

"不着急,艾蜜拉。"古德沃特太太说。

"不,很着急。"艾蜜拉颤抖着深吸了一口气,"记住,女士们,不要再害怕了。做你们一直想做的事。投我一票,然后……"房间又在转动,这次从上往下。"咱们都要诚实。所有赞成古德沃特太太连任主席的,请说'赞成'。"

"赞成。"房间里的人齐声说道。

"赞成艾蜜拉·布朗的?"艾蜜拉用微弱的声音说。

她咽了口唾沫。

片刻之后,她独自说道:"我赞成。"

她呆呆地站在讲台上。

寂静填满四壁之间。寂静中，艾蜜拉·布朗发出嗓子哽住的声音。她把手放在喉咙上。她转过身，迷迷糊糊地看着古德沃特太太，看见她漫不经心地从手包里拿出一个小蜡像，上面扎着一些生锈的大头钉。

"汤姆，"艾蜜拉说，"带我去女士洗手间。"

"遵命，夫人。"

他们开始移动，之后步子加快，之后跑了起来。艾蜜拉跑在前面，穿过人群，穿过走廊……她打开门，准备左转。

"不对，艾蜜拉，右边，右边！"古德沃特太太高喊。

艾蜜拉左转迈步，消失了。

有一种像煤块顺着斜槽滑落的声音。

"艾蜜拉！"

女士们在周围奔来跑去，相互碰撞，像女子篮球队。

只有古德沃特太太走了一条直线。

她发现汤姆正俯视楼梯间，双手紧抓扶手。

"四十层台阶！"他呻吟道，"离地面有四十层！"

之后的几个月甚至几年里，人们讲述艾蜜拉·布朗漫长的下楼过程，以及她是如何像醉汉一般碰触到每一层台阶的。据称她摔倒时已经病得不省人事，这使她的骨骼变得跟橡胶似的，所以她是翻滚下去的，而不是在阶梯之间弹跳。她掉到楼梯底部，眨眨眼睛，感觉好多了，因为那些害她不舒服的东西已经在滚落过程中被抛出了体外。她确实摔得全身淤青，仿佛文身女①。但是，她的手腕和脚踝都好好的，没有一处扭伤。她的头部以滑稽的姿势僵了三天，看人时只能转动眼珠往两侧窥视，不能转头去看。但最重要的是，当女士们歇斯底里地聚集过来时，古德沃特太太跪在台阶底部，把艾蜜拉的脑袋枕在自己腿上，泪珠滴落在艾蜜拉脸上。

"艾蜜拉，我保证，艾蜜拉，我发誓，只要你活着，只要你不死，你听我说，艾蜜拉，听我说！从现在开始，我只用我的魔法做好事。不再用黑魔法了，我只用白魔法。只要我有办法，我就让你在余生里再也不因为铁狗摔跤，再也不被门槛绊倒，不再切到手指也不再滚落楼梯！一片乐土，艾蜜拉，一片乐土，我保证！只要你活着！看，我把大头钉从人偶身上拔出来了！艾蜜拉，跟我说话！说话呀，坐起来！上楼再投一次票。你会当选主席，我保证，忍冬花淑女会的主席非你莫属，大家一致鼓掌通过，对不对，姐妹们？"

听闻此言，所有女士都痛哭起来，哭倒在彼此身上。

楼上的汤姆觉得这意味着楼下出人命了。

他下楼下到一半时，遇到了往回走的女士们，她们看起来像是刚经历了一场火药爆炸。

"别挡道，小孩！"

走在最前面的是古德沃特太太，又哭又笑的。

---

① tattooed lady，20世纪初期，这些女性以在马戏团、杂耍表演等场合展示文身为谋生手段。

然后是艾蜜拉·布朗太太,也又哭又笑的。

跟在两人之后的是淑女会的全部一百二十三名会员,你看不出她们是刚出席了一场葬礼,还是要去参加另一场舞会。

汤姆看着她们走过,摇摇头。

"再也不需要我了,"他说,"再也不需要了。"

所以在她们想起他之前,汤姆踮着脚走下楼梯,一路上紧紧抓着栏杆。

"总之,"汤姆说,"整件事情就是这样。女士们的反应十分疯狂。每个人都站在一旁擤鼻涕。艾蜜拉·布朗坐在台阶底下,身上什么都没摔断,我怀疑她的骨头是果冻做的。女巫靠在她肩膀上抽泣。然后,她们突然大笑起来,上楼去了。哎,你自己琢磨吧。反正我快速溜走了!"

汤姆解开衬衫纽扣,摘下领带。

"魔法,你是说?"道格拉斯问。

"彻头彻尾的魔法。"

"你相信吗?"

"我相信,我不信,我不知道。"

"老天,这个镇子里到处都是故事!"道格拉斯凝视地平线,天边布满了云彩,变幻出庞大的上古之神和战士的形状,"你说有咒语、蜡像、大头钉和魔药?"

"不算什么魔药,却是很好的催吐药。呃!呕——"汤姆捂着肚子,伸出舌头。

"女巫……"道格拉斯喃喃地说,神秘地眯起眼睛。

然后有那么一天，苹果一个接一个从树上掉落的声音环绕着你。起初是这里掉一个，那里掉一个，然后是三个，然后是四个，然后是九个、二十个，直到像雨点一样落下，像马蹄落在柔软的、发暗的草上，而你是树上最后一个苹果。你等待风慢慢把你从对天空的执念中解放出来，让你坠落，一直坠落。在你撞击草地之前，你就会忘记曾经有过一棵树，忘记其他苹果，或夏天，或树下的绿草。你在黑暗中坠落……

"不！"

弗雷利上校猛地睁开眼，在轮椅上笔直地竖起后背。他伸出冰冷的手去找电话。电话还在原处！他眨眨眼睛，把电话紧紧压在胸口。

"我不喜欢那个梦。"他对空荡荡的房间说。

最后，他颤抖的手举起听筒，拨通到长途电话接线员，给了她一个号码，等待着，注视着卧室门，仿佛随时都会有一群儿女、孙辈、护士、医生拥进来，夺走他允许自己日渐衰退的感官享受的最后一点奢侈。许多天，或是许多年前，当他的心脏像匕首一样刺透肋骨和血肉时，他听到几个男孩在楼下……

他们叫什么来着？查尔斯，查理，查克，没错！还有道格拉斯！还有汤姆！他还记得！他们在走廊另一头呼唤他的名字，大门却在他们面前锁上了，男孩们转身离开。您不能激动，医生说。不能接待访客，不能接待访客，不能接待访客。他听到男孩们穿过街道，他看见了他们，他挥手示意。他们也挥手回应。"上校……上校……"现在他独自坐着，胸膛里的心脏像一只灰色的小蟾蜍，不时虚弱地跳跃，这儿一下，那儿一下。

"弗雷利上校，"接线员说，"您的电话接通了。墨西哥城。埃里克森，三八九九。"

接着传来遥远却无限清晰的声音：

"喂？"

"豪尔赫！"老人喊道。

"弗雷利先生！您又打过来了？要花很多钱的。"

"花呗！老规矩，你知道的。"

"好①。窗户边？"

"窗户边，豪尔赫，有劳了。"

"稍等。"那个声音说。

然后，在数千英里之外，南方的一片土地上，一栋大楼的一间办公室里，脚步声从电话边远去。老人身体前倾，紧紧抓住听筒，按在他布满皱纹的耳朵上，那只耳朵为等待下一个声音而疼痛。

---

① 原文为西班牙语。

窗户打开的声音。

啊,老人长叹一口气。

一个土黄色的炎热中午,墨西哥城的声音透过敞开的窗户飘入等候的电话里。他能看到豪尔赫站在那里,手拿着话筒,伸向明亮的白昼。

"先生……"

"别,别挂,求你了。让我听听。"

他听到许多金属喇叭的嘟嘟声,刹车的尖叫,小贩在摊位上叫卖红紫色香蕉和丛林橙子的吆喝声。弗雷利上校垂在轮椅边缘的双脚开始移动,做着走路的动作。他的双眼紧闭。他一次又一次使劲用鼻子吸气,似乎能闻到挂在铁钩上的肉的气味——暴露在阳光中,停满苍蝇,像披了一层葡萄干。还有被晨雨打湿的石头小巷的味道。他感觉到太阳灼伤了自己长着胡茬的脸颊,他又回到了二十五岁,走着,走着,看着,笑着,为活着而高兴,格外敏锐地吸收各种颜色和气味。

敲门声。他迅速把听筒藏到睡袍下。

护士进来了。"嘿,"她说,"您今天调皮了吗?"

"没有。"老人机械地回答。他几乎看不见眼前。一记敲门声带来的震惊如此之大,吓得他把魂儿丢在了另一座遥远的城市。他等待自己的魂灵赶回家——它必须回到这里回答问题,表现得理智、有礼貌。

"我来检查您的脉搏。"

"现在不行!"老人说。

"可您哪儿也不去啊,不是吗?"她笑了。

他坚定地看着护士。他已经十年没去过任何地方了。

"把您的手腕伸给我。"

她的手指硬实而精确,像卡尺一样在他的脉搏中寻找疾病的征兆。

"您在做什么,让自己这么兴奋?"她问道。

"没什么。"

她的目光移到空荡荡的电话桌上,停了下来。就在那一刻,两千英里外传来微弱的鸣笛声。

她从老人的睡袍下拿出听筒,举在他面前。"您为什么要这样对待自己?您答应过不再这样了。您一开始就是这样伤害自己的,不是吗?滔滔不绝,变得激动。让那些男孩在这里跳来跳去——"

"他们只是静静坐着听我说话,"上校说,"我给他们讲一些他们从未听过的事情。我告诉他们关于野牛的事情。那是值得的。我不介意。当时只是发烧而已,我活得好好的。如果充满活力会把我害死,那也无所谓;我宁愿每次都发烧。现在把电话给我。如果你不许孩子们过来礼貌地坐着,至少让我和这个房间之外的人聊聊。"

"对不起,上校。这件事得告诉您的孙子。上星期他就想把电话拿走,我阻止了。现在看来我应该同意的。"

"这是我的房子,我的电话。我给你发的工资!"他说。

"您雇我是为了让自己好起来,而不是让自己越来越激动。"她把轮椅推到房间另一侧,"您现在该上床休息了,年轻人!"

躺在床上,他回头看向桌上的电话,一直那么看着。

"我要去商店,几分钟就回来。"护士说,"为了确保您不再打电话,我要把轮椅放到走廊里。"

她把空轮椅推到门外。他听到她在楼下进门处停下来,拨打电话分机。

她是在给墨西哥城打电话吗?他想知道。她怎么敢!

前门关上了。

他想起了上个星期,他独自在自己房间里,想起那些跨越大陆的令人沉醉的秘密电话。一道地峡,遍布雨林的国家,蓝色兰花盛放的高原,湖泊与山丘……他聊啊……聊啊……布宜诺斯艾利斯……还有……利马……里约热内卢……

他从凉爽的床铺上爬起来。明天电话就没了!他是个多么贪婪的傻瓜啊!他脆弱的象牙般的腿从床沿滑落,他惊叹于双腿的干燥。这两条下肢似乎是有人趁某天夜里他睡觉时绑到他身上的,而他年轻的双腿被取下,扔进地窖的炉子里烧了。这些年来,他们摧毁了他的全部,取走了他的手、胳膊和腿,给他换上了像棋子一样脆弱无用的替代品。而现在他们又要篡改一些更无形的东西——记忆;他们要切断能把他带往另一年的电话线。

他跌跌撞撞地跑到房间另一头。他抓住电话,攥着听筒靠墙滑下,坐在地板上。他接通到长途接线员,他的心脏在体内膨胀,搏动得越来越快,眼前一片漆黑。"快点,快点!"

他等待着。

"喂?"

"豪尔赫,我刚才被掐断了。"

"您不能再打来了,先生。"远处的声音说道,"您的护士跟我说了。她说您病得很重。我得挂电话了。"

"别挂,豪尔赫!求你了!"老人恳求道,"最后一次了,你听我说。他们明天就要把电话拿走。我再也不能打给你了。"

豪尔赫一言不发。

老人继续说道:"看在上帝的分上,豪尔赫!看在友谊的分上,想想过去的情面!你不知道这有多重要。你和我一样年纪,但你可以走动!我已经十年没去过别的地方了。"听筒掉了,他想捡起来却很困难,他的胸口疼得厉害。"豪尔赫!你还在听吗?"

"这是最后一次?"豪尔赫问。

"我发誓!"

电话放在千里之外的桌子上。再一次,熟悉的声音清晰地传来。脚步声,停顿,最后是窗户打开的动静。

"听吧。"老人低声对自己说道。

他听到另一束阳光中走过一千个行人,还有微弱的叮当作响的音乐声,那是街头艺人在用手摇风琴演奏《马林巴琴》——哦,一首可爱的舞曲。

老人紧闭双眼,举起手,仿佛在给一座老教堂拍照片。他的身体因血肉充沛而变得更重、更年轻,他感觉到脚下的路面滚烫。

他想说,"你们还在那儿,是吗?那座城市里的所有人,在午睡时刻,商店都关了门,卖彩票的小男孩高喊'国家乐透今日开奖!①',你们都在那儿,那座城市里的人们。不敢相信我曾经与你们在一起。当你离开一座城市时,它就变成一种幻想。任何一座城市,纽约、芝加哥,还有它的居民,随着距离变得不可思议。正如我置身于此,这同样不可思议,在伊利诺利,在一片平静湖泊边的一座小镇。我们所有人都觉得对方不可思议,因为我们不存在于彼此眼前。能听到这些声音真是太好了,能知道墨西哥城还在,人们还在走动,还在生活……"

他坐着,听筒紧紧贴在耳边。

最后,最清晰、最不可思议的声音传来——一辆绿色电车驶过街角的声音,车上载满棕色皮肤的美丽的异域之民,还有其他人奔跑的声音,他们纵身跃上电车时发出胜利的欢呼,伴随着铁轨的尖叫从拐弯处消失,被带向阳光照耀的远方,只留下市场上煎玉米薄饼的滋滋声。或者那仅仅是不断起伏的嗡鸣和静电颤抖灼烧的声音,沿着两千英里长的铜线传来……

老人坐在地板上。

时间流逝。

楼下的门被缓缓推开。轻轻的脚步声飘进来,犹豫了片

---

① 原文为西班牙语。

刻，然后冒险上楼。喃喃的低语。

"我们不应该来这里！"

"告诉你，他给我打电话了。他非常想见见访客。我们不能让他失望。"

"他病了！"

"那当然！但他说要等护士出门后再来。我们只待一小会，打个招呼，然后……"

卧室的门敞开着。三个男孩站在门口，看着坐在地板上的老人。

"弗雷利上校？"道格拉斯轻声叫他。

老人的沉默中有某种气息，让他们都闭上了嘴。

他们走上前，几乎踮着脚尖。

道格拉斯弯下腰，从老人冰冷的手指间取下电话。道格拉斯把听筒举到耳边。在静电噪声之中，他听到了一种奇怪的、遥远的终结之声。

两千英里外，一扇窗户关上了。

"砰!"汤姆说,"砰!砰!砰!"

他坐在法院广场那台内战时期的大炮上。道格拉斯站在大炮前,紧紧捂住心口,摔倒在草地上。但他没有起来;他只是躺在那里,若有所思的模样。

"你好像随时都要把那支旧铅笔拿出来了。"汤姆说。

"我需要思考!"道格拉斯说,眼睛看着大炮。他翻了个身,凝视天空和头顶的树木。"汤姆,我突然想到一些事情。"

"什么?"

"昨天程连苏死了。昨天内战永远结束了,就在这座镇上。昨天就在这里,林肯先生死了,李将军和格兰特将军以及其他十万人也死了,不管南军北军。昨天下午,在弗雷利上校的家中,一大群野牛,有伊利诺伊州整个绿镇那么大,冲出悬崖,掉进了虚无。昨天无数尘埃永远落定了。而我当时甚至都没意识到。太可怕了,汤姆,太可怕了!没了那些士兵、李将军和格兰特将军,没了诚实的亚伯①,我们要怎么办?没了程连苏,我们要怎么办?我做梦也想不到这么多人会这么快就消失了,汤姆。但是他们做到了。他们真的消失了!"

汤姆跨坐在大炮上，低头看着哥哥，听他的声音越变越小。

"你带着你的便笺簿了吗？"

道格拉斯摇摇头。

"最好回家，在你忘记之前把这些都写下来。世上一半人口在你身边倒下，可不是每天都会发生的。"

道格拉斯坐起身，然后站了起来。他慢慢穿过市政厅前的草坪，咬着下嘴唇。

"砰。"汤姆轻轻地说，"砰。砰！"然后他提高嗓门：

"道格！我嘣了你三次，从草地这头！道格，听见没？嘿，道格！好吧。你不想玩了。"他躺在大炮上，沿着结了一层硬壳的炮筒往前看。他眯起一只眼睛。"砰！"他对着那个远去的身影低声说，"砰！"

---

① Honest Abe，亚伯拉罕·林肯的昵称。

"好了!"

"二十九!"

"好了!"

"三十!"

"好了!"

"三十一!"

把手猛地往下一压。锡制瓶盖封住了装满的瓶子,闪耀着明亮的黄色。爷爷把最后一瓶递给道格拉斯。

"夏天的第二次收获。六月已经在架子上了。这是七月。现在就等八月了。"

道格拉斯举起那瓶温热的蒲公英酒,但没把它放到架子上。他看到其他带编号的瓶子在那儿等待着,一瓶又一瓶,没有任何不同,同样规则的形状,同样明亮的色彩,同样被装得满满的。

我意识到自己活着的那天,他想,那一瓶为什么不比其他日子的更明亮呢?

约翰·赫夫从世界尽头跌落、消失的那天,那一瓶为什么不比其他日子的更阴暗呢？

酒记得这一切吗？所有夏天的狗儿像海豚一样跳跃，在被风编织又解开的麦浪之中？那些绿色机器和电车，气息如闪电？它不记得！至少看上去不像记得的样子。

一本书中曾经说过，人们所有的话语，所有唱过的歌，仍然存在于某处。它们在太空中振动，如果你能旅行到遥远的半人马座，就能听见乔治·华盛顿的梦中呓语，听见恺撒被匕首刺入后背时的惊呼。声音是这样，那么光呢？人们见过的所有景象，它们不会就这样消逝，这不可能。那么它们定然也存在于世界某处。或许在由一个个小格子构成的湿漉漉的蜂巢之中，光是一种琥珀色的汁液，以花粉为燃料的蜜蜂将它们存储起来。或许在正午的蜻蜓那嵌满宝石的头颅之中，隔着三万片透镜，你能看到世上任何一年里的所有颜色和景象。或许倒出一滴蒲公英酒，放在显微镜下，七月四日的整个世界都会如维苏威火山喷发出的焰火般绽放。他必须相信这一点。

但是……看着眼前这瓶酒，它的编号标志着弗雷利上校失足跌入地下六英尺的日子，而道格拉斯没看到哪怕一克黑色沉淀，没看到任何一粒野牛大军扬起的尘埃，没看到一片夏罗战场上大炮的硫磺……

"就等八月了，"道格拉斯说，"当然。但照现在的情况看，最后一次收获时，镇子上不会再有机器，我也没有朋友，草地上也没多少蒲公英了。"

"咚——咚——你说话听起来像葬礼上的丧钟，"爷爷说，

"这么说话比骂脏话还糟糕。不过,我是不会用肥皂洗你嘴巴的。一小口蒲公英酒就行了。给,喝下去。味道怎么样?"

"我是个吞火人!嗖!"

"现在上去,绕着街区跑三圈,翻五个筋斗,做六个俯卧撑,爬两棵树,你就会变成首席提琴手,而不是哭丧第一名。快去!"

道格拉斯边跑边想,四个俯卧撑、一棵树、两个筋斗就足够了!

八月的第一天,比尔·福雷斯特坐进他的车里,高喊着,他要去镇中心吃点特别的冰淇淋或其他东西,有人要和他一起去吗?于是,不到五分钟后,道格拉斯就振作起来,带着好心情踏上滚烫的人行道,穿过散发着苏打水气息和清新香草味道的药房,和比尔·福雷斯特一起坐在雪白的大理石汽水机旁边。然后,他们询问有哪些特别口味的冰淇淋,汽水机旁的伙计说:"老式的青柠香草冰……"

"就要这个!"比尔·福雷斯特说。

"我也是!"道格拉斯说。

他们一边等冰淇淋,一边在转椅上慢慢旋转。银色的龙头,闪亮的镜子,安静运转的吊扇,小窗上的绿帘,竖琴椅,都被二人收入眼中。当目光触及海伦·卢米斯小姐的脸庞和身形时,他们停止了转动。她已经九十五岁了,一手拿着冰点勺,正往嘴里送冰淇淋。

"年轻人,"她对比尔·福雷斯特说,"你是个有品位、有想象力的人。你有以一当十的意志力。否则你不会偏离菜单上列出的常见口味,毫不犹豫地直接点青柠香草冰这种从未听过的东西。"

他一本正经地朝她点头致意。

"来和我一起坐吧,你们两个,"她说,"可以聊聊奇怪口味的冰淇淋之类的,咱们似乎都喜欢这些东西。别害怕,我来付账。"

他们微笑着把盘子端到她的桌子上,然后坐下。

"你看起来像斯波尔丁家的孩子,"她对男孩说,"脑袋长得跟你爷爷一模一样。而你,你是威廉·福雷斯特。你给《纪事报》写文章,那个专栏挺不错的。我听过很多关于你的事,就不一一细数了。"

"我也认识您,"比尔·福雷斯特说,"您是海伦·卢米斯。"他犹豫片刻,继续说道,"我曾经爱上过您。"他说。

"这是我喜欢的聊天开场白。"她轻轻搅动冰淇淋,"给下次再见面找了个好理由。不——不要告诉我你是在何时何地以何种方式爱上我的。留着下次再聊吧。你这番话已经说得我没胃口了。看这事闹的!好啦,我得回家了。既然你是个记者,明天下午三点到四点来喝茶吧。这座小镇的历史,我可以给你讲个大概,这里曾是一个贸易站。还有,福雷斯特先生,为了让彼此的好奇心有个嚼头,我再说一句——你让我想起了一位相熟的男士。那是七十年前的事情了,没错,七十年前。"

她就坐在他们对面,他们像是在和一只灰色的、迷失的、颤抖的蛾谈话。那声音从远处飘来,源自灰色陈年的内里,包裹在干枯的花朵和古老蝶翼的粉末中。

"那么,"她站起身,"明天你会过来吗?"

"一定去府上叨扰。"比尔·福雷斯特说。

她走出药房,到镇上办事去了。望着她离去的背影,小男孩和年轻人慢慢吃完各自的冰淇淋。

第二天上午,威廉·福雷斯特为报社核查了一些当地新闻,午饭后在镇外的河边垂钓,只钓到了一些小鱼,他高高兴兴地把它们扔回河里。三点,他意识到自己正开车沿着某条街行驶。他根本没想这件事,或是根本没注意到自己在想这件事。他饶有兴致地看着眼前的一切,双手转动方向盘,驶上一条巨大的环形车道,在一个长满常春藤的入口处停下来。他下了车,站在一栋新粉刷的维多利亚式三层楼房旁的苍翠大花园里,他意识到自己的车就和他的烟斗一样陈旧、破烂、邋遢。他瞥见花园尽头影影绰绰的动作,听到一声低唤,看到卢米斯小姐独坐着,跨越了时间和距离。茶具泛着柔和的银光,正等着他。

"让女士这样等待,还是生平第一次,"他说道,迈步向前,"这也是我生平第一次准时赴约。"他坦白。

"为什么?"她问道,靠在柳条椅子上。

"我也不知道。"他说。

"好吧。"她开始倒茶,"我来起个话头,你觉得这个世界怎么样?"

"我对这世界一无所知。"

"他们说这是智慧的开端。十七岁的时候,你什么都知道。二十七岁的时候,如果你依旧什么都知道,那你还是十七岁。"

"这些年来您似乎学到了很多东西。"

"似乎什么都知道,这是老年人的特权。但这只是一种姿态、一张面具,就像其他姿态和面具一样。而在老人之间,我们会彼此眨眼微笑,问,我的姿态、我的面具如何?我的架子端得怎么样?人生如戏,我演得难道不好吗?"

两人都轻声发笑。他靠在椅背上,让笑声自然地从嘴里发出来,这还是几个月来的第一次。他们安静下来,她用双手捧住茶杯,盯着茶水看。"你知道吗,我们这么晚才认识是很幸运的。我可不希望你认识二十一岁、满脑子傻主意的我。"

"二十一岁的漂亮女孩遵循另一套特殊的法则。"

"所以,你认为二十一岁的我很漂亮吗?"

他愉快地点点头。

"可你怎么知道呢?"她问,"当你遇到一头吞吃了天鹅的龙,你能根据它嘴边剩下的几根羽毛判断出什么呢?就是这样——如今我的身体是一条龙,布满鳞片和褶皱。这条龙吃了那只白天鹅。我已经很多年没见过她了。我甚至不记得她长什么样了。不过,我能感觉到她。她在里面很安全,她还活着。天鹅的本质没有改变,一根羽毛都没变。你知道吗,在春天或秋日的某个早晨,醒来时我会想,我要跑过田野到林子里去,去摘野草莓!我要去湖里游泳,今晚我要整夜跳舞直到天明!然后,在狂怒中,我发现自己住在这条恶龙老朽的身体里。我就是一个被困在坍塌废塔中的公主,没有出路,却还在等待白马王子。"

"您应该去写书。"

"我亲爱的孩子,我已经写过了。一个老姑娘除了写书还能干什么呢?我曾是个疯狂的女孩,满脑子都是闪亮的狂欢节装饰,直到年满三十,我唯一真正在乎的男人不愿再等了,他和别人结婚了。尽管对自己感到愤怒,我依然告诉自己,既然最好的机会就在眼前时我没结婚,那也只能说是命该如此。我开始四处旅行。我的行李箱被暴风雪般的旅行贴纸覆盖。我一个人去了巴黎,一个人去了维也纳,一个人去了伦敦——这和我一个人住在伊利诺伊州的绿镇并没有什么区别。本质上都是形影相吊。哦,你有很多时间用于思考,提高修养,雕琢谈吐。可我有时会想,我宁愿少学一个动词时态,少学一种屈膝礼,以换来一个人陪我度过这三十年漫长的周末。"

他们品着茶。

"哎,瞧我只顾着自怜自伤,"她愉快地说,"说说你吧。你三十一岁了,还没结婚?"

"这么说吧,"他答道,"像您这样行事、思考、谈吐的女人凤毛麟角。"

"呀!"她严肃地说,"你可不能期待年轻女孩都像我这么说话。那是以后的事。她们太年轻了,这是第一点。第二,普通男人一旦发现女人拥有类似脑子的器官,他们就会惊慌失措。你肯定已经遇到过不少有脑子的女人了,可她们善于把自己的才智藏起来，不让你发现。要找到奇特的甲虫，就必须四处打探。掀开板子瞧瞧底下。"

他们又大笑起来。

"我可能会变成个吹毛求疵的老光棍。"他说。

"不，不，你不能那样。那是不对的。你今天下午根本不该来这里。这条路的尽头只是一座埃及金字塔。金字塔的确很壮观，但里面的木乃伊可不是合适的伴侣。你想去哪里？你这辈子想做些什么呢？"

"我想去看看伊斯坦布尔、塞得港、内罗毕、布达佩斯。写一本书。抽很多很多香烟。从悬崖坠落，在半空被一棵树接住。我想在午夜摩洛哥的黑巷子里吃几颗枪子。我想爱上一个漂亮女人。"

"嚯，我没办法满足你所有的愿望。"她说，"不过我曾经四处游历，你刚才说的那些地方，我大都可以给你介绍一下。另外，如果你在今晚十一点横穿我家前院，我可以用一支内战时期的滑膛枪朝你开火。这样能满足你的男性冒险欲吗？"

"那再好不过了。"

"你想先去哪儿？你知道吗，我可以带你去。我会念咒语。你尽管说吧。伦敦？开罗？开罗能让你满脸喜悦。那么就去开罗吧。放轻松，给烟斗添些好烟丝，靠在椅背上。"

他靠着椅背，点燃烟斗，露出一丝笑意，松弛地倾听。

"开罗……"她说。

时间就在珠宝、窄巷和埃及沙漠的热风中流逝。开罗的太阳是金色的,尼罗河冲击三角洲之处特别浑浊。一位年轻姑娘在金字塔顶飞快地攀爬。她大笑,叫他别待在阴影里,快到阳光中来。他一级级攀登,她伸手下来,拉着他登上最后一级台阶。然后他们骑在骆驼背上,放声大笑,骆驼大步流星地奔向狮身人面像。深夜,在当地民宅里,他听到小锤子叮咚敲打青铜和白银,某种弦乐器的乐声渐渐变弱,越飘越远,越飘越远……

威廉·福雷斯特睁开了眼睛。海伦·卢米斯已经结束了这场冒险,他们回到家中,回到花园里。两人彼此熟悉,越发亲密。银壶里的茶水已凉,茶点也被夕阳晒干了。他长叹一口气,舒展身体,然后又长叹一声。

"我这辈子从没觉得这么舒适过。"

"我也是。"

"我叨扰太久了。一个小时之前我就该走了。"

"你知道刚才的每分每秒我都很享受。而你在一个可笑的老太太身上又能得到些什么呢……"

他靠在椅背上,半合上眼睛看着她。他把眼睛眯成一条线,只放进最细微的一丝光。他微微把脑袋往这边歪一点,又往那边歪一点。

"你在做什么?"她很不自在。

他没回答,只是继续注视着。

"如果我姿势刚刚好,"他喃喃自语,"我可以微微调整……"他心里想的是,我可以抹去皱纹,调整时间变量,让光阴倒流。

他猛地一颤。

"怎么了?"她问。

刹那间的景象已经消失了。他睁开眼睛,想把它捉回来。可于事无补。他应该继续靠在椅背上,半合上眼睛,继续在恍惚中涂抹。

"有那么一瞬间,"他说,"我看见了。"

"看见什么了?"

"当然是那只天鹅。"他心中这么想,嘴巴一定也把这句话默念出来了。

她一下子在椅子上坐直了,双手平放在膝头,身体僵硬。就在他看向她时,她的眼睛也凝视着他。她只觉得无助,泪水渐渐盈满眼眶。

"对不起。"他说,"万分抱歉。"

"不,你不必道歉。"她仍一动不动,双手交叠着,固守着,坚持不去触碰自己的脸和眼睛,"请回吧。是的,你明天还可以来,但现在请回吧,什么都别再说了。"

他走出花园,留下她独坐在树荫下的桌子旁。他不忍回头看。

四天、八天、十二天过去了,他受邀喝茶、进午餐、进晚餐。在郁郁葱葱的漫长下午,他们坐着聊天——聊艺术,聊文学,聊人生、社会和政治。他们吃冰淇淋,吃乳鸽,饮美酒。

"我不在乎别人说什么。"她说道,"有人说闲话了,是吧?"

他不安地动了动。

"我早就知道会是这样。女人永远都不能幸免于流言,哪怕她已经九十五岁了。"

"我可以不再过来。"

"啊,别!"她失声惊呼,随即恢复镇定。她用平静的声音说:"你知道你不能这样对我。你知道你不在乎他们怎么想,不是吗?只要我们心中坦然就行了,不是吗?"

"我不在乎。"他说。

"现在,"她往后一靠,"继续我们的游戏吧。这次去哪里?巴黎?我选巴黎。"

"巴黎。"他答道,轻轻点头。

"好。"她开始讲述,"现在是一八八五年,我们在纽约港上船。那是我们的行李,这是我们的船票,远处是纽约的天际线。现在我们身处茫茫大洋之中。此刻我们正要驶入马赛港……"

巴黎,她站在桥上,俯视清澈的塞纳河水。他突然出现了,片刻之后已站在她身边,陪她看夏日潮水奔流。她用滑石般洁白的手指托起一杯开胃酒。他立刻以不可思议的速度出现,弯腰将手中的酒杯与她的酒杯相碰。他的面孔映在凡尔赛宫的镜厅里，浮现在斯德哥尔摩自助餐桌的腾腾热气中，他们还在威尼斯运河上细数理发店的圆柱招牌。她以前独自做过的事情，如今都有他陪伴。

八月中旬的一个傍晚，他们坐在一起，凝视彼此。

"您意识到了吗？"他说，"在过去这两个半星期里，我几乎每天都来见您。"

"不可能！"

"我过得快乐极了。"

"没错，可还有那么多年轻女孩……"

"您有她们不具备的优点——善良、聪慧、机敏。"

"胡说。培养善心和智慧是老年人的头等大事。而对于二十岁的小姑娘，无情而任性才更迷人。"她停下来，深吸一口气，"现在，我要让你难堪了。你还记得我们第一次相遇的那个下午吗？在汽水机旁边，你说你曾经对我有过某种程度的——怎么说呢——爱慕？可后来你再也没提起，可算是吊足了我的胃口。现在我必须请你解释这件让我浑身不自在的事情了。"

他似乎不知道该说什么。"太尴尬了。"他抗议。

"说吧！"

"多年以前，我见过一张您的照片。"

"我从来不让别人拍照。"

"那是一张旧照，是您二十岁时拍的。"

"哦,那张。那是个玩笑。每次我参与慈善或者出席某场舞会,他们都会掸掉那张照片上的灰尘,然后重新冲印。镇上每个人都把这事当笑话,我也是。"

"报社这么做太残忍了。"

"不,是我让他们这么做的。我说如果你们想用我的照片,就用一八五三年拍的那张好了。让大家记住那时的我。还有,看在上帝的分上,吊唁我的时候请把棺材盖合上。"

"让我原原本本地告诉您。"他盯着自己交叠的双手,停顿了一会儿。他在回想那张清晰印刻在脑中的照片。坐在花园里,他有足够的时间回忆照片的每一部分,回忆海伦·卢米斯的每一处细节。她那么年轻,第一次对着镜头摆姿势,孤独而美丽。他回想起她柔和、羞涩的笑脸。

那是春的脸庞,是夏的面孔,是三叶草呼吸的温暖。她嘴唇的色泽如鲜红的石榴,眼睛的光彩是正午的天空。触碰她的脸是一种永不会陈旧的新鲜体验,就仿佛在十二月的某个清晨推开窗,伸出手,捧起前夜无声飘落的冰凉初雪。所有这一切,呼吸般的暖意和梅子似的娇嫩,都永远凝固于摄影化学造就的奇迹之中,没有时钟之风能将光阴吹动一小时或一秒;那捧冰凉初雪能度过一千个炎夏,永远不会融化。

这就是那张照片,这就是她留给他的第一印象。此刻,回忆着,思量着,照片重新浮现于脑海,他又开始说话了。"当我第一次看到那张照片的时候——一张朴素的肖像照,发型也很简单——我不知道那是很久以前拍的。报纸上说当晚绿镇舞会将由海伦·卢米斯负责组织。我把照片从报纸上裁下来，一整天都揣着它。我打算去参加那场舞会。可是，傍晚时有人看见我在凝视照片，于是把来龙去脉告诉了我。原来这张漂亮女孩的照片是在许多年前拍的，只是报纸每年都反复使用。他们说，我不应该拿着照片去舞会找你。"

他们在花园里坐了很久。他偷偷看一眼她的脸，而她正看着花园尽头爬满墙的粉玫瑰。他不知道她在想什么。她脸上没流露任何感情。她坐在椅子里摇晃了一会儿，轻声说："再添点茶吗？来。"

他们坐着，啜饮茶水。然后她伸手拍了拍他的胳膊。"谢谢你。"

"谢什么？"

"谢谢你想来舞会找我，谢谢你剪下我的照片，谢谢你所做的一切。非常感谢。"

他们沿着花园的小径散步。

"现在，"她说，"轮到我来讲述往事了。你记得吗，我提起过一个年轻人，七十年前陪伴过我？哦，他去世已经至少五十年了。可他年轻的时候模样英俊，骑着一匹快马，一走就是好几天。在一些夏日的夜晚，他绕着绿镇周围的草场策马飞驰。他有一张狂野不羁、神采奕奕的脸，总是晒得黝黑，手上总是有伤口。他抽烟抽得很凶，走起来飞快，骨头像要散架一样。他什么工作都干不长久，一时兴起就要辞职。终于有一天，他离开了我，因为我比他更狂野，不肯安定下来。就是这样。我从没想过有生之年能再遇见他。而你却活生生地站在我面前。你和他一样,既笨拙又优雅,所过之处飞沙走石。我能预知你想要做的每一件事情,等你真的做了,我却总是惊讶。我原本不相信转世投胎之说,可有一天我突然想,如果我在街上朝你大喊'罗伯特,罗伯特',威廉·福雷斯特会不会转过身来呢?"

"我不知道。"他说。

"我也不知道。所以人生才有趣吧。"

八月快过完了。秋天的第一缕凉意缓缓流过绿镇。每棵树上都现出一抹逐渐燃起的柔和色彩。山丘上是淡淡的红晕,麦田里也出现了狮子的金黄。现在,日子成了熟悉的模式,就像有位作家在拿着钢笔一遍遍练习,书写一串串漂亮的"l""w"和"m",日复一日,线条在精致的墨水溪流中重复。

八月的一个午后,威廉·福雷斯特穿过花园,看见海伦·卢米斯正在茶桌上认真地写着什么。

她把钢笔和墨水放到一边。

"我在给你写信。"她说。

"我既然来了,您就不用麻烦了。"

"不,这是一封特别的信。看。"她给他看那枚蓝色信封,然后把它封好、压平,"记住这枚信封的样子。当你收到它的时候,你就知道我已经不在人世了。"

"不要说这样的话,好吗?"

"坐下来听我说。"

他坐下。

"我亲爱的威廉,"她在遮阳伞下说道,"再过几天我就要死了。不。"她抬起手,"我希望你先别说话。我并不害怕。等你活到我这个岁数,你也不会怕的。以前我一直不喜欢龙虾,主要是因为我从没尝试过。八十岁生日那天,我终于吃了。现在我仍不觉得龙虾有多好吃,但我至少知道它的味道了,我再也不会觉得龙虾可怕。我敢说,死亡就是一只龙虾,我能够坦然接受。"她挥了挥手,"这个话题到此为止吧。最重要的是,你我不会再有相见之日。我不要追思仪式。我相信,当一个女人跨过了那道大门,她就从晚宴中退场了,应该有保留隐私的权利。"

"你无法预见死亡。"他终于说道。

"威廉,五十年来我一直看着大厅里的那座落地老爷钟。每次上完发条之后,我都能预见它在哪个钟点停摆。老人和老爷钟并无多少区别。我们能感觉到体内这台机器逐渐变慢,直到走最后一下。哦,请别这样——别这样。"

"我控制不住。"他说。

"我们有过一段快乐的时光,不是吗?我们每天在这儿聊天,多么特别的经历啊。有句被人用滥的话,叫'心灵的相遇',说的不正是我们吗?"她把蓝色信封拿在手中慢慢转动,"我一直知道,爱的真义存在于心灵之中,尽管肉体有时会拒绝接受这一事实。肉体为了它自己而活。它存在是为了攫取,为了等待黑夜。它本质上是黑夜的动物。可是，威廉，我们的心灵呢？心灵诞生于阳光，我们一生有成千上万个小时必须在清醒中度过。我们的肉体是属于黑夜的自私的可怜虫，我们的心灵却充满阳光和智慧，你能够在两者之间取得平衡吗？我不知。我只知道你我的心灵在这里相遇，我们共同度过了一个个无与伦比的下午。还有很多话要说，只能留待下次了。"

"我们似乎已经没有多少时间了。"

"对，但也许仍会有下次。时间是个古怪的东西，而生命更加古怪。齿轮没咬上，车轮却依旧转动，于是生命交织得不是太早就是太晚。我活得太久了，这是肯定的。而你，出生得太早，或是太晚了。多么糟糕的时机。我从前是个傻女孩，或许这就是对我的惩罚。无论如何，在下一个轮回，希望这台机器能正常运作。在此之前，你应当找一个好女孩，和她结婚，过上幸福的生活。但你必须答应我一件事。"

"我答应。"

"威廉，你要答应我，不能活得太老。如果方便的话，请在五十岁之前离世。这要求也许有些过分，可我之所以提出来，是因为没人知道下一个海伦·卢米斯会在什么时候出生。如果你活到老态龙钟，在一九九九年的某个下午，走在大街上，看到我站在那儿，才二十一岁，整件事又失去了平衡，那就太可怕了，不是吗？不管这些共同度过的下午有多愉快，我都不愿再承受更多了，你呢？对一段友谊来说，一千加仑茶水和五百块茶饼已经足够了。所以请务必在二十年后感染一次肺炎。我不知道他们允许我在另一边逗留多久。也许他们会马上把我送回来。但我会尽力等你的，威廉，我会尽力的。等一切都恢复平衡，正常运转，你知道会怎样吗？"

"你来告诉我。"

"一九八五年或一九九〇年的某个下午，一个年轻人——他叫汤姆·史密斯或约翰·格林或是别的什么名字——会走到市中心，在药房停下来，适时地点了某种奇特口味的冰淇淋。一个同龄的年轻女孩会坐在那里，当她听到那种冰淇淋的名字时，会有一段故事发生。至于什么样的故事，如何发生，我就说不上来了。女孩肯定不知道，男孩同样不知道。他们单纯因为那款冰淇淋而相识。他们会交谈，交换彼此的姓名，然后一起从药房走出去。"

她对他微笑。

"这桥段太中规中矩了，但请原谅我这个喜欢把一切都安排得井井有条的老太太。离开你是一件愚蠢的小事，现在我们来聊聊别的吧。说点什么呢？世界上还有我们还没去过的地方吗？我们去过斯德哥尔摩吗？"

"去过，很好的地方。"

"格拉斯哥？也去过了？那么选哪里呢？"

"为什么不去伊利诺伊州的绿镇呢？"他说。

"这里啊。我们确实还没一起逛过自己的镇子呢。"

于是她和他都靠到椅背上，她说道："我来告诉你，很久很久以前，在我十九岁的时候，这座小镇是怎样的……"

那是一个冬夜,她在明月般的冰面上溜冰,她的倩影在身下滑动,对她轻声低语。那是一个夏夜,暑热弥漫在空气中,在脸颊上,在心窝里,她的眼眸里全是萤火虫忽明忽灭的光彩。秋夜,十月的树叶沙沙作响,她站在厨房里,唱着歌,在糖钩上反复拉扯太妃糖。春夜,她沿着青苔覆盖的河岸奔跑,跃入镇外花岗岩深坑,在一池温暖的深水中游泳。七月四日之夜,烟花击穿天幕,红白蓝三色火光变幻,映照每家前廊上的每一张面孔。最后一串烟花消散之后,她的容颜依旧闪亮。

"你能看到这一切吗?"海伦·卢米斯问,"你能看到我做的事情,看到我经历的一切吗?"

"是的,"威廉·福雷斯特闭着眼答道,"我能看见您。"

"然后,"她说,"然后……"

时间过得飞快,转眼暮色渐浓。她的声音还在花园里回荡,即使是从远处经过的路人也能听到她如飞蛾般的声音,尽管那么微弱……

两天后,当信被送来时,威廉·福雷斯特正坐在他房间的书桌前。道格拉斯把信拿到楼上,递给比尔,他似乎知道里面是什么。

威廉·福雷斯特认出了那枚蓝色信封,但没有打开。他只是把信放在衬衫口袋里,看了男孩一会儿,说:"来吧,道格,我请客。"

他们走在镇中心,很少交谈。道格拉斯觉得自己有必要保持沉默。一度嚣张的秋意现在已经消失无踪。夏天重返绿镇，煮沸了云彩，刷亮了金属质感的天空。他们转弯走进药房，坐在大理石汽水机旁边。威廉·福雷斯特把信拿出来，放在面前，仍然没有打开。

他看着外面，黄色阳光洒在水泥路面上，洒在绿色的遮阳篷上，街对面窗户上金色字母亮得耀眼。他看看墙上的日历。一九二八年八月二十七日。他低头看着腕表，感觉自己的心脏跳得那么慢，他看到秒针走着走着竟失去了速度，日历也永远凝结在这一天，夕阳像被钉在空中，不再西沉。头顶的吊扇叹息着，散出一阵阵热风。敞开的店门外，几个女子欢笑着从眼前走过，可是他的视线聚焦在她们身后，注视着整座绿镇，还有市政厅高塔上的大钟。他拆开信封，开始读信。

他在转椅上慢慢地旋转，在唇边一次又一次默念着那几个词，最后终于大声说出来，说了两遍。

"一份青柠香草冰，"他说，"一份青柠香草冰。"

道格拉斯、汤姆和查理气喘吁吁，沿着没有树荫的街道走来。

"汤姆，现在就回答我，说实话。"

"说什么实话？"

"什么是幸福的结局？"

"就是星期六的日场电影里会有的那种。"

"我知道，可在真实生活中呢？"

"我只知道每晚上床睡觉感觉挺好的，道格。那是一天一次的幸福结局。第二天早上起床之后，事情也许会变糟。但是，我只需要记住，晚上我还是能上床睡觉，只要能躺在那儿，一切都会好的。"

"我说的是福雷斯特先生和卢米斯小姐。"

"那咱们无能为力；她死了。"

"我知道！可是，你不觉得什么地方出错了吗？"

"你是说，他以为她跟照片上一样年轻，而实际上她已经一亿岁了吗？我觉得这太棒了！"

"老天，这棒在哪里？"

"这几天福雷斯特先生跟我讲了很多,这里说两句,那里说两句,等我终于把事情拼凑完整——天哪,我快把脑袋哭掉了。我都不知道自己为什么要哭。我一点也不想改动他们的故事。如果改了,那还有什么可聊的?没了!而且,我挺喜欢哭的。我大哭一场之后,就像又回到了早上,能重新开始这一天。"

"这可是你自己说的。"

"其实你也喜欢哭,只是不愿意承认。你哭上一会儿,一切都变好了。这就是你的幸福结局。然后你又想出门去,跟其他人一起玩了。然后,天晓得这是什么新故事的开始!说不定福雷斯特先生已经想通了,知道这是唯一的结局。他痛痛快快哭一场,然后看看四周,发现又是早晨了。虽然现在是下午五点。"

"要我说,听起来可不像幸福结局。"

"睡个好觉,或者大哭十分钟,或者吃一品脱巧克力冰淇淋,或者把三样都做一遍——这是良药,道格。专业医生汤姆·斯波尔丁说的。"

"别聊了,"查理打断他们,"咱们马上就到了!"

男孩们在街角转弯。

冬日里,他们寻找盛夏的点点滴滴,最终能在夜晚的地窖炉膛或溜冰池边的篝火中找到。此时,在夏季,他们要去寻找零星的被遗忘的冬天。

转过街角,他们感到轻盈的雨丝不断从一座高大的砖砌建

筑上喷洒下来。男孩们精神一振,同时看见了他们早已熟记在心的招牌。招牌上写的正是他们要寻找的东西:

夏记冰室。

夏季就来夏记冰室!他们笑着说出这句话,望向那个巨大的洞穴。五十、一百、两百磅重的冻川、冰山、飘落但未被遗忘的一月的雪,都沉睡在氨气和滴落的水晶中。

"感受一下,"查理·伍德曼赞叹道,"还有什么比这更棒的?"

在这个明亮的白昼,一股股冬日气息从周围呼出,他们闻着木头台子的潮湿气味,看着永恒的薄雾在制冰机上闪烁,泛出彩虹的光芒。

他们大嚼冰凌时冻住了手指,不得不用手帕把冰包起来,然后吸吮亚麻布。

"这些雾气,"汤姆低声说,"让我想起冰雪女王。你们还记得那个故事吗?现在没人相信这类传说了。所以,这里可能就是冰雪女王的藏身之所,因为没人再相信她了。"

他们看看周围,雾气升腾,凝成一股股冷烟。

"不对,"查理说,"你知道谁住在这里吗?只有一个人。那个让你想起他就起鸡皮疙瘩的人。"查理把声音放得很低很低,"孤身客。"

"孤身客?"

"他在这里出生、长大,而且一直生活在这里!这里永远是冬天,汤姆,永远寒意弥漫,道格!孤身客能让我们在一年中最热的夜晚打寒颤,除了这里,他还能来自哪里?这里闻起来不就是他的气味吗?你们其实早就闻到了。孤身客……孤身客……"

雾气在阴暗处盘绕。

汤姆突然尖叫起来。

"没事,道格。"查理咧嘴一笑,"我往汤姆脖子后塞了一小块冰,仅此而已。"

市政厅的大钟敲了七下。余音渐渐消散。

炎热的夏日黄昏,这个上伊利诺伊州的小镇与世隔绝,被一条河、一片森林、一方草甸、一池湖水遮绕。人行道仍然热得灼人。商店都关了门,街道被暗影笼罩。小镇有两个月亮。庄重的黑色市政厅的楼顶,满月般的圆形大钟有四个盘面,朝着四个方向。而真正的皎洁月亮正从暗淡的东方天际升起。

药房高高的天花板上,吊扇轻轻转动。洛可可式前廊的阴影里,几个人不声不响地坐着。偶尔有雪茄烟头亮起粉红光点。纱门的弹簧吱嘎拉开,又砰地合紧。夏夜街道的紫色砖块上,道格拉斯·斯波尔丁跑了过来,身后跟着一群男孩和狗。

"嗨,拉维尼娅小姐!"

男孩们跑远了。拉维尼娅·内布斯朝他们的背影安静地挥挥手。她独自坐着,白皙的手指握着一大杯冰凉的柠檬水。她把玻璃杯举到唇边,啜饮一口,等待着。

"我来了,拉维尼娅。"

她转过身,是弗兰欣,一身雪白的衣裙,站在前廊的台阶下,散发着百日菊和扶桑花的香气。

拉维尼娅·内布斯锁上自家前门,把喝剩的半杯柠檬水留在前廊上,说:"今晚适合去看电影。"

她们沿着街道往前走。

"姑娘们,你们上哪儿去?"街对面的前廊,芙恩小姐和洛伯塔小姐喊道。

拉维尼娅的回应声穿过静谧深沉的暮色:"去精英剧院看查理·卓别林!"

"我们可不会在这样的夜晚出门,"芙恩小姐嚷嚷,"孤身客正在夜里出没,绞杀女人。我们要把自己锁在储藏室里,再拿上一把枪。"

"您二位别胡扯了!"拉维尼娅听到两个老姑娘把门砰一声关上,落了锁。她脚步不停,夏夜的燥热气息从火炉炙烤过的街道上升腾起来。她像是走在一块硬邦邦刚烤好的面包皮上。热度在裙下暗涌,沿着腿脚游弋。一种隐秘的侵入感,却并不讨厌。

"拉维尼娅,你不信那个孤身客的事儿吧?"

"都是老太太嚼舌头的话。"

"不管怎么说,哈蒂·麦克多利斯两个月前被杀,萝玻塔·费里是上个月出的事,现在伊丽莎白·拉姆塞尔也失踪了……"

"哈蒂·麦克多利斯是个傻姑娘,我敢打赌,她是跟着哪个路过的男人跑了。"

"可其他人都是被勒死的,他们说,舌头都从嘴里耷拉出来了。"

她们站在把小镇隔成两半的河谷边缘,身后是万家灯火和音乐声,前方是深谷、潮气、夜色与萤火。

"也许今晚我们不应该去看电影,"弗兰欣说,"孤身客可能会跟踪我们,杀了我们。我可不喜欢这河谷。瞧瞧,多吓人!"

拉维尼娅向下望去,河谷像一台昼夜运转的发电机;昆虫鸣叫,植物窸窣,混成一阵阵动人的嗡嗡声。河水冲刷的古老页岩和流沙,隐隐蒸腾的水汽,散发出温室的味道。黑色发电机永远嗡鸣,萤火虫飞过,仿佛电流迸出的巨大火花。

"散场时一定很晚了,太晚了,而我回家时不需要过这道河谷。但是你,拉维尼娅,你走下阶梯、爬上吊桥时,孤身客可能就在桥头等着你。"

"胡扯!"拉维尼娅·内布斯说。

"你还得听着自己的脚步声,一个人走这条路,一个人回家去。拉维尼娅,你一个人住在那栋房子里,不孤单吗?"

"老姑娘就喜欢独居。"拉维尼娅指了指一条被夜色吞没的树荫小道,"咱们抄近路吧。"

"我不敢!"

"现在时间还早。孤身客要深夜才出来。"拉维尼娅抓住她的胳膊,拉着她走下那条蜿蜒的温热小路,走入蟋蟀与青蛙的鸣叫,走入蚊虫低吟的纤弱寂静之中。她们穿过无精打采的草地,种子上的毛刺扎痛了赤裸的脚踝。

"咱们快跑吧!"弗兰欣怕得喘不上气。

"用不着!"

她们沿路拐了个弯——那一幕出现在眼前。

在这夏虫放歌的夜晚,在温暖的树荫下,她像是躺着欣赏漫天繁星,沐浴林间和风。双手放在身体两侧,像一副精雕细琢的船桨。那是伊丽莎白·拉姆塞尔!

弗兰欣尖叫起来。

"别叫!"拉维尼娅伸出双手扶着女伴,弗兰欣发出窒息般的呜咽。"冷静!冷静!"

那躺着的女人仿佛漂浮着,脸庞被月光照亮,圆睁的双眼像两颗燧石,舌头从口中伸出。

"她死了!"弗兰欣说,"噢,她死了,死了!她死了!"

拉维尼娅站在树木温热阴影的正中间,蟋蟀在狂鸣,青蛙在聒噪。

"咱们最好去叫警察。"她终于说话了。

"扶着我,拉维尼娅,扶着我。我好冷,哦,我这辈子从没这么冷过!"

拉维尼娅扶着弗兰欣,警察正在沙沙作响的草地里搜索,手电光束晃动,话音嘈杂,快八点半了。

"现在就像十二月。我需要一件毛衣。"弗兰欣双眼紧闭,靠在拉维尼娅身上。

警察说:"你们可以走了,二位女士。明天来一趟警察局,再回答几个问题。"

拉维尼娅和弗兰欣离开了那些警察,离开了河谷草地上白床单罩着的那具脆弱躯体。

拉维尼娅感到心在狂跳,她也很冷,像二月天的感冒。身上仿佛突然落了一场雪,月光把她白皙的手指冲刷得越发白了。她意识到是自己应付了警察的所有询问,弗兰欣只是靠在她身上抽泣。

一个声音从远处传来:"需要人护送吗,二位女士?"

"不用麻烦了,我们能行。"拉维尼娅回了一句,继续往前走。她们走过低语的河谷,到处是窸窸窣窣的声响。警察的手电光和话语声在身后渐渐远去。

"我以前从没见过死人。"弗兰欣说。

拉维尼娅仔细盯着腕上的手表,胳膊离她仿佛有千里之遥。"现在才八点半,我们可以叫上海伦一起去看电影。"

"看电影?"弗兰欣哆嗦了一下。

"我们需要看一场电影。我们得忘掉刚才的事。这不是值得记住的好事。要是现在回家,我们会不断回想起来。我们去看电影,就当什么都没发生过。"

"拉维尼娅,你不是认真的吧!"

"我从没这么认真过。我们得大笑一场,忘掉这事情。"

"可伊丽莎白就躺在那儿——她是你的朋友,也是我的朋友——"

"我们帮不了她,我们只能帮自己。走吧。"

黑暗中，她们沿着石头小径爬上河谷边缘。突然，前面有人挡住了她们的去路，一动不动地站着，显然没注意到她们。那人影正低头观察河谷里的动静，听着警察的说话声。是道格拉斯·斯波尔丁。

男孩站在那儿，白得像一只蘑菇，两手垂在身侧，正往河谷里张望。

"快回家去！"弗兰欣大喊。

他充耳不闻。

"说你呢！"弗兰欣尖叫，"回家去，别在这儿待着，听见没？回家，回家，回家去！"

道格拉斯猛地抬头，呆呆地瞪着眼，好像她们根本不在面前。他的嘴巴动了动，嘟囔了一句。接着，他默默地转身跑开。他跑上远处的山坡，消失在温热的黑暗中。

弗兰欣又抽泣起来，一边哭一边跟着拉维尼娅·内布斯往前走。

"终于来了啊！我还以为你俩不会来了！"海伦·格里尔站在前廊上轻轻跺脚，"你们迟到了一个小时，怎么回事？"

"我们……"弗兰欣支支吾吾。

拉维尼娅一把抓紧她的胳膊。"出事了。有人在河谷里发现了伊丽莎白·拉姆塞尔。"

"死了？她——死了吗？"

拉维尼娅点点头。海伦倒吸一口气，手掩在喉咙上。"谁发现的？"

拉维尼娅紧紧抓住弗兰欣的手腕。"不知道。"

三个年轻女人站在夏夜里，面面相觑。"我真想现在就进屋，把门锁紧。"海伦说了一句。

最后她还是决定回屋拿件外套，尽管仍然温暖，她也抱怨这夜晚突然冷得像冬天。她一走开，弗兰欣就急切地低声问："为什么不告诉她？"

"为什么让她徒增烦恼？"拉维尼娅说，"明天。明天有的是时间。"

三个女人在黑色的树下沿着街道往前走，走过两排突然锁上了门的屋舍。消息很快就从河谷中传了出来，从这户人家飘到那户人家，从这道前廊跃到那道前廊，从这台电话飞向那台电话。现在，伴随着门窗上锁的声音，三个女人感觉到帘子后的一双双眼睛正窥视她们。多么奇怪，刚才还是满街的雪糕和香草冰淇淋，抹了驱蚊液的手腕挥舞，孩子们到处奔跑，突然间，孩子们就结束了游戏，被拽进屋里，关在玻璃窗和木门后面。雪糕掉落在地，化成一摊摊草莓泥灰。多么奇怪，闷热的屋子里，汗流浃背的人躲在青铜把手和门环之后。棒球和球棍被丢弃在齐整的草地上，暑热未散的人行道上还有用白粉笔画了一半的跳房子游戏；像是有人刚刚预报了寒流来袭。

"我们真是疯了，这样的夜晚还出门。"海伦说。

"孤身客不会一次杀害三个人。"拉维尼娅说，"人多就安全。再说了，他作案没那么频繁，总是隔一个月才出手一次。"

一道阴影落在她们惊恐的脸上。树后突然冒出一个身影。仿佛有人在管风琴上狠狠砸了一拳，三个女人，三个不同的音调，同时尖叫起来。

"吓到你们了！"那声音大吼。那人向她们扑过来。他哈哈大笑，走进亮光中，靠在一棵树上，手指着女人们，再次大笑起来。

"嘿！我就是孤身客！"弗兰克·狄龙说。

"弗兰克·狄龙！"

"弗兰克！"

"弗兰克，"拉维尼娅说，"再做这种幼稚的事，总有一天叫人开枪打死！"

"瞧你干的好事！"

弗兰欣歇斯底里地哭了起来。

弗兰克·狄龙不笑了。"我道歉。"

"一边去！"拉维尼娅说，"你没听说伊丽莎白·拉姆塞尔的事吗？她已经死在河谷里了。而你居然还在到处吓唬女人！别再和我们说话了！"

"啊，那么……"

她们往前走，他跟了上去。

"留步，孤身客先生，吓唬你自己去吧。去看一眼伊丽莎白·拉姆塞尔的脸，看看是不是很好笑。晚安！"拉维尼娅拉着另外两个姑娘沿着街道前行，两边是大树，头顶是繁星。弗兰欣用手帕捂着脸。

"弗兰欣,他是闹着玩的。"海伦转头问拉维尼娅,"她为什么哭得那么厉害?"

"等到了镇中心我再告诉你。无论如何我们都要去看电影!够了,走吧,把钱准备好,我们马上就到了!"

药房的巨大木吊扇搅动滞缓的空气,把山金车、奎宁和苏打水的味道吹向砖石街道。

"来五分钱的绿薄荷软糖。"拉维尼娅对药剂师说。他的脸色苍白,与她们在冷清街道上看到的所有面孔一个表情。药剂师用一把小银铲称出五分钱绿色糖果。拉维尼娅又补了一句:"看电影的时候吃。"

"女士们,今晚你们漂亮极了。拉维尼娅小姐,下午来喝巧克力汽水的时候,您可真是冷傲。那么冷,又那么美,有人问起您呢。"

"哦?"

"您一出门,坐在柜台边的男人就问我:'嘿,那是谁?'我说,哎呀,那是拉维尼娅·内布斯,镇上最俏的姑娘。'她真漂亮,'他说,'她住在哪儿?'"说到这里,药剂师停了下来,像是觉得不太舒服。

"你没说吧?"弗兰欣急忙问道,"你没把拉维尼娅的地址告诉他吧?嗯?"

"当时我也没多想,我说:'哦,她住在乐园路,你知道的,河谷附近。'只是随便一说。但今晚,他们发现了尸体,一分钟前我刚听说的。我在想,上帝啊,我都干了什么!"他把糖递了过来,满满一大包。

"你这傻瓜!"弗兰欣喊道,泪水在眼眶里打转。

"对不起。当然,应该不会有事的。"

拉维尼娅站在那儿,三人都盯着她。她什么也感觉不到,除了喉咙里最轻微的一丝兴奋。她下意识地递过钱。

"不用给了。"药剂师说,转身去翻动纸页。

"好了,我知道该怎么办!"海伦走出药房,"我要叫辆出租车,把咱们都送回家。我不希望你变成狩猎对象,拉维尼娅。那个人问东问西,肯定不怀好意。你想变成下一具躺在河谷里的尸体吗?"

"只是个男人而已。"拉维尼娅说着,慢慢转了个圈,望向小镇,"弗兰克·狄龙也是个男人,但他也可能就是孤身客。"

她们发觉弗兰欣没一起出来,转过身,正看到她跟了上来。"我让药剂师描述了一下,那个男人长什么样。是个陌生人,"她说,"穿一件黑外套,瘦瘦的,脸色苍白。"

"咱们都想多了,"拉维尼娅说,"就算你叫了出租车,我也不想乘。如果我注定是下一个受害者,那就这样吧。生活中的刺激太少了,尤其对一个三十三岁的老姑娘来说;所以我还有点期待呢。总之这事挺傻的,我长得又不好看。"

"噢,但是,拉维尼娅,现在你就是这镇上最漂亮的姑娘了,伊丽莎白已经……"弗兰欣顿了一下,"你总是一副拒人千里之外的样子,要是和气一点,几年前就该嫁了。"

"别哭了，弗兰欣！前面就是剧院售票处，我要花四角八分去看查理·卓别林。要是你俩想叫出租车回家，那请便。我一个人看电影，一个人回家。"

"拉维尼娅，你疯了，我们可不能让你这么干——"

她们进了剧院。

第一场已经结束了。此刻是中场休息，昏暗的观众席上稀稀落落坐着几个人。三个女人坐到前排中间，闻着年代久远的黄铜抛光剂味儿，看着经理从破旧的红色天鹅绒幕布后面走出来，像是要通知什么事情。

"警方要求我们今晚提前散场，好让各位观众尽早回家。所以我们将跳过中场短片，立刻开始播放正片。电影会在十一点结束。建议所有观众都径直回家，不要在街上闲逛。"

"这是说我们呢，拉维尼娅！"弗兰欣小声说。

灯暗了。银幕活了过来。

"拉维尼娅。"海伦小声说。

"怎么了？"

"我们进来的时候，街对面有一个穿黑外套的男人，也跟了过来。他刚刚走进来，就坐在我们后排。"

"噢，海伦！"

"就在我们后排？"

三个女人轮流转过头去看。

她们看到一张苍白的脸，反射着银幕上的晦暗光影。仿佛所有人类男性的脸都在黑暗中浮现。

"我要去找经理!"海伦走到过道上,"别放了!开灯!"

"海伦,你给我回来!"拉维尼娅喊道,也站起了身。

她们放下喝空的汽水瓶,每人的上唇都添了一抹香草胡子。她们伸出舌头舔了舔,大笑起来。

"你知道这有多傻吗?"拉维尼娅说,"瞎闹一场,太尴尬了。"

"对不起。"海伦小声说。

时钟显示十一点半。她们走出昏暗的剧院,远离了散场的人流,各奔东西的男男女女。她们走到街上,开始笑话海伦,海伦也觉得自己挺可笑。

"海伦,你走上过道大喊'开灯'的时候,我真想死在当场!那个可怜的家伙!"

"他居然是剧场经理的弟弟!刚从拉辛来的!"

"我道歉了。"海伦说,仰头看向大吊扇。扇叶仍在转,搅动深夜温热的空气,把香草、覆盆子、薄荷和消毒剂的气息拌在一起。

"我们不该停下来喝汽水。警察警告说……"

"哦,去他的警察。"拉维尼娅笑着说,"我什么都不怕。孤身客这会儿在百万英里之外。不过几个星期他是不会回来的,警察到时候会逮住他,等着瞧吧。电影挺精彩吧?"

"打烊了,女士们。"在白色瓷砖的凉爽寂静中,药剂师关了灯。

203

外面，街道打扫得干干净净，没有小汽车，没有卡车，没有人。小商店的橱窗还亮着灯，蜡质假人伸出粉红色的蜡手，炫耀蓝白色的钻石戒指，或跷起橘红色蜡腿，露出精美的针织袜。在假人炽热的蓝玻璃眼睛的注视下，三个女人沿着空荡荡的河底街道行走，她们的模样映在玻璃窗上，像隔着幽暗的流水看到的花朵。

"要是我们大声尖叫，他们会做些什么吗？"

"谁？"

"假人，橱窗里那些。"

"哎，弗兰欣！"

"好吧……"

橱窗里有一千个人，僵直，沉默。街上有三个人，鞋跟敲打着砖石街道，回声荡漾，像是从店里传出的枪声。

她们从一盏霓虹灯旁走过，微弱的红色嗞嗞响地闪着，像只垂死的昆虫。

长长的大道惨白而温热，向前延伸。三个娇小的女人走在两排大树中间，夜风只能吹动枝叶茂盛的树冠顶部。从市政厅大楼的尖顶远远看去，她们如同三朵蓟花。

"我们先送你回家，弗兰欣。"

"不，我先送你。"

"别傻了，你住在电气乐园那儿呢。要是先送我，你还得一个人往回穿过河谷。一片树叶掉在你身上，就能把你吓死。"

弗兰欣说："我可以在你家过夜。你才是漂亮的那个！"

她们继续往前走，仿佛三个拘谨的挂衣服的木人，飘过洒满月光的草地和水泥路面。拉维尼娅看着两侧黑黢黢的树木不停倒退，听着两位朋友的喃喃细语，想努力笑出来。夜晚似乎在加速，她们明明走得很慢，却像是跑了起来。每样东西在加速，显出炽热的雪的颜色。

"我们唱歌吧。"拉维尼娅说。

她们唱："闪耀吧，闪耀吧，收获的圆月……"

她们唱得甜美轻柔，手挽着手，不回头看。温热的人行道在她们脚下变凉，向后退去，退去。

"听！"拉维尼娅说。

她们聆听夏夜，听到了蟋蟀的鸣叫，远处市政厅的大钟敲了一下，十一点三刻。

"听！"

拉维尼娅侧耳倾听。一架前廊秋千在黑暗中吱嘎作响。那是泰尔先生一声不吭地坐着，抽最后一支雪茄。她们看到一点粉红色的火光前后摆动。

灯光一点点地熄灭了。小屋的灯光、大屋的灯光、黄色的灯光、绿色的旋转灯光、烛光、油灯光、前廊的灯光，以及其他一切，都被锁进了铜里，锁进了铁里，锁进了钢里。所有东西，拉维尼娅暗想，都被装了起来，封了起来，裹了起来，藏了起来。她想象人们躺在洒满月光的床上，在夏夜的房间里呼吸、安眠、相拥。而我们还在外头，她想，脚步落在热烘烘的人行道上。在我们头顶上，孤独的街灯亮着，投下一道醉影。

"你到家了,弗兰欣,晚安。"

"拉维尼娅,海伦,今晚住在我这儿吧。太晚了,快午夜了。你们可以睡在客厅里。我来冲热巧克力——会很好玩的!"弗兰欣伸出双臂,抱住两人。

"谢谢,不用了。"拉维尼娅说。

弗兰欣哭了起来。

"哎,又来了,弗兰欣。"拉维尼娅说。

"我不想让你死,"弗兰欣抽泣着说,泪水顺着脸颊径直往下流,"你那么好,那么美,我要你活着。求你了,求你了!"

"弗兰欣,我不知道这件事给你留下这么大的阴影。我保证一到家就给你打电话。"

"真的吗?"

"当然。我会给你报平安。明天中午我们去电气乐园野餐。我要亲手做火腿三明治,怎么样?你瞧着,我会永远活下去!"

"那么,你一定给我打电话?"

"我刚才保证过了,不是吗?"

"晚安,晚安!"弗兰欣奔上楼,跑进门,砰的一声关紧,立刻上了门闩。

"现在,"拉维尼娅对海伦说,"我送你回家。"

市政厅大钟开始整点报时。钟声飘过空荡荡的镇子,渐渐消散。街道空荡荡,空地空荡荡,草坪空荡荡,比以往任何时候都空得更彻底。

"九、十、十一、十二。"拉维尼娅数着,海伦挽着她的胳膊。

"你不觉得好玩吗?"海伦问。

"什么?"

"我们现在还走在人行道上,走在树下,而其他所有人都已经把门锁得紧紧的,躺在床上了。我敢打赌,方圆一千英里,就剩咱俩还在外面晃荡。"

河谷幽深、黑暗、温热,那嗡鸣声越来越近。

不一会儿,她们走到了海伦家门口,两人对视许久。风吹来新割的青草的气息。月亮沉入聚起的云层之后。"就算要求你留下来也没用,对吧,拉维尼娅?"

"我该回去了。"

"有时候……"

"有时候什么?"

"有时候我觉得有些人在心底里渴望死亡。你整个晚上都很古怪。"

"我只是不害怕,"拉维尼娅说,"而且我挺好奇。我动脑筋想过了,按逻辑,孤身客不可能在附近。到处是警察。"

"警察都回家蒙头大睡了。"

"我自得其乐,有些轻率,但其实很安全。要是我真有可能出什么事,我一定会留在你这里,真的。"

"或许你有点不想再活了。"

"你和弗兰欣,你俩真是不可理喻!"

"我感到很内疚。当你走到谷底、走上桥时,我却在喝热可可。"

"替我喝一杯吧。晚安。"

拉维尼娅·内布斯独自走在午夜的街道上,走在夏末的寂静中。她看到每栋房子的窗户都黑洞洞的,听到远处一条狗的吠叫。只要五分钟,她想,我就安全到家了。只要五分钟,我就能打电话给傻乎乎的小弗兰欣。我……

她听到一个男人的声音。

一个男人在远处的树林里歌唱。

"哦,给我一个六月的夜晚,月光和你……"

她稍稍加快了脚步。

那声音继续唱:"在我的怀抱里……你所有的魅力……"

朦胧的月光里,一个男人正在街上慢慢地悠闲地走着。

我可以敲街边随便哪一扇门,拉维尼娅想,如果有必要的话。

"哦,给我一个六月的夜晚,"那男人唱着,手里拿着一根长棍,"月光和你……哟,瞧瞧这是谁啊!这么晚了您还溜达呢,内布斯小姐!"

"肯尼迪警官!"

当然是他。

"我送您回家吧!"

"谢谢,我自己能行。"

"可您住河谷对面……"

没错，她想，但我不会和任何男人一起横穿那道河谷，就算是警察也不行。我怎么知道孤身客就一定不是警察？"不麻烦您了，"她说，"我走得很快。"

"我就在这儿，"他说，"要是您需要帮助，就喊一声。这里声音能传很远，我会马上跑过去。"

"谢谢。"

她继续走，留他站在路灯下独自哼唱。

到河谷了，她想。

她站在一百三十级台阶的尽头。要先爬下陡峭的山坡，穿过七十码长的桥，再爬上对面山坡，就是乐园路。整条路上只有一盏灯。三分钟之后，她想，我就能把钥匙插进屋门的锁里。一百八十秒而已，不可能出什么事。

她踏下漫长的暗绿台阶，走进河谷。

"一、二、三、四、五、六、七、八、九、十……"她小声数着。

她感觉自己在跑，其实并没有。

"十五、十六、十七、十八、十九、二十。"她喘着气。

"五分之一了！"她宣布给自己听。

河谷那么深，那么暗，那么黑！世界被撇在了身后，酣睡的人、紧锁的门、镇子、药房、剧院、灯光，都被撇在了身后。只有河谷存在，鲜活、黑暗、庞大，包裹着她。

"什么都没发生，不是吗？周围连个鬼影子都没有，不是吗？二十四、二十五。记得小时候你们互相讲的那个鬼故事吗?"

她听着自己的脚步声。

"故事里说的是,那个人潜入你家,而你正躺在二楼的床上。现在他正迈出第一步,走向你的房间。现在他迈出了第二步。现在他迈出了第三第四第五步!听到这个故事,你们总是又笑又叫!现在这个可怕的人迈出了第十二步现在他打开你的房门现在他站在你的床边——'抓到你了!'"

她尖叫。这是她从未听过的叫声。她从未叫得那么响。她停下,僵住,伸手抓紧木栏杆。心脏炸裂开,惊恐的心跳充斥整个宇宙。

"那里,那里!"她对自己尖叫,"台阶底下。一个男人,在灯下!不,现在不见了!他刚才就在那儿等着!"

她聆听。

一片死寂。

桥上没有人。

什么都没有,她暗想,按住心口。什么都没有,傻瓜!自己讲故事吓自己。多蠢。我该怎么办?

心跳平缓了。

我应该叫警察吗——他听到我的尖叫了吗?

她仔细听了听。没有。什么动静都没有。

我要继续走完剩下的路。那个故事可真蠢。

她又开始迈步,数着台阶。

"三十五、三十六、当心,别摔倒。噢,我真是个傻瓜。

三十七、三十八、三十九、四十,再来两步,四十二——快到一半了。"

她又一次僵住。

等等,她对自己说。

她踏出一步。有回声。

她又踏出一步。

又有回声。再踏一步。片刻之后,又传来一声。

"有人在跟踪我。"她低声说,冲着河谷,冲着阴影里的蟋蟀,冲着躲起来的暗绿色青蛙和幽暗的水流,"有人在我身后的台阶上。我不敢转身。"

又一步,又一声。

"每次我踏出一步,他们也踏出一步。"一步一声。

她虚弱地问河谷:"肯尼迪警官,是你吗?"

蟋蟀不唱了。

蟋蟀在倾听,黑夜在倾听。那一刻,夏夜里远处的树丛、近处的草木都停止了动作;树叶、灌木、星星、青草都不再晃动,它们也在倾听拉维尼娅·内布斯的心跳。也许一千英里之外,在一个空荡荡的火车小站,一个孤独的旅人正在一个光秃秃的灯泡下阅读一张昏黄的报纸。他或许也抬起头聆听,琢磨着,这是什么声音?他想,也许是一只土拨鼠在敲打一根空心的木头。其实那是拉维尼娅·内布斯,是拉维尼娅·内布斯的心在跳动。

寂静。绵延一千英里的夏夜寂静,像白色的荫翳海洋覆盖了大地。

快快快！她走完了台阶。

跑！

她听到了音乐。她听到音乐汹涌而来，那么疯狂，那么愚蠢。当她在惊慌和恐惧中奔跑时，她意识到自己头脑的一部分在编排戏剧，从某出私人戏剧中借来了激昂的配乐。音乐冲刷着她，推搡着她，越来越高，越来越快，疾冲向下，向下，直至谷底。

只剩一点点路了，她祈祷。一百零八、一百零九、一百一十！谷底！现在快跑！跑过桥！

她告诉自己的腿脚该如何迈步，告诉自己的手臂该如何摆动，她指挥自己的躯干、自己的恐惧；在这空白的可怕时刻，她指挥身体的每一部分，在咆哮的溪水之上，跑过空荡的摇晃的震动的弹跳的仿佛活物的木桥板。身后是狂乱的脚步，伴着音乐，尖锐的永不停歇的音乐。

他在尾随，别回头，别看，要是看到他，你就跑不动了，你会害怕得要死。只管跑，跑！

她跑过了桥。

哦，上帝，上帝，拜托，拜托让我爬上山顶！现在爬上小路，在山坡之间，哦，上帝，这么暗，一切都那么远。即便现在我尖叫也无济于事。何况我根本叫不出来。到小路尽头了，到街上了，哦，上帝，请让我平平安安的，要是能平安到家，我就再也不独自出门了。我是个傻瓜，我得承认，我是个傻瓜,我不知道什么叫恐惧。但要是你让我平安回家,以后没有海伦或弗兰欣的陪伴,我就再也不独自出门!到街上了。过马路!

她跑过路面,冲上人行道。

哦,上帝,前廊!我的家!哦,上帝,请给我一点时间,让我进屋,把门锁上,我就安全了!

那东西是——真蠢,为什么要看,为什么她立刻就注意到那个东西——就在那儿,半杯柠檬水,她留下的柠檬水!就在前廊的栏杆上。那是许久之前的事了,今晚漫长得像一整年!那玻璃杯平静地、泰然自若地站立在栏杆上……而她……

她听见自己凌乱的脚步声在前廊上响起,感到自己的双手匆忙摸索钥匙,慌张地插入锁孔。她听到自己的心跳。她听到自己内心的声音在尖叫。

钥匙插到底了。

快开门,快,快!

门开了。

快进去。关门!她砰地甩上门。

"现在锁上,闩上,锁上!"她痛苦地喘息。

"锁紧,锁死!"

门落了锁,上了闩。

音乐停止了。她再次聆听,心跳渐渐归于平静。到家了!上帝啊,安全到家了!平平安安、毫发无损地到家了!她把后背倚在门上。安全了,安全了,听听。什么声音都没有。安全了，安全了，哦，感谢上帝，安全到家了。我再也不在夜晚出门了。我要待在家里。我再也不去河谷那边了。安全了，哦，安全了，安全回家了，多好，多好，安全！回家多安全，门也锁紧了。等一下。

应该看看窗外。

她看了看。

哦，外面一个人也没有！没有人，根本就没有人跟踪我。没有人追着我跑。她呼吸顺畅之后不禁哑然失笑。要是真的有男人在跟踪我，他早就抓住我了！我跑得又不快……前廊上没人，院子里也没人。我真傻。无缘无故跑了那么久。河谷和其他地方一样安全。没关系，回家真好。家是真正温暖的好地方，唯一的庇护所。

她伸出手去按电灯开关，又停住了。

"是谁？"她问，"谁？谁？"

身后的客厅里，有人清了清嗓子。

"唉，他们把一切都毁了！"

"别太难过了，查理。"

"可是，咱们现在还能聊些什么呢？要是孤身客已经死了，再谈论他还有什么意义？再也不吓人了！"

"我不知道你是怎么想的，查理。"汤姆说，"反正我要回夏记冰室，坐在门口，假装他还活着，然后让自己后背发凉。"

"那是自欺欺人。"

"趁着能凉快就要抓住机会，查理。"

道格拉斯没听汤姆和查理说话。他看着拉维尼娅·内布斯家的那栋房子，几乎是在自言自语。

"我昨晚就在河谷。我看见了。我什么都看见了。回家的时候，我从这里抄近路。我看到前廊栏杆上装柠檬水的玻璃杯，空了一半。那时我很想喝了它。想喝，当时我就是这么想的。我先是在河谷，然后在这里，每件事我都身在其中。"

现在轮到汤姆和查理无视道格拉斯了。

"所以，"汤姆说，"我并不真的相信孤身客已经死了。"

"今天早上救护车过来，他们用担架把那个男人抬了出来，当时你也在这里,不是吗?"

"我在。"汤姆说。

"那个人就是孤身客,笨蛋!看看报纸!他逍遥法外十年,最后竟然被老姑娘拉维尼娅·内布斯随手用一把缝纫剪刀给捅了。我真希望她当时别那么多管闲事。"

"你是希望她乖乖躺下来,让他掐脖子吗?"

"不是,但她可以跑出家门,跑到街上大喊:'孤身客!孤身客来了!'这样他就有足够时间逃跑了。这座镇子之前总还算有些刺激,可从昨晚十二点起就变了。从今往后,就像无聊的香草布丁。"

"我最后说一次,查理。我认为孤身客还没死。我看见了那个人的脸,你也看见了,道格也看见了。对吧,道格?"

"什么?哦。我看见了。没错。"

"咱们大家都看到了那人的脸。那么我问问你们:你们觉得那个男人看起来像孤身客吗?"

"我……"道格拉斯欲言又止。

大约五秒钟,空气中只有阳光的嗞嗞声。

"老天……"查理终于小声感叹。

汤姆微笑着,等着他继续说。

"他看起来一点也不像孤身客。"查理倒抽一口气,"就像个普通男人。"

"没错,没错,查理,那只是个普普通通的男人,他连只苍蝇都不敢伤害,哪怕只是苍蝇!那人如果是孤身客的话,至少应该看上去像是孤身客，对不对？可是呢，他像是每晚在精英剧院门口卖糖果的。"

"你觉得他是什么人？一个路过镇上的流浪汉，以为自己进了一栋空房子，然后被内布斯小姐杀死了？"

"就是这样！"

"等一下。谁也不知道孤身客应该是什么样子。又没有照片。见过他的人最后都死了。"

"你知道他长什么样，道格知道，我也知道。他一定很高，不是吗？"

"那当然……"

"他一定脸色苍白，是不是？"

"苍白，没错。"

"瘦得像骷髅，留着黑色长发，是不是？"

"我总是这么说。"

"还有凸出的大眼睛，像猫一样的绿眼睛？"

"就是那样。"

汤姆不屑地嗤笑了一声："可是，几个小时前他们从内布斯家拖出来的那个可怜的家伙呢？你们也看见了，他长什么样？"

"小个子，红脸蛋，有点胖，头发不多，稀稀落落。汤姆，你说对了！来吧！通知小伙伴们！把你刚才告诉我们的再跟他们说一遍！孤身客还没死。今晚上他还是会埋伏在什么地方。"

"是啊。"汤姆说着停了下来，突然陷入沉思。

"汤姆，真有你的，你有脑子。我们谁也没本事用这种方式拯救世界。夏天原本要在今天变糟糕了，是你力挽狂澜啊，八月才不至于彻底失败。嘿，伙计们！"

查理离开了，挥舞着胳膊，大声嚷嚷。

汤姆站在拉维尼娅·内布斯家门前的人行道上，脸色苍白。

"老天！"他低声说，"我现在该去做些什么呢？"

他转向道格拉斯。

"我说，道格，我现在该去做些什么呢？"

道格拉斯盯着那栋房子，嘴唇嚅动。

"我昨晚就在河谷。我看到了伊丽莎白·拉姆塞尔。回家的路上，我经过这里。我看到了栏杆上的柠檬水。就在昨晚。我当时还在想，要不要喝了它……我可以喝了它……"

她是手上永远有活计的女人，总拿着扫帚、簸箕、抹布或是一把搅拌勺。早上你看见她切馅饼皮，嘴里哼着小调；中午你看见她把烤好的馅饼取出来，黄昏时又把晾凉的馅饼收起来。把瓷杯放回原位时，她像个摇铃铛的瑞士人。在客厅里走动时，她如同一台平稳滑行的吸尘器，寻找、发现、纠正一切不整洁之处。她把每扇窗户都擦成镜子，好捕捉阳光。她手里拿着铲子，每片花圃都要走上两趟，鲜花在她身后温暖的空气中绽放颤抖的焰火。她睡得安稳，一宿翻身不超过三次，像只松弛的白手套。天亮的时候，那只轻快的手就会回来。起床后，她触摸每一个人，仿佛他们是挂歪的画，需要扶正画框。

可是现在呢？

"奶奶。"每个人都在呼唤她，"太奶奶。"

现在，像是一道漫长的算术题终于出了结果。这辈子她喂饱了一只只火鸡、家鸡和雏鸽，也喂饱了一家老小。她曾一遍遍擦洗天花板和墙壁，也擦洗孩童和行动不便的人。她铺油毡，修自行车，疏通炉膛，给钟表上发条，给无数道伤口抹碘酒。她的双手从不停歇，总是摸摸这个，碰碰那个，抛抛棒球,挥挥鲜亮的门球槌,在黑土中播种,给烹制中的饺子、炖菜盖严盖子,给沉睡中的孩子掖好被子。她拉下窗帘,掐灭蜡烛,按动开关——然后就老了。回顾三百亿件由她开始、进行、收尾、完成的事情,它们都累加起来,得出了总和;最后一位小数计算出来,最后一个零也慢慢写完。现在,她捏着粉笔,在人生的尽头静静地站一个小时,然后便要伸手去拿黑板擦。

"现在让我看看,"太奶奶说,"让我看看……"

她没有特别的要求,只在房子里绕了一圈,最后走到楼梯旁。她也没有什么特别的话要嘱咐,只是爬上三楼,回到自己的房间。她躺下来,静静的,像冰凉的床单下的一片化石印记。她开始死去。

呼唤声再次响起:

"奶奶!太奶奶!"

关于她的消息从楼梯间坠落,激起的涟漪在房间、门窗之间泛开,沿着栽满榆树的街道一直荡漾到绿色河谷的边缘。

"过来,现在就过来!"

家人围到她的床边。

"让我躺着。"她低声说。

她的疾病是在任何显微镜下都看不到的。这是一种温和但不断加深的疲倦。是她轻如麻雀的身体的模糊重量。想睡了,越来越困,越来越困。

多么简单的行为,世上最悠闲的举动,但对她的孩子和孩子的孩子而言，却能引起如此的恐惧。

"太奶奶，您听我们说——您这么做就像解除租约。没有您，这房子会塌的。您至少要提前一年通知我们！"

太奶奶睁开了一只眼睛。九十年的人生透过那只眼睛平静地凝视身边的人，就像一个尘埃的幽灵，从一座快速搬空的房子的圆顶窗户里飘出来。"汤姆……？"

男孩被大人推到她低语的床边。

"汤姆，"她微弱的声音像是来自远方，"在南方的大海边，每个人的一生中都有那么一天，他知道自己该与所有朋友握手告别，然后启航离开。他便这么做了，这是很自然的——他的时间到了。今天我也是这样。就像你有时周六白天去看电影，一直坐到晚上九点，直到我们让你爸爸去叫你回家。汤姆，等那个时间到了，你就会看到银幕上又是同一群牛仔在同一片山顶上向同一群印第安人射击。这时候最好把折叠椅收起来，直奔剧院的出口。不要后悔，也不要倒退着走上过道。所以，我要趁自己还开心、电影还没演完的时候离开。"

接着，道格拉斯也被叫到她身边。

"太奶奶，明年春天谁来修屋顶呢？"

打从有日历那年起，每个四月你都会听到啄木鸟啄屋顶的声音。不，其实那是太奶奶不知使什么法子把自己运了上去。她一边唱着歌一边敲钉子、换瓦片，在那么高的天上！

"道格拉斯，"她低声说，"不要允许任何人去换瓦片，除非他们觉得这活儿有趣。"

"遵命,太奶奶。"

"到了四月,你问大家:'谁想修屋顶?'你看谁的脸一下子亮起来了,道格拉斯,你就叫那个人去修。因为在那片屋顶上,你可以看到整座镇子蔓延至乡村,而乡村蔓延至大地的边缘,还有闪亮的河流,早晨的湖水,你脚边树上的鸟儿和空中最美的风。任何一种风景都足以让人在春天日出时爬上风向标。那是充满力量的时刻,如果你愿意尝试……"

她的声音变成一阵阵轻柔颤动。

道格拉斯哭了。

她又清醒过来。"你哭什么呢?"

"因为,"他说,"您明天就不在这儿了。"

她拿出一块小镜子,把镜面转向道格拉斯。他看着镜子里的太奶奶和自己,又看向她的脸。她说:"明天早上我七点起床,把耳朵后面洗干净。我要和查理·伍德曼一起跑步去教堂。我要去电气乐园野餐;我要游泳、赤脚跑步、从树上掉下来、嚼留兰香口味的口香糖……道格拉斯,道格拉斯,多难为情!你会好好剪指甲,对不对?"

"是的,太奶奶。"

"你的身体每隔七年左右就会自行恢复,旧细胞死亡,新细胞加入你的手指和心脏,你可不会为这大喊大叫。你压根就不在乎,对吧?"

"没错,太奶奶。"

"那么,你好好想想,孩子。把剪下的指甲屑留着的人,都是傻瓜。你见过哪条蛇会收藏它蜕下的皮吗?今天你在这张床上看到的只是指甲屑和蜕下的蛇皮而已。你用力呼出一口气,我就会变成薄薄一片飞起来。躺在这儿的我并不重要,重要的是坐在床边回望着我的我,是在楼下做晚饭的我,是在车库修车的我,或是在书房阅读的我。所有新的记忆,它们都很重要。我今天并不会真的死去。拥有家人的人并不会离开。我还会在这里停留很久。一千年后,我的后代足够组成一座镇子,他们都会在树荫下啃酸苹果。要是有谁要问我什么大问题,这就是我的答案!快,把其他人也叫进来!"

最后,全家人都站了起来,在房间里等着,就像火车站上为某人送行的队伍。

"那么,"太奶奶说,"既然你们都站到我床边上了,那我就嘱咐几句。下个星期还有一些园艺活,孩子们要继续做,还要打扫衣橱,添置衣服。被你们称作太奶奶的那个我,以后就不会继续在这里盯着你们了。但还有一部分的我早就分割出去,变成了伯特叔叔、列奥、汤姆、道格拉斯和其他人,你们要接手这个家,各自做好分内的事情。"

"遵命,奶奶。"

"我不希望你们明天在这里搞什么万圣节派对。我不想听见任何人说我的好话。该说的话我早就在活着的时候骄傲地说过了。我已尝遍了每一种食物,跳遍了每一支舞;现在只剩最后一种馅饼我还没咬过,最后一首曲子我没吹过。但我不怕。我只是好奇。死神休想从我嘴边得到一点碎屑,每一口我都要好好品味，吃到渣子都不剩。所以你们不用担心我。现在，你们都走吧，我要睡了……"

门轻轻地关上了。

"这还差不多。"屋里只有她一人了，她惬意地沉入由亚麻和羊毛、床单和毯子叠成的温暖雪堆里，拼布被子的颜色像旧时马戏团的旗帜一样鲜艳。躺在那儿，她感觉到自己的渺小和隐秘，就像八十多年前的那些早晨，醒来的稚嫩身体赖在舒服的床铺上。

很久以前，她想，我做了一个梦，正享受梦境的时候，有人把我叫醒了。那就是我出生的日子。现在？现在，让我想想……她回忆过去。我当时在哪儿？九十年过去了……要如何重新找回旧日美梦中的线条和图案？她伸出一只瘦小的手。在那儿……是的，就是那儿。她露出笑容。在温暖的雪山深处，她把脸转向枕头一侧。这样好多了。现在，她看到它在脑中悄悄成形，带来一种宁静，就像一片海，沿着无尽的、不断刷新的海滩移动。现在，她让那场古老的梦触摸她，把她从雪地里抱起，飘离那张几乎已不再记得的床。

她想，他们正在楼下擦亮银器，收拾地窖，打扫大厅。她能听到他们在房子里生活的声音。

"挺好，"当梦境托着太奶奶漂浮时，她低声说道，"就和这辈子里的其他事情一样，安排得挺好。"

大海把她推上了岸。

"鬼啊!"汤姆大叫。

"不是鬼,"一个声音说,"是我。"

阴森的光线射入弥漫着苹果香气的昏暗卧室。那个容量一夸脱的玻璃密封罐像是悬浮在太空中,许多微弱的亮点在其中闪烁。幽暗的光照下,道格拉斯的眼神苍白肃穆。他晒得黝黑,脸和手仿佛溶解在黑暗中,那件睡衣像是裹着一个无形的幽灵。

"天哪!"汤姆惊叹,"这么多萤火虫! 得有二十多——三十多只吧!"

"嘘,别叫!"

"你弄来做什么的?"

"夜里咱们蒙着床单打手电看书总是被大人逮住,不是吗? 但没有人会怀疑一个装萤火虫的旧玻璃罐子,他们只会认为这是个夜间博物馆。"

"道格,你真是个天才!"

道格没有回答。他庄重地把忽明忽灭的光源放在床头柜上,然后拿起铅笔,开始在便笺簿上大段大段地书写。萤火虫的光芒亮起来，暗下去，亮起来，暗下去，他的眼里反射着三十多个易逝的淡绿色亮点。他反反复复写了十分钟，然后是二十分钟，斟酌又斟酌，推敲再推敲，罗列在这一年夏季过于迅速地收集到的事实。汤姆在一边看着，被罐子里跳跃飞舞的小丛篝火催眠，直到支着胳膊肘一动不动地睡着，而道格拉斯继续奋笔疾书。他在最后一页做了全面总结：

很多东西都靠不住，因为……

……比如机器，它们会散架、生锈、腐烂，或者根本没造好……或者最终被丢弃在车库里……

……比如网球鞋，即便穿着它们，你奔跑的距离和速度也还是有限的，然后大地就会再一次抓住你……

……比如电车。电车虽然又高又大，最后还是会开到轨道的尽头……

很多人都靠不住，因为……

……他们会离开。

……陌生人会死去。

……你熟悉的人也一样会死去。

……朋友会死去。

……有些人会杀害其他人，就像书里写的那样。

……你自己的家人也会死去。

所以……!

他屏住一口气,握紧双拳,缓缓地呼出。他再深吸一口气,让气流从他紧咬的牙齿间轻声穿过。

所以。他用超大的、沉重的、力透纸背的大写字母写下结论。

所以如果电车、代步车、朋友和好朋友会暂时离开或永远离开,会生锈,会散架,会死去;如果有人会被谋杀,如果像太奶奶那样永远活着的人也会死去……如果所有这些都是真的……那么……我,道格拉斯·斯波尔丁,在某一天……也一定会……

那些萤火虫轻轻地关了尾灯,像是被他忧郁的思绪扑灭了。

不管怎样,我不能再写了,道格拉斯想。我不写了。我不能今晚就写完。

他看向支着胳膊睡觉的汤姆,碰了碰他的手腕。汤姆咕哝一声,坍塌在床上。

道格拉斯拿起玻璃罐,那些冰冷的黑色小团块又开始闪烁凉爽的光,仿佛被他的手赋予了生命。他把罐子举到便笺簿上方,断断续续的光照亮了他写的总结。最后一句话还没写完。

但他走到窗边,推开纱窗框。他拧开玻璃罐的盖子,把萤火虫倾倒进无风的夜色中。一阵苍白的流光之雨。虫儿扇动翅膀飞走了。

道格拉斯目送它们离开。一个垂死世界的最后黄昏的暗淡碎片,消失了,如同他手中仅存的几丝温暖希望。它们把男孩的面孔、身体和内在都留在了黑暗中。他觉得自己空空荡荡,像那个玻璃密封罐。不知何故,他回床上睡觉时,把罐子也塞进了被窝……

她坐在自己的玻璃棺材中，夜复一夜。她的身体被盛夏狂欢的火焰融化，被冬日的鬼风冻结。她带着镰刀般的微笑等待着，线条凌厉的蜡质尖鼻子下面是一双布满皱纹的淡粉色蜡手，永远悬在那副摆成扇形的旧纸牌上方。塔罗女巫。多么诱人的名字。塔罗女巫。你把一分硬币塞进银槽，然后在深深的地方，机器呻吟，齿轮咬合，杠杆开始工作，飞轮转动起来。柜子里的女巫抬起闪亮的脸，用针尖般的目光瞪着你。她毫不留情的左手向下移动，抚摸分拣一张张神秘的塔罗牌，牌面上画着头骨、恶魔、倒吊人、隐者、主教和小丑。同时，她的脑袋朝你靠过来，钻研你的痛苦、罪孽、希望、健康，你每天夜间的死亡和每天早上的重生。然后，她拿起一支钢笔，在某张牌的背面歪歪扭扭地书写，再把卡片放入滑槽。卡片发出窃笑般的声音，掉落在你手中。这时女巫眼中露出最后一丝朦胧的光芒，重返她永恒的胎膜之中，承受数周、数月或是数年的封印，等待下一枚铜币把她从遗忘中唤醒。此时，她是一尊死气沉沉的蜡像，任由两个男孩靠近。

道格拉斯把手指戳在玻璃柜上。

"她就在那里。"

"这是个蜡像。"汤姆说,"为什么你要我来看她?"

"你就知道问为什么!"道格拉斯喊道,"没有原因,不需要原因!"

因为……游艺厅的灯光暗了下来……因为……

某天你发现自己活着。

冲击!震撼!顿悟!喜悦!

你大笑,你手舞足蹈,你大声喊叫。

但是,不久之后,太阳不见了。八月的中午,雪花飘落,但没人看见。

上个星期六的牛仔电影日场,一个男人死在滚烫的银幕上。道格拉斯吓得叫出了声。这些年,他看过无数牛仔被枪杀、绞死、烧死、揍得没了人样。可那一天,那一个角色……

他再也不能走路、奔跑、闲坐、大笑、哭喊了,他再也不能做任何事情了,道格拉斯想。他的身体一点点凉了。道格拉斯的牙齿打颤,心脏泵出污泥,灌满胸腔。他闭上眼睛,任凭身体抽搐摇晃。

他必须离其他男孩远一点,因为他们并没有思考死亡这件事,他们只是对着死掉的角色大笑大叫,好像他还活着。道格拉斯和死者在一艘离岸的船上,而所有其他人都被留在明亮的岸边,奔跑、跳跃、欢闹,不知道小船、死者和道格拉斯正在离去,离去,消失于黑暗中。道格拉斯跑进散发着柠檬香气的男厕所,他觉得恶心,好像有个粗大的消防栓在他嗓子眼里搅动。

等着恶心劲过去的时候,他想:有哪些我认识的人今年夏天死了?弗雷利上校,死了!我之前还没意识到,为什么?太奶奶也死了。千真万确。不仅如此……他愣了一下。我!不,他们不能杀我!可以,一个声音说,可以,只要他们愿意,随时可以。不管你怎么踢腾尖叫,他们都可以伸出一只大手捂住你,然后你就没动静了……我不想死!道格拉斯尖叫,但并没叫出声。反正你迟早要死的,那个声音说,无论如何都是死路一条……

剧院外,在阳光照射下,道路显得不真实,建筑显得不真实,人们缓慢地走动,仿佛被淹没在一片明亮的、沉重的、燃烧的纯净气体的海洋中。他想,现在他必须回家了,把五分钱便笺簿的最后一行字写完:我,道格拉斯·斯波尔丁,在某一天……也一定会死……

他花了十分钟才鼓起足够的勇气横穿马路。随着心跳放缓,他走到了游艺厅门口。他看见大厅深处那个奇怪的蜡像女巫,她总是隐藏在阴凉的落满灰尘的暗影里,指甲下夹着命运与复仇。一辆汽车驶过,突如其来的反光扫过游艺厅,阴影跳跃,那蜡质的女人像是迅速点了点头,招呼他进去。

他遵循女巫的召唤,五分钟后走了出来,确信自己能活下去。现在,他必须展示给汤姆看看……

"她看起来好像活着。"汤姆说。

"她确实活着。不信你看。"

他往投币口里塞了一分钱。

什么都没发生。

道格拉斯朝游艺厅另一头的店主布莱克先生大声呼喊。布莱克正坐在一个上下倒置的汽水箱子上,打开瓶塞,从一个已经空了四分之三的瓶子里喝了一大口棕黄色液体。

"嘿,女巫有点不对劲!"

布莱克先生趿拉着脚走过来,眼睛半闭,呼吸急促。"弹球游戏有点不对劲,拉大片的机器有点不对劲,现在这个花一分钱电击自己的机器也不对劲了。"他狠狠敲打机器外壳。"嘿,里面那个!赶紧给我活过来!"女巫泰然自若地坐着。"每个月的修理费比她能挣的还多。"布莱克先生把手伸到机器后面,在她面前挂了一个写着"故障"的牌子。"她不是唯一出问题的。我、你们、这座镇子、这个国家、整个世界!都见鬼去吧!"他朝女巫挥挥拳头。"你就是一堆垃圾,听到了吗,一堆垃圾!"他走开了,一屁股坐回汽水箱上,再次感受到腰包里硌人的硬币,好像那是令他疼痛的胃。

"不能这样——她不能就这么坏了。"道格拉斯备受打击。

"她老了,"汤姆说,"爷爷说他还是个孩子的时候,女巫就在这里了。所以她总有一天要坏掉的……"

"醒过来吧。"道格拉斯低声说,"求你了,求你了,写字给汤姆看吧!"

他悄悄把另一枚硬币塞进了机器。"求求你了……"

两个男孩把脸贴到机器上,呼出的热气在玻璃上形成一朵朵积云。接着，从玻璃柜深处传出一声低语，一阵嗡鸣。

女巫缓缓抬起头，看向两个男孩。她凌厉的眼神把他们冻结在原地，她的手开始近乎疯狂地拨弄塔罗牌，停下，继续，收回原处，反反复复。她低下头，一只手停了下来。机器剧烈晃动，她的另一只手开始书写，停下，再次书写，最后猛然停下，力量之大，把玻璃都震得叮当乱响。女巫的脸上显出僵硬而机械的痛苦神色，几乎缩成了一个球。然后，机器喘息起来，一个齿轮转动，一张小小的塔罗牌顺着滑槽掉出来，落入道格拉斯捧成杯状的手中。

"她还活着！她又开始工作了！"

"卡片上写了什么，道格？"

"跟她上星期六写给我的一样！听着……"道格拉斯读道：

嘿，别来找我！

寻死的人都是蠢货！当丧钟响起，跳舞唱歌多么欢乐！酒池里游泳何等快活！

动动脚趾，唱一句：别来找我！

何时大风起，何时海水涨落？嘿，别来找我！

"就这么几句吗？"汤姆问。

"最下面还有一句：'预言：长命百岁，活蹦乱跳。'"

"这还差不多！现在给我来一张吧？"

汤姆把硬币塞了进去。女巫又颤巍巍地活了过来。一张牌落到他手里。

"谁落在后面谁就是女巫的屁股。"汤姆平静地说。

他们跑得太快了,店主吓了一跳,紧紧攥住包里的一分钱硬币,一手抓了四十五枚,另一手三十六枚。

游艺厅外刺眼的街灯下,道格拉斯和汤姆惊恐地发现——塔罗牌背面是空白的,没有预言。

"不可能!"

"别激动,道格。一张普通的旧卡片而已,我们只损失了一分钱。"

"这不仅仅是一张普通的旧卡片,不仅仅是一分钱。这是生死攸关的大事。"

在飞蛾环绕的街灯下,道格拉斯面色白似牛奶,他盯着卡片翻来覆去地看,希望能有文字显现。

"她的墨水用完了。"

"她的墨水从来用不完!"

他看着布莱克先生坐在那儿喝完了瓶子里的东西,嘴里骂骂咧咧的。布莱克先生不知道自己有多幸运,能够住在游艺厅里。他心中祈祷,老天,千万别让游艺厅也崩塌了。现实世界已经够糟糕的了,朋友离去,镇民被杀害,亲人被埋葬,但是让游艺厅一如既往地运转下去吧,拜托了,拜托了……

现在道格拉斯知道为什么游艺厅这个星期一直吸引着他,今晚也还吸引着他。因为那是一个完全确定无疑的世界,其中的一切都可以预测。把印有印第安人头像的一分钱硬币塞进明亮的银色投币槽，玻璃后面可怕的大猩猩就会被蜡像英雄一遍遍刺伤，更多蜡像女主角才能被拯救出来；圆轴在黑暗中转动，启斯东警察①的影像在裸露的灯泡下永不停歇地翻动，发出瀑布流水般的声音。那些警察永远会撞上或是险些撞上火车、卡车、电车，永远会从码头上掉进水里，但总也淹不死，因为他们还要匆匆忙忙地再次去与火车、卡车、电车相撞，然后再次跌落熟悉的旧码头。世界之中又有世界，你转动手柄，一分钱的拉大片便为你重复那些古老的发现和仪式。在那里，只要你愿意，只要把沾着汗水的硬币投喂给那些洋洋自得的机器，莱特兄弟就会从小鹰镇②顶着沙风起飞，泰迪·罗斯福就会露出耀眼的牙齿，③旧金山烧了又建，④建了又烧。

道格拉斯环顾夜晚的小镇，一分钟之内，这里什么事情都不会发生。在这座小镇，无论夜晚还是白昼，能有几个供你塞钱的投币口？能有几张送到你手中的预言卡片？就算你读了那些卡片，其中又能有几句话是有意义的呢？在这个人间世界，你付出了时间、金钱和祈祷，得到的回报却少之又少。

但是在游艺厅里，那台"够胆就来"机器却能让你驾驭雷

---

① Keystone Kops，二十世纪早期启斯东电影公司滑稽短片中常见的喜剧角色。
② Kittyhank，北卡罗来纳州戴尔县城镇，1903年莱特兄弟在此进行了人类历史上首次动力飞机试飞。
③ 美国第二十六任总统西奥多·罗斯福牙齿整齐，经常露齿而笑，被誉为美国第一个微笑的总统。
④ 指1906年旧金山大地震后发生的大火灾。

电。只需掰开它的镀铬手柄,电流就会像黄蜂一样嗞嗞作响,穿过你充满力量的手指。你击打一个沙袋,看看如果这个世界需要锤炼,你手臂里蕴含的力量能打出几百磅。你抓住一个机器人的手,用印度式摔跤的姿态发泄你的怒火,将刻度表上的一排灯泡点亮。达到顶峰时会有烟花绽放,证明你的暴力无人能及。

在游艺厅里,你做的每件事情都必然能得到回应。你从那里走出来,内心平静无比,仿佛去了一间从前没听说过的教堂。

可现在呢?现在呢?

女巫还能动,但变得沉默了,也许很快就会死在她的水晶棺材里。他望向嘟嘟囔囔的布莱克先生,他看不上每一个世界,哪怕是他自己的世界。总有一天,这些精致的机器会因为缺乏关爱而生锈。启斯东警察的动作会永远凝固,一半在湖里,一半在湖外,一半被卡住,一半被撞到;莱特兄弟的动力风筝永远也无法腾飞离地……

"汤姆,"道格拉斯说,"我们得去图书馆把这事弄清楚。"

两兄弟沿着街道前行,那张空白卡片在他们之间传递。

他们坐在图书馆的绿罩阅读灯下,然后又坐到了外面的石狮子后背上,双脚垂着晃动,眉头紧锁。

"布莱克老头一直对她大喊大叫,扬言要杀了她。"

"你不能杀死从没活过的东西,道格。"

"可他对待女巫就好像她是活人一样,或者曾经活过。他对她那么凶,所以也许她最终放弃了。或者也许她没有放弃,而是采取了什么秘密的方式来通知我们她有生命危险。隐形墨水。也许是柠檬汁!有条信息她要瞒着布莱克先生,以防我们还在游艺厅时被他看到。等一下!我这儿有一些火柴。"

"可她为什么要写给我们呢,道格?"

"拿着这张卡片。看着!"道格拉斯划着一根火柴,举到卡片下面燎了一下。

"哎哟!我的手指头上可没写字,道格,把火柴拿远一点。"

"出来了!"道格拉斯喊道。就在卡片上,纤细潦草的笔画开始显现,组成一个个令人难以置信的螺旋花体字母,在光线下显得很暗……一个单词,两个单词,三个……

"烧着了!"汤姆大叫,扔掉了卡片。

"快踩!"

但是等他们跳起来猛踩古老石狮的石头脊背时,那张卡片已经烧成黑渣了。

"道格!现在我们永远也没法知道上面写的什么了!"

道格拉斯把尚有余温的灰烬捧在掌心。"没关系,我看见了。我记得那几个词语。"

灰烬在他指间飘动,低语。

"你还记得今年春天查理·蔡斯①的那部喜剧吗?那个法

---

① Charley Chase(1893—1940),美国喜剧演员、编剧、电影导演。

国人掉水里了，不停地用法语喊着什么查理·蔡斯听不懂的话。'色古呵，色古呵！'然后有人告诉查理那是什么意思，他才跳下去救了那个人。而我刚才亲眼看到卡片上写的就是这个词儿。'色古呵！'——救命！"

"那她为什么要写法语呢？"

"这样布莱克先生就看不懂了呀，笨蛋！"

"道格，那只是旧水印，你点燃卡片时……"汤姆看到道格拉斯的脸色，把后半句话咽了回去，"好吧，你别生气。就算上面写的是'色古'什么的吧。可是还有别的单词……"

"另外两个词儿是她的署名'塔罗夫人'。汤姆，我明白了！塔罗夫人是真实存在的，她生活在很久以前的法国，擅长算命。我曾经在百科全书里看过她的照片。欧洲各地的人都去请教她。你现在还没搞明白吗？动动脑子，汤姆，动动脑子！"

汤姆坐回石狮子的背上，沿着街道望向灯光闪烁的游艺厅。

"那里面的是塔罗夫人本人？"

"在那个玻璃盒子里，被那些红色、蓝色的丝绸环绕，被那些陈年的半融化的蜡油包裹，当然就是她！也许很久以前，有人嫉妒或憎恨她，把蜡倒在她身上，把她变成了永远的囚徒。然后她从一个恶棍手中流转到另一个恶棍手中，直到几个世纪之后流落于此，伊利诺伊州的绿镇。她从前为欧洲的贵族服务，如今却不得不为了赚几个印着印第安人头颅的硬币而工作！"

"恶棍？布莱克先生？"

"布莱克就是黑色的意思。他不仅名字是黑的，连衬衫、裤子、领带都是黑的。电影里的反派都穿一身黑，不是吗？"

"可是她去年、前年为什么不求救呢？"

"谁知道呢，一百年来，她每天晚上都用柠檬汁在卡片上写密信，但每个人都只读她的正常预言，没有人会像我们一样，在背面划一根火柴，让真正的信息显露出来。幸好我知道'色古呵'是什么意思。"

"好吧，她喊救命了。现在怎么办？"

"我们当然是要拯救她。"

"把她从布莱克先生眼皮底下偷走吗？然后就该轮到咱俩当女巫了，脸上被浇蜡，被锁在玻璃盒子里，一关就是一万年。"

"汤姆，图书馆就在这里。咱们要用咒语和魔药把自己武装起来，跟布莱克先生战斗。"

"只有一种魔药能对付布莱克先生。"汤姆说，"他很快就能赚到足够多的一分钱硬币，到时候——你就等着瞧吧。"汤姆从口袋里掏出一把硬币，"也许这些就够了。道格，你去查那些书。我要跑回去看十五遍启斯东警察，我总也看不够。等你去游艺厅找我的时候，古老的魔药可能就起效了。"

"汤姆，你知道自己在做什么吧？"

"道格，你到底想不想救公主？"

道格拉斯转身跳下石狮子。

汤姆看着图书馆的大门砰地关上,然后也跃下狮子后背,消失在夜色中。图书馆的台阶上,那张塔罗牌的灰烬被风吹散。

游艺厅里黑漆漆的,几台弹球机横躺着,黯淡而神秘,像巨人洞穴里的灰尘涂鸦。拉大片的机器站在那儿,泰迪·罗斯福依旧憨憨地笑,莱特兄弟仍在推木制螺旋桨。女巫坐在柜子里,蜡质的眼睛蒙着一层膜。突然,她的一只眼睛闪烁起来。手电光束扫过游艺厅积灰的窗户。一个沉重的身影蹒跚而来,靠在上锁的大门上,一把钥匙插进了锁眼。店门大敞着。粗重的呼吸声传来。

"是我,老姑娘。"布莱克先生说道,摇摇晃晃的。

大街上,道格拉斯捧着一本书走过来,抬头看见汤姆正躲在离店门不远的地方。

"嘘!"汤姆说,"我的办法管用了。启斯东警察,十五遍。听见我把那么多钱都投进去的时候,布莱克先生眼睛都瞪圆了。他打开机器,把硬币都掏出来,把我轰了出来,然后就去街对面的地下酒吧买魔药了。"

道格拉斯蹑手蹑脚地走上前,向阴暗的游艺厅里窥视。他看到两只大猩猩的身影,其中一只一动不动,怀里抱着女主角的蜡像,另一只则呆呆地站在游艺厅正中间,略有些左摇右晃。

"汤姆,"道格拉斯低声说,"你真是个天才。他已经喝了一肚子魔药了,对吧?"

"那是当然。你那儿有什么发现?"

道格拉斯轻敲手里的书,低声说道:"跟我想的一样,塔罗夫人在富人的厅堂里占卜生死,但她犯了一个大错。她当着拿破仑的面预言了他的战败和死亡!于是……"

道格拉斯不再讲述,他再次透过积灰的窗户往里看,远处那个身影仍静静地坐在那个水晶柜子里。

"色古呵。"道格拉斯喃喃地说,"于是拿破仑叫来了杜莎夫人蜡像馆的人,命他们把塔罗女巫活活扔进滚烫的蜡里,现在……现在……"

"道格你看!布莱克先生在那儿!他拿着一根棒球棍什么的!"

确实。游艺厅里,布莱克先生的巨大身影蹒跚向前,嘴里还不停咒骂。他手里拿着一把野营刀,在距离女巫面孔六英寸的地方挥舞。

"他在找她的茬,因为她是这该死的游艺厅里唯一长得像人类的东西。"汤姆说,"他不会伤害她的。他随时都可能倒下,睡一觉就好了。"

"不,不是这样的。"道格拉斯说,"他知道她向咱们求救,也知道咱们要来救她。他不想让咱们泄露他罪恶的秘密,所以可能今天晚上他要把她彻底毁掉。"

"他怎么可能知道她向咱们求救?咱们自己当时都不知道,是离开这里之后才琢磨出来的。"

"他往机器里塞硬币,逼她说出来的。她无法在占卜的时候撒谎——那些画着头颅和枯骨的塔罗牌。她不得不说出真相,她一定是给了他一张牌,上面有两个矮小的骑士,像孩子那么大。你明白了吧?那就是咱俩,手里拿着棍棒,沿着街道走来。"

"最后一次!"布莱克先生的喊声从游艺厅里飘出来,"我会给你一枚硬币。最后一次了,该死的,告诉我!这间倒霉的游艺厅到底能不能赚钱?还是说,我会破产?你和其他娘们没区别,就知道坐在那儿,像条冷冰冰的死鱼。你男人快饿死了!快把卡给我。这还差不多!现在,让我看看。"他把卡片举到灯下。

"天哪!"道格拉斯轻叹,"咱们得做好准备了。"

"不!"布莱克先生哭号,"骗子!骗子!我让你胡说八道!"他猛地挥拳,击穿了柜子。玻璃碎裂,仿佛下了一阵星光雨,然后落入黑暗中。女巫暴露在空气中,依旧矜持而平静地坐着,等着男人揍她第二拳。

"不行!"道格拉斯冲进店门,"布莱克先生!"

"道格!"汤姆叫道。

布莱克先生转过身来,举起刀子乱挥,像要出击。道格拉斯吓得停在原地。然后,布莱克先生睁大眼睛,眼皮眨了一下,完美地转身,仰面倒下。他像是花了一千年的时间才发起进攻,右手甩出手电筒,左手丢出的刀子像蠹鱼一样逃走了。

汤姆慢慢地走近,盯着黑暗中那长长的身影。"道格,他死了吗?"

"没有,只是被塔罗夫人预言的吓坏了。老天,他一副被烫到的表情。太可怕了,那些塔罗牌真是威力无穷。"

地板上的男人睡着了,鼾声如雷。

道格拉斯拾起散落一地的塔罗牌,哆哆嗦嗦地把牌收进自己的口袋里。"来吧,汤姆,咱们赶紧把她弄出去。"

"绑架她?你疯了!"

"见到了更严重的罪行——比如谋杀——却不出手相助,难道你心里不愧疚吗?"

"老天,弄坏了一个破旧的蜡人怎么能算谋杀呢?"

但道格拉斯根本不听汤姆的,径直把手伸进砸开的玻璃柜。蜡质的塔罗女巫仿佛已经等待了太多年,她窸窣地叹了口气,身体前倾,慢慢倒进他的怀抱。

大钟敲响了九点四十五分。月亮挂得很高,天空充满了温暖的冷光。人行道像坚固的银块,黑色的影子在上面移动。那是独自前行的道格拉斯,怀里抱着那件由天鹅绒与童话蜡构成的东西。树木颤抖,树下的阴影汇聚成池,他不时停下来,独自藏身其间。他仔细聆听,回头张望。老鼠奔跑的声音。汤姆从拐角冲出来,在他身旁停下。

"道格,我在那儿多待了一会儿。我担心布莱克先生,那个什么了……然后他渐渐苏醒了……开始咒骂……哦,道格,万一他抓到你和他的假人,咱们家的大人会怎么想?这是偷东西!"

"闭嘴!"

身后的街道仿佛洒满月光的河流,他们倾听片刻。"现在,汤姆,如果你想帮我一起拯救她,就别再说什么'假人',别大声嚷嚷,别拖我的后腿。"

"我要帮忙!"汤姆和道格拉斯一起分担女巫的重量。"天哪,她可真轻。"

"她那时候还很年轻,被拿破仑……"道格拉斯把后半句咽了下去,"老人很重。可以用这一点来判断。"

"可是为什么?告诉我,道格,咱们为什么要因为她四处奔走。为什么?"

为什么?道格拉斯眨眨眼,停了下来。事情进展得太快了,他已经经历了那么多,血液沸腾了,早就忘记了为什么。直到现在,当他们再次走上人行道,黑蝴蝶般的树影落在他们的眼睑上,厚重的、染尘的蜡的味道沾在他们的手上,他才终于有时间思索为什么。他缓慢地给出解释,嗓音如月光般诡异。

"汤姆,几个星期前,我意识到自己还活着。哎,我高兴得蹦来蹦去。然后,就在上星期看电影时,我又意识到我总有一天会死。我之前从没想过,真的。那种感觉就像突然得知基督教青年会要永久关闭一样——或者要永久关闭的是学校,虽然我们总觉得那并不算太糟糕。就像城外所有桃树都枯萎了,就像河谷被填平,再也没有可以玩耍的地方,就像我一直卧病在床,就像一切都陷入黑暗。这让我害怕。所以,我也不知道。我想做的就是帮助塔罗夫人。我会把她藏起来,几个星期或者几个月,同时我要去图书馆查阅那些黑魔法书籍,看看怎么解除咒语,把她从蜡中救出来,让她再次能够在这世上自由行走。她会感激我,她会摊开那些画着恶魔、圣杯、宝剑和骨头的纸牌,告诉我应该绕开哪些水坑,或是某些星期四的下午应该老老实实躺在床上。这样我就能永远活着,或者至少长命百岁。"

"你自己都不相信这些说法吧。"

"我信,至少相信其中的大部分。小心点,到河谷了。咱们从垃圾堆旁边抄近路,然后……"

汤姆停了下来。是道格拉斯让他停下的。两个男孩没转身,但他们听见了身后沉重的脚步声,每一声都像猎枪打在不远处干涸的湖床上。有人在大声叫骂。

"汤姆,他是跟着你找过来的!"

就在他们要跑的时候,一只大手把他们拎起来,扔到了一旁。布莱克先生就在那儿,东倒西歪,胡言乱语,唾沫从紧咬的牙齿和大开的嘴唇中喷出。看到这一幕,路边草地上的两个男孩吓得大叫起来。布莱克抓住女巫的脖子和一条胳膊,用怒火喷发的眼睛瞪着他们。

"这是我的!我想怎么弄就怎么弄。你们什么意思,把她带走?给我搞出好多麻烦——钱、买卖、一切。让你们看看我要怎么处置她!"

"不要!"道格拉斯大喊。

两条粗壮的胳膊就像一台巨大的钢铁投石器,把那人影朝着月亮举起来,挥舞一番。那具脆弱的躯体向着繁星出发,伴着诅咒和沙沙的风声,飞向河谷。她落地,翻滚,带动雪崩般的垃圾,播撒白色的尘土和灰烬。

"不要!"道格拉斯坐在地上,往河谷中看去,"不!"

高大的男人倒在山坡上,喘着气。"你应该感谢上帝,我没把你也扔出去!"他摇摇晃晃地走开,摔倒了一次,爬起来,自言自语,大笑,咒骂,走了。

道格拉斯坐在河谷边上哭泣。很久之后,他擤了鼻涕,看向汤姆。

"汤姆,现在很晚了。爸爸该出来找咱们了。咱们一小时前就该回家的。你沿着华盛顿街往回跑,带爸爸来这里。"

"你不是要下到河谷里去吧?"

"现在她掉进垃圾堆里,已经是市政财产了,没人会关心她的下落,连布莱克先生也不关心了。把事情的经过告诉爸爸,没必要让人看见他带着女巫回家。我会带着她绕路回去,这样就不会有人知道了。"

"她现在没什么用了,那些机械都摔坏了。"

"我们不能把她留在外面淋雨,你还不明白吗,汤姆?"

"好吧。"

汤姆慢慢地走开了。

道格拉斯走下山坡,走在成堆的煤渣、废纸和空罐子之间。走到一半时,他停下来聆听,凝视脚下的大斜坡和昏暗中的缤纷色彩。"塔罗夫人?"他轻声呼唤,"塔罗夫人?"

在山脚下的月光中,他似乎看到她雪白的蜡手在动。不,那是夜风吹动了一张白纸。但他还是朝那儿走了过去……

大钟敲响了十二点。周围房屋中的灯火都熄灭了。在车库作坊里,父亲和两个男孩站得离女巫远远的。女巫此时正平静地坐在一把老旧的藤椅上,面前是一张铺着油布的牌桌。牌桌上摆着一把把罗列成扇形的塔罗牌:教皇、小丑、主教、死亡、太阳和彗星。一只蜡手触摸着纸牌。

父亲在说话。

"……知道是怎么回事。那时我还是个孩子,当马戏团离开镇子时,我四处奔走,收集无数他们丢下的海报。然后想着如何变兔子,如何表演魔术。我在阁楼上制造幻象,却没法把它们赶出去。"他向女巫点点头,"哦,我记得她给我算过一次命,那是三十年前了。好啦,把她清理干净,然后上床睡觉吧。星期六咱们给她做个特别的外壳。"他走出车库门,又停了下来,道格拉斯轻声对他说:

"爸爸,谢谢。谢谢你陪我们一起回来。谢谢。"

"真拿你没辙。"父亲说着就走了。

两个男孩看着彼此,车库里只剩下他们和女巫了。"老天,咱们四个,你、我、爸爸和女巫,竟然沿着大街走了回来!爸爸真是万里挑一的好人!"

"明天我去游艺厅，"道格拉斯说，"花十块钱从布莱克先生那里买剩下的机器，否则他会扔掉的。"

"对。"汤姆看着坐在藤椅上的老女人，"她真是栩栩如生啊。我想知道里面是什么。"

"细小的鸟骨头。塔罗夫人只剩下那些了，在拿破仑——"

"一点机械都没有吗？咱们为什么不把她切开看看呢？"

"以后有的是时间，汤姆。"

"以后是什么时候？"

"嗯……一年、两年后，当我十四岁或十五岁时，就是做这件事的时候了。现在我什么都不想知道，只希望她在这里。明天我要研究咒语，好让她永远解脱。某天晚上，你会听到有人说在镇中心看见一位穿夏装的漂亮、古怪的意大利女孩，要买一张去东方的火车票。车站里的每个人会注意到她，看见她坐上开动的火车，每个人都会说她是他们见过的最漂亮的女孩。当你听到这个消息时，汤姆——相信我，消息会很快就传开的！没人知道她从哪里来，要到哪里去——然后你就知道是我解除了咒语，让她自由了。然后，就像我说的，一两年后，在那趟火车离开的那个晚上，就是我们可以割开蜡像的时候。因为她已经走了，你只会在里面发现一些小齿轮、小零件之类的东西，别无其他。就是这样。"

道格拉斯拎起女巫的手，她已磨损的指甲轻拍、触摸、低语，摆弄出一段舞蹈，其中有生命，有骨白色的死亡的喜悦，有日期与厄运，宿命与愚蠢。她的面孔微微倾斜，带着某种隐秘的平静。她看着两个男孩，双眼在光秃秃的灯泡下明亮地闪耀，一眨不眨。

"算命吗，汤姆？"道格拉斯轻声问道。

"好啊。"

一张卡片从女巫宽大的袖子里掉落。

"汤姆，你看见了吗？一张藏起来的卡片，现在她扔给了咱们！"道格拉斯把卡片举到灯下，"是空白的。今晚上我要把它放在装满化学药剂的火柴盒里。明天咱们打开盒子，信息就显示出来了！"

"上面会写些什么呢？"

道格拉斯闭上眼睛，以便看清那些词语。

"上面会写：'万分感谢，来自你谦卑的仆人、知恩的朋友，芙洛丽丝坦·玛丽安妮·塔罗夫人，手相师、灵魂治疗师、命运与复仇的占卜者。'"

汤姆大笑，摇晃哥哥的胳膊。

"继续，道格，还有什么，还有什么？"

"让我看看……上面还会写：'嘿，别来找我！……当丧钟响起，跳舞唱歌多么欢乐……动动脚趾，唱一句：别来找我！'上面还会写，'汤姆和道格拉斯·斯波尔丁，你们在人生中，终将得到许愿的一切……'然后上面还说，我们会永远活着，你和我，汤姆，我们会永远活着……"

"一张卡片能写下这么多？"

"就是这么多，汤姆，一句都不会落下。"

在电灯泡的光芒下,他们弯下腰,两个男孩低着头,女巫也低着头。他们长久地注视着那张美丽的、空白却充满希望的白色卡片。他们明亮的眼睛感知着每一个令人难以置信的隐藏的词语,它们很快就会从苍白的遗忘中升腾出来。

"嘿。"汤姆用最轻柔的声音说。

道格拉斯骄傲地低声重复:"嘿……"

正午火热的绿树下，隐约有声音吟唱。

"……九、十、十一、十二……"

道格拉斯慢慢走过草坪。"汤姆，你在数什么呢？"

"……十三、十四，闭嘴，十六、十七，知了，十八、十九……！"

"知了？"

"你讨厌！"汤姆睁开眼睛，"讨厌，讨厌，讨厌！"

"最好别让人听到你说脏话。"

"讨厌，讨厌，讨厌不是脏话！"汤姆大喊，"你害我又得从头开始了。我要数清每十五秒知了会叫几声。"他举起那块两元钱买的手表，"你计时，数出一个数字，然后加上三十九，就能得到那个时刻的气温。"他闭上一只眼睛，用另一只眼睛盯着手表，歪着脑袋，又低声数起来："一、二、三……！"

道格拉斯慢慢转过头，仔细听着。在燃烧的骨白色天空的某处，一根巨大的铜线在拨动下震颤起来。一声又一声，刺耳的金属振动，就像原始电流的电荷在令人麻痹的冲击中从惊愕的树木上掉落。

"七!"汤姆数道,"八。"

道格拉斯慢慢走上前廊的台阶,吃力地凝望客厅某处。他在那里站了一会儿,然后慢慢走回前廊,轻声对汤姆说:"正好是华氏八十七度[①]。"

"……二十七、二十八……"

"嘿,汤姆,你听到了吗?"

"我听到了——三十、三十一! 走开! 二、三、三十四!"

"你不用数了,屋里那个旧温度计说现在八十七度,而且还在上升。不需要听蝈蝈叫。"

"那是知了! 三十九、四十! 不是蝈蝈! 四十二!"

"是八十七度,我以为你只想知道气温。"

"四十五,那是室内,不是外面! 四十九、五十、五十一! 五十二、五十三! 五十三加三十九等于——九十二度!"

"谁说的?"

"我说的! 不是华氏八十七度! 是斯氏九十二度,斯波尔丁的'斯'!"

"除了你还有谁?"

汤姆跳起来,满脸通红,凝视着太阳。"除了我还有那些知了! 就是我们说的! 我和知了! 你寡不敌众! 斯氏九十二度、九十二度、九十二度,哼!"

他们都站在那里,望向无云的、残忍的天空,就像一架合

---

① 约合 30.5℃。

不上快门的坏相机，凝视着一座毫无生气、饱受摧残的小镇，看着它在炽热的汗水中死去。

道格拉斯闭上眼睛，看到两个傻乎乎的太阳在半透明的粉色眼睑反面跳舞。

"一……二……三……"道格拉斯的嘴唇翕动，"……四……五……六……"

这次蝉唱得更快了。

从正午到日落，从午夜到日出，一人、一车、一马，伊利诺伊州绿镇的所有两万六千三百四十九位居民都知道他。

到了中午，孩子们会无缘无故地停下来说：

"乔纳斯先生来了！"

"奈德来了！"

"马车来了！"

上了年纪的人可能会朝南北西东各处张望，却看不到那个叫乔纳斯的人、那匹叫奈德的马或是那辆马车——那种逆着草原潮水抵达荒野尽头的科内斯托加式篷车①。

但是，如果你借一只狗的耳朵，把它的灵敏度调高，你就能听到，在小镇几英里之内，有一种吟唱声。就像失落之地的拉比、高塔里的穆斯林在歌唱。乔纳斯先生的声音总是早早就清晰地传来，所以人们有半小时甚至一小时来做准备。当他的马车出现时，路边已经站满了孩子，像是在观看游行。

马车过来了，乔纳斯先生坐在高高的木板座位上，头顶上是一把柿子色的伞，缰绳在他温柔的手里像一股水流。乔纳斯先生吆喝起来：

收废品喽！废品！

不，先生，不收垃圾！

废品喽！废品！

不，太太，不收垃圾！收

砖头喽，小摆设！

毛线针喽，小玩意！

老物件嘞，脚踏车！

旧衣服喽，旧像章！

只收废品喽！废品！

您不要的统统给我！

不管是谁，只要听过乔纳斯先生路过时的吆喝，就知道他不是个普通的废品商。单从外表看，乔纳斯先生其貌不扬。他穿着快要长苔藓的破烂灯芯绒衣服，头上一顶毡帽，上面别着许多老旧的总统竞选徽章，一直能追溯到马尼拉湾海战之前。但他的不寻常之处在于，他不仅在阳光下行走，你还会经常看到他和马在月光照亮的街道上畅游，在夜间一圈又一圈地环绕那些街区，其中的居民都是他认识了一辈子的老熟人。马车里是他从各处收来的东西，有的放了一天，有的放了一星期、一年，直到有人想要或需要它们。那些人只需说一句"我想要那

---

① Conestoga，十九世纪在美国与加拿大广泛使用的一种重型宽轮篷车，是美国西部拓荒时代的象征物之一。

个钟"或"能拿那张床垫吗?",乔纳斯就会把东西递过去,不收钱,然后驾车离开,忙着琢磨另一首曲子的歌词。

所以他常常是凌晨三点整座绿镇唯一仍在活动的人。那些因为头疼而辗转难眠的人,看到他与身披月光的马缓缓而过,就会跑出去看看他是不是碰巧有阿司匹林,他确实有。他不止一次在凌晨四点替人接生,只有在那时人们才会注意到他的双手和指甲是多么干净——那双手属于一位富裕之人,在某处过着另一种他们无法猜测的生活。有时他会让去镇中心工作的人搭便车,或者有时,当有人失眠的时候,他会带上雪茄去他们的前廊,和他们坐在一起,抽烟聊天,直到天亮。

他并不是疯子,无论他是谁,做什么事,无论他看起来多么奇怪而疯癫。他经常委婉地解释,多年前他就厌倦了芝加哥的生意,开始寻找安度余生的地方。他受不了教会,尽管他欣赏他们的想法,也喜欢布道和传授知识。于是他买了那匹马和那辆篷车,开始用他的余生来确保镇子的这一头有机会挑选镇子那一头舍弃的东西。他将自己视为一种过程,就像渗透作用一样,使城镇范围内的各种文化能相互接触。他不能忍受浪费,因为他知道一个人的废品是另一个人的奢侈品。

因此成人和孩子——尤其是孩子们,会爬上马车,窥视车斗中的庞大宝藏。

"现在,请记住,"乔纳斯先生说,"如果你真的想要某件东西,你就可以拿走。但是你得问问自己,我是全心全意地想要它吗?要是没有这件东西,我能活过这一天吗?如果答案是，没有它你日落之前就会死，那就赶紧抓起那件东西撒丫子跑吧。不管是什么，我都乐意给你。"

孩子们在成堆的物件中寻宝：羊皮纸、锦缎、墙纸、大理石烟灰缸、背心、旱冰鞋、厚实的软垫椅子、茶几和水晶吊灯。有那么一会儿，你只能听到低语声和丁零当啷的碰撞声。乔纳斯先生看着，惬意地吸着烟斗，孩子们也知道他在一旁观看。有时，他们的手伸向一套跳棋、一串珠子或一把旧椅子，就在要摸到那样东西的时候，他们抬起头，看到乔纳斯先生的眼睛在温柔地质疑。他们把手缩回来，继续寻宝。直到最后，每个孩子都把手放在一件东西上，再不撒开。他们抬起脸，这一次的表情是如此喜悦，乔纳斯先生忍不住大笑起来。他举起手，好像要挡住来自孩子们脸上的明亮光彩。他捂住眼睛，只捂一小会儿。孩子们大声感谢，抓起旱冰鞋或黏土瓦片或阳伞，然后跳下篷车，跑了。

孩子们很快就会回来，手里拿着一件自己的东西，一个玩偶娃娃或一套已经玩腻的游戏。这些东西已经不再能带来乐趣，就像嚼到没味的口香糖。是时候了，应该把它们送到镇上其他地方。第一次被其他孩子看见时，它们就会复活，使那些孩子也充满活力。这些用于交换的代币会害羞地从马车边缘掉落，变成看不见的财富。然后马车继续前行，巨大的车轮旋转，像闪烁着光芒的向日葵，乔纳斯先生又开始吆喝了……

收废品！废品！

不，先生，不收垃圾！

不，太太，不收垃圾！

直到他消失在视线之外，只有树荫下的狗儿能听到旷野里拉比的呼唤，并摇动尾巴……

"……废品……"

渐弱。

"……废品……"

轻若耳语。

"……废品……"

再不可闻。

狗儿也睡着了。

人行道整夜都被尘土的幽灵困扰，熔炉似的热风将它们召唤出来，使它们四处摇晃，又在草坪上温柔地把它们安抚成一撮撮温暖的香料。深夜游荡者的脚步声摇晃了树木，扬起雪崩般的灰尘。从午夜开始，镇外仿佛有一座火山在到处喷洒炽热的火山灰，让不眠的守夜人和焦躁的狗结出一身硬皮。每栋房子都成了会自燃的黄色阁楼，凌晨三点就开始闷烧。

黎明时分，事物开始一点点起变化。空气像无声的停滞的温泉水。湖泊是一池凝固的蒸汽，深谷中的鱼群和沙子在蒸汽下静谧地烘烤着。路面上的沥青像一层融化的甘草糖，红砖成了黄铜或黄金，屋顶铺的仿佛是青铜。高压电线是永远燃烧的闪电，在空中威胁着未能入睡的房屋。

蝉叫得越来越响。

太阳从天边溢出。

卧室里，道格拉斯的脸上冒出大量汗水，他的身体融化在床上。

"嚯！"汤姆说着走进来，"来吧，道格。咱们去河里泡一整天。"

道格拉斯呼出一口气，又吸入一口气。汗水顺着他的脖子往下流。

"道格，你醒了吗？"

他微微点头。

"你不舒服吧？老天，今天家里热得快起火了。"汤姆把手放在道格拉斯的额头上，感觉就像摸到一个滚烫的炉盖子。他吓了一跳，把手指缩回来，赶紧转身下楼。

"妈妈，"他说，"道格烧得厉害！"

母亲正从冰箱里往外拿鸡蛋，听见汤姆的话，脸上掠过一丝忧虑。她把鸡蛋放回去，跟着汤姆上楼。

道格拉斯连一根指头都没动过。

蝉在尖叫。

中午，医生把车停在前廊，气喘吁吁地往屋里跑，仿佛太阳在身后追他，要把他打倒在地。他把出诊包递给汤姆，眼中已露出疲倦的神色。

下午一点，医生从房子里走出来，摇着头。汤姆和母亲站在纱门后面，医生在低声解释，一遍又一遍地说他不知道，他不知道。他戴上巴拿马草帽，抬头凝视阳光下起泡枯萎的树木。他犹豫片刻，像个坠入地狱边缘的人，然后再次跑向他的汽车。汽车尾气在搏动的空气中留下了一大团蓝色烟雾，五分钟后才散去。

汤姆用厨房冰锥把一磅冰凿成小块，拿到楼上。母亲坐在床沿,道格拉斯吸入蒸汽,喷出火焰,那是房间里唯一的声音。他们用手帕包裹冰块,敷在他的脸上和身上。他们拉上窗帘,房间里幽暗得像个山洞。他们守在那儿直到两点,然后拿来更多的冰。他们又摸了摸道格拉斯的额头,那就像一盏亮了整夜的灯。摸过他后,你得看看自己的手,确保手指没有烤到只剩骨头。

母亲张开嘴想说些什么,但是蝉鸣声太响了,能把灰尘从天花板上震下来。

道格拉斯躺在那儿,在红晕中,在蒙眬中,听着心脏隐约的跳动声,听着浑浊的血液在四肢中潮起潮落。

他的嘴唇很重,不能动弹。他的思绪也很重,像沙漏中的种子粒,缓慢地一颗一颗地落下,发出微弱的滴答声。滴答。

电车在明亮的铁轨上摇摆,转过街角,溅出一波又一波嘶嘶作响的火花,喧闹的车铃响了一万次,直到与蝉鸣融为一体。特里登先生挥挥手。电车像炮弹一样冲过拐角,消失了。特里登先生!

滴答。又一颗落下。滴答。

"咔嚓、咔嚓——叮!呜呜——!"

屋顶上,一个男孩在开火车,拉动一根看不见的汽笛线,然后冻结成一尊雕像。"约翰!约翰·赫夫,是你!我恨你,约翰!约翰,我们是好朋友!我不恨你,不恨。"

约翰从榆树走廊落下,仿佛落入一口无尽的夏日之井,逐渐消失。

滴答。约翰·赫夫。滴答。沙漏中的种子粒掉落。滴答。约翰……

道格拉斯把脑袋放平，压在惨白惨白的枕头上。

绿色机器里的两位老太太在黑海豹吠叫的声音中驶过，举起像鸽子一样洁白的手。她们沉入草坪的深水中，当青草闭合时，她们的手套仍在向他挥舞……

芙恩小姐！洛伯塔小姐！

滴答……滴答……

这时弗雷利上校从路对面的一扇窗户探出身子，脸庞是古老的钟面，水牛群在街道上扬起漫天尘土。弗雷利上校咯噔噼啪作响，他颌骨大张，弹出的不是舌头，而是一根在空中晃来晃去的发条。他像木偶一样瘫倒在窗台上，一只胳膊还在挥舞……

奥弗曼先生开着一辆鲜艳的车驶过，那东西像是电车与绿色电动代步车的结合体。车后拖着一串绚丽的云彩，像太阳一样耀眼刺目。"奥弗曼先生，这是您发明的吗？"他喊道，"您终于造出快乐机器了吗？"

但这时他看到那机器没有底部，奥弗曼先生只是在地上跑，用肩膀扛着整台不可思议的外壳。

"快乐，道格，快乐来了！"然后像电车、约翰·赫夫以及手指如白鸽的老太太一样，他也消失了。

屋顶上传来敲击声。当当当。停顿。当当当。是钉子和锤子。锤子和钉子。鸟儿的合唱团。一位老妇人在用脆弱但爽朗的声音唱歌。

> 是的，我们会聚在河边……河边……河边……
> 是的，我们会聚在河边……
> 流经上帝的宝座……

"奶奶！太奶奶！"

轻柔的敲打声。当，当。

"……河边……河边……"

现在只有鸟儿抬起它们的小爪子，在屋顶上散步。嗒嗒。哗哗。哗哗。多么轻柔。

"……河边……"

道格拉斯深吸一口气，然后一下子呼出，哀号。

他没听见母亲跑进房间的声音。

一只苍蝇，像香烟燃烧的灰烬，落在他失去知觉的手上，嗞嗞嗞，然后飞走了。

下午四点。苍蝇落在人行道上，一动不动。狗躲在窝里，像一团湿拖布。阴影聚集在树下。镇中心的商店都关了门，上了锁。湖岸上空荡荡的。湖里挤满了人，浸泡在温热但舒适的水中，只露出脖子以上。

四点十五分。收废品马车沿着镇上的砖砌街道行驶，乔纳斯先生在车上唱歌。汤姆被道格脸上烧焦般的表情赶出了家门，当马车停下来的时候，他慢慢地走到路边。

"您好，乔纳斯先生。"

"你好，汤姆。"

街上只有汤姆和乔纳斯先生两个人，车斗里满是漂亮的废品，但他们谁也不在乎。乔纳斯先生并没有立刻开口说什么。他点燃烟斗，吸了一口，点点头，好像已经知道出事了。

"怎么了？"他问。

"我哥哥，"汤姆说，"道格。"

乔纳斯先生抬头看看眼前的房子。

"他病了。"汤姆说，"快死了！"

"哦，那是不可能的。"乔纳斯先生说道，皱起眉头怒视这异常真实的世界，如此平静的日子里，怎会出现死亡之类的东西？

"他快死了。"汤姆说，"连大夫也不知道出了什么问题。热，他说，就是热的。这可能吗，乔纳斯先生？即使在黑暗的房间里，热也能杀死人吗？"

"这个嘛……"乔纳斯先生不知道该说什么好。

汤姆哭了。

"我一直以为我恨他……我就是那么想的……我们有一半时间都在吵架……我想我确实恨他……有时候……但是现在……现在。哦，乔纳斯先生，要是……"

"要是什么，孩子？"

"要是您的马车里有什么管用的东西就好了。我可以挑些东西拿到楼上,让他好起来。"

汤姆又哭了起来。

乔纳斯先生掏出他的红色印花手绢递给汤姆。汤姆擦了擦鼻子和眼睛。

"今年夏天道格过得很不容易,"汤姆说,"发生了很多事情。"

"跟我说说吧。"乔纳斯先生说。

"嗯,"汤姆还没哭完,又抽泣了一声,"比如,他弄丢了一颗最好的弹球,特别漂亮的。而且有人偷了他的棒球手套,买一只要花一元九角五分。然后是那笔糟糕的交易,他用自己的化石和贝壳收藏跟查理·伍德曼换了一个黏土做的人猿泰山。其实那个雕像只要攒够了通心粉盒盖就可以换到。结果到手的第二天,泰山就掉到人行道上摔坏了。"

"那太可惜了。"乔纳斯先生说,仿佛真的看到了水泥地上的所有碎片。

"接着,过生日的时候,他没得到想要的魔术书作为礼物,而是得到了一条裤子和一件衬衫。这些事情就足够毁掉整个夏天的。"

"父母有时会忘记小孩子的心思。"乔纳斯先生说。

"当然,"汤姆低声继续说道,"然后道格那套真正的伦敦塔手铐在外面放了一整夜,生锈了。最最糟糕的是,我长了一英寸,几乎跟他一样高了。"

"就这些吗？"乔纳斯先生平静地问。

"我能想到十多件其他事情，都是同样糟糕或者更糟糕的。有些夏天你就是会用光所有好运气。道格从学校毕业后，他收藏的漫画书里就有了蠹虫，新网球鞋里就长了霉菌。"

"有些年份就是这样，我记得。"乔纳斯先生望着远处的天空，那里有所有的岁月。

"然后就是现在了，乔纳斯先生。就是这样。所以说他快死了……"

汤姆停下来，看向别处。

"让我想想。"乔纳斯先生说。

"您能帮帮他吗，乔纳斯先生？您能吗？"

乔纳斯先生看向老旧大篷车的深处，摇摇头。此刻，在阳光下，他面露倦色，开始冒汗。他凝视着成堆的花瓶、剥落的灯罩、大理石宁芙女神和发绿的铜制半羊人。他叹了口气，转身拿起缰绳，轻轻地摇了摇。"汤姆，"他看着马背说道，"待会儿再见。我得计划一下。我得四处看看，晚饭后再过来。即便到了那时……谁知道呢？再说吧……"他俯下身，拿起一串晶莹剔透的日本风铃，"把这些挂在二楼他的窗户前。它们会发出美妙的音乐！"

马车远去，汤姆站在原地，手里拿着风铃。他把风铃举起来，没有风，它们一动不动，无法发出乐声。

傍晚七点。镇子就像一座巨大的壁炉，震颤的热浪一波又一波地从西方袭来。炭灰色的影子从每栋房舍、每棵树木上向外颤抖。一个红发男子在树下移动。那身影被即将熄灭但仍凶猛的夕阳照亮,汤姆仿佛看见一支火炬骄傲地举着自己,看见一只火红的狐狸,看见魔鬼在自己的国度前行。

七点半,斯波尔丁太太从后门出来,把一些西瓜皮倒进垃圾桶,看见乔纳斯先生站在那儿。

"孩子怎么样了?"乔纳斯先生问。

斯波尔丁太太呆站了一会儿,嘴唇颤抖。

"我可以见见他吗?"乔纳斯先生问。

她还是什么也说不出来。

"我跟您的孩子很熟,"他说,"从他能出门玩耍起,我几乎每天都见到他。我马车里有东西要给他。"

"他——"她本想说"不清醒",但最后说,"没睡醒。他还没睡醒,乔纳斯先生。医生嘱咐不要打扰他。哎,我们不知道到底哪儿出了问题!"

"即使他没'醒',"乔纳斯先生说,"我也想跟他说说话。有时你在睡梦中听到的东西更重要。你听得更用心,理解得更透彻。"

"对不起,乔纳斯先生,我不敢冒这个险。"斯波尔丁太太紧紧抓住纱门把手,"谢谢。无论如何,谢谢您的关心。"

"应该的,夫人。"乔纳斯先生说。

他站在原地,抬头看着二楼的窗户。斯波尔丁太太走回屋里,关上纱门。

楼上,道格拉斯躺在床上沉重地呼吸。

那声音就像一把锋利的刀插进刀鞘,拔出来,插进去,又拔出来。

八点,医生来了,又走了。他摇着头,没穿外套,领带是解开的,看上去好像一天瘦了三十磅。九点,汤姆和父母搬了一张小床到室外,让道格拉斯睡在院子里的苹果树下。比起在楼上那个糟糕的房间,风能更快地找到他——如果有风的话。他们忙前忙后,一直忙到十一点。然后他们把闹钟设置到凌晨三点,又切了更多碎冰重新填满冰袋。

房子终于陷入静谧与黑暗,他们睡着了。

十二点三十五分,道格拉斯的眼皮跳了一下。

月亮已经出来了。

远处有个声音开始唱歌。

那是个高亢而悲伤的声音,起起伏伏。嗓音清澈,旋律准确。但你听不清歌词。

月亮从湖边升起,照耀着伊利诺伊州的绿镇,它看到了这一切,展示着这一切,每栋房子、每棵树,每只带着史前记忆的狗儿都在它简单的睡梦中抽搐。

似乎月亮升得越高,歌声就越近,越响亮,越清晰。

道格拉斯在高烧中翻了个身,叹了口气。

也许再过一个小时,或者更短,月亮就会把它所有的光亮洒遍尘世。那歌声靠得更近了,伴随着一种心脏搏动般的声响。其实那是马蹄踏在砖石街道上的嘚嘚声,被火热浓密的树叶遮盖。

还有另一种声音,像一扇门慢慢地打开或关闭,嘎吱,嘎吱,一遍又一遍。马车的声音。

在升起的月亮的光华下,马儿拉着篷车沿着街道走来,乔纳斯先生瘦削的身躯轻松随意地坐在高高的座位上。他戴着帽子,仿佛还处在夏日的阳光下,他不时晃动双手,缰绳荡漾,仿佛马背上方空气中的水流。马车慢慢地沿着街道行驶,乔纳斯先生唱着歌,睡梦中的道格拉斯似乎屏住呼吸,听了一会儿。

"空气,空气……谁来买我的空气……这空气像冰,这空气像水……买了一回您就想买第二回……四月的空气冷……秋天的小风凉……安的列斯的海风带着木瓜香……空气,空气,腌得甜甜的空气……又美丽……又稀奇……来自各处和各地……瓶装的、罐装的,还有熏过百里香的,只要您赏一毛钱,我的空气保证甜!"

最后,马车停在了路边。有人站在院子里,踩着自己的影子,提着两个甲虫绿色的瓶子,那瓶子像猫眼一样闪着光。乔纳斯先生看着那张小床,轻轻地呼唤男孩的名字,叫了一次、两次、三次。乔纳斯先生有些犹豫,他看看手里的瓶子,做了决定。他悄悄走上前,坐在草地上,凝视这个被夏天的巨大重量压垮的男孩。

"道格,"他说,"你只要安静躺着就行了。你什么都不用说,也不用睁开眼睛。你甚至不用假装在听。但我知道你其实能听见我,老乔纳斯,你的朋友。你的朋友。"他又说了一遍,点点头。

他伸手从树上摘下一个苹果,拿在手里翻转,咬下一口,嚼了嚼,然后继续。

"有些人还很年轻就变得悲伤,"他说,"没有什么特别的原因,他们似乎生性如此。他们比世上任何人都更容易受伤,更容易疲劳,哭得更快,记得更久,而且,正如我所说的,比任何人都更早学会悲伤。我知道,因为我就是其中一员。"

他又咬了一口苹果,嚼了几下。

"嗯,说到哪儿了?"他问。

"一个八月的炎热夜晚,一丁点风都没有,"他回答自己,"热得能死人。这是个漫长的夏天,发生了太多的事情,对吧?真的太多了。快到一点了,还没有要刮风下雨的迹象。一会儿我就要起身离开了。记住,我走的时候,会把这两个瓶子留在你床上。我离开之后,我希望你等一会儿,然后慢慢睁开眼睛,坐起来,伸手拿起瓶子,喝掉里面的东西。不是用嘴喝,不是。用鼻子喝。倾斜瓶子,打开瓶塞,让里面的东西直接涌入你的头脑。当然,要先阅读标签。来,我替你读。"

他把一个瓶子举到灯光下。

"'梦幻绿色薄暮牌纯净北方空气',"他念道,"'采自一九○○年白色北极的春季大气层,混有一九一○年四月哈得孙河谷上游的风,以及艾奥瓦州格林内尔附近草场日落时闪光的尘埃颗粒,当时凉爽的空气正从湖泊、溪流和天然泉水中升起。'"

"现在是小字,"他说道,眯起眼睛,"'本品含有蒸汽分子,取自薄荷醇,酸橙、木瓜、西瓜等富含水分、味道清凉的水果,树木(如樟脑),草本植物(如冬青),亦含有来自德斯普兰斯河自身的水汽。清爽冰凉,提神醒脑。请在气温高于华氏九十度的夏季夜晚使用。'"

他拿起另一个瓶子。

"这瓶也是一样的,不过我还从阿伦群岛收集了一点风,又从都柏林湾收集了一点带海盐味儿的,还有一些来自冰岛海岸的法兰绒雾。"

他把两个瓶子放在床上。

"最后一句叮嘱。"他站在小床旁,俯身小声说道,"当你打开瓶子的时候,记住:这是一个朋友专门为你装瓶的。伊利诺伊州绿镇,S. J. 乔纳斯装瓶公司,生产日期:一九二八年八月。丰饶之年,孩子……这是一个丰饶之年。"

过了一会儿,月光下传来缰绳拍打马背的声音,马车的隆隆声沿着街道远去。

又过了一会儿,道格拉斯的眼睛抽动了一下,慢慢睁开。

"妈妈!"汤姆小声呼唤,"爸爸!道格,是道格!他好起来了。我刚才去看他,然后——你们快来!"

汤姆跑出家门。父母也跟着去了。

他们走近时，道格拉斯已经睡着了。汤姆向父母示意，咧着嘴笑。他们在小床边俯身。

呼气，停顿，呼气，停顿，三个人都弯下腰。

道格拉斯的嘴巴微微张开，他的嘴唇之间、鼻孔之中轻轻升起一丝香气，那是清凉的夜色、清凉的水、清凉的白雪和清凉的苔藓，还有洒在静静河底的银色卵石上的清凉月光，白色石砌小井中清凉的井水。

他们低着头，面孔仿佛短暂浸入了苹果味的喷泉里，那清凉的泉水清洗他们的脸，流入空气之中。

他们一动不动，就这样待了很长时间。

第二天的早晨是个没有毛毛虫的早晨。它们曾经爬得到处都是，那些细小的黑色、棕色绒毛，在绿叶和颤抖的青草上缓慢往前蠕动。突然间，它们全不见了。那无声的声音，毛毛虫在自己的宇宙中跺脚的十亿次脚步声，消失了。汤姆说，尽管那种声音极稀有，但他之前能听到。此刻他惊讶地看着眼前的小镇，没发现任何一只小鸟在吃虫。而且，蝉鸣声也停止了。

接着，在寂静中，一种叹息般的沙沙声响了起来。他们知道为什么毛毛虫不见了，蝉也忽地沉默了。

夏季的雨。

一开始很小，很轻。然后变大，越下越大。雨水敲击着人行道和屋顶，仿佛在弹钢琴。

二楼的房间里，道格拉斯躺在床上，像一场雪。他转过头，睁开眼，看着降下新鲜雨水的天空。他的手指抽搐了一下，慢慢伸向他的黄色五分钱便笺簿和黄色提康德罗加铅笔……

客人来得好不热闹。仿佛某处有小号齐鸣，仿佛某个房间里挤满了正在喝下午茶的寄宿房客和邻居。来的是一位姨妈，名叫萝斯。你能听到她的嗓音洪亮，盖过他人。你能想象她温暖肥硕，像一朵温室里的玫瑰花——正如她的名字，想象她填满了所坐的每一个房间。但现在对道格拉斯来说，那声音和骚动还根本不算什么。他从自己家出来，此时站在奶奶的厨房门口。奶奶已经摆脱了客厅里叽叽喳喳的嘈杂，迅速走进自己的领地，开始准备晚餐。她看见孙子站在纱门外，就打开门，吻了吻他的额头，把他浅色的头发从眼睛上拨开，直直地盯着他的脸，想看看病是不是已经彻底好了。确认道格已经恢复，她便哼起歌，继续厨房的工作。

　　奶奶，他经常想问，这就是世界开始的地方吗？因为世界必然是从这样一个地方开始的。毫无疑问，厨房是创世的中心，一切都围绕着它。它是支撑着整座寺庙的三角楣。

　　他闭上眼睛，深吸一口气，任鼻子带着自己游走。他在地狱之火的蒸汽和突然降下的泡打粉白雪中移动。在这奇迹般的气候中，奶奶眼里有着印第安人的神色，身上仿佛藏了两只坚实温暖的母鸡的肉。奶奶像有一千条手臂，摇晃、涂抹、拍打、剁碎、切丁、去皮、包裹、腌制、搅拌。

道格拉斯摸索着走向食品储藏室。客厅里传来一阵高亢的笑声，茶杯叮当作响。而他继续前进，进入凉爽的水绿色和野柿子的国度，悬挂在那里的香蕉悄然成熟，散发出奶油香气，撞到了他的头。蚊蚋对着醋瓶和他的耳朵愤怒地嗡鸣。

他睁开眼睛，看到面包等着被切成温暖的夏日云片，散落的甜甜圈像某种可食用游戏中的小丑呼啦圈。嘴里的口水像打开了水龙头，他赶紧走开。在房子有梅树荫蔽的一侧，窗外的枫叶被热风吹动，发出小溪淌水的声音。他在读香料柜里的标签。

他想，我该如何感谢乔纳斯先生所做的一切？我该如何感谢他，如何偿还他？没办法，根本没办法。这不是能够偿还的。那该怎么办呢？我能做些什么？传递下去，他想，以某种方式把乔纳斯先生的善行传递给其他人。让这链条继续运转。四处看看，找到合适的人，传下去。这是唯一的办法……

"牛角椒、马郁兰、肉桂。"

这些名字属于失落的神话般的城市，香料的风暴曾在其中盛放又消散。他抓起几颗丁香抛掷。它们来自某片深色大陆，双手黑如甘草糖的孩子把它们当作石子玩耍，丢在白如牛奶的大理石上。

看到另一个罐子上的标签，他仿佛逆着时光而行，又回到了今年夏天那个独特的秘密日子。那天他看着旋转的世界，发现自己处在正中央。

罐子上写的是"滋味菜"。

他为自己决定活下去而感到高兴。

滋味菜！多么特别的名字，切碎的腌菜被温柔地碾碎，压进白盖的罐子里。能想出这名字的，该是个怎样的人啊！他定然是欢呼着踏步，把世间的欢乐都踩在脚下，塞进这个罐子，然后用一只大手书写，口中大喊：滋味！这两个音节就意味着与喧闹的栗色母马一起在香甜的原野上打滚，嘴里塞满青草，把脑袋深深扎进水槽里，海洋倾泻而下，如洞穴般将你吞没。

滋味！

他伸出手，又看到旁边还有一瓶——开胃菜。

"今天奶奶做什么晚饭？"萝斯姨妈的声音从客厅的真实午后世界传来。

"没人知道奶奶会做什么菜，"爷爷说，他早早从办公室回家接待这朵巨大的玫瑰花，"要等我们坐到餐桌旁才揭晓。总是有谜题，总是有悬念。"

"好吧，可我总是想提前知道我要吃什么。"萝斯姨妈高声说着，大笑起来。餐厅吊灯的水晶串发出痛苦的碰撞声。

道格拉斯向食品室的黑暗深处走去。

"开胃……是个很棒的词。还有罗勒和槟榔。甜椒。咖喱。都很棒。但是'滋味'，有滋又有味。毫无疑问，就是最棒的。"

奶奶来来去去，拖曳的蒸汽如同面纱。她把盖好的菜盘从厨房端到餐桌，而聚集在桌旁的人静静地等待着。没人揭开盖子窥视下面的食物。最后，奶奶坐了下来，爷爷做餐前祷告，接着刀叉餐具就像蝗群一样在空中飞舞。

当每个人的嘴里都塞满了奇迹时，奶奶往椅背上一靠，说："味道怎么样？"

一大家子人，包括萝斯姨妈和寄宿房客，他们的牙齿被美味黏在一起，面临着这个可怕的窘境。是说话并打破咒语，还是继续让这神赐的蜜糖般的食物消解融化，变成口中的荣耀？在这残酷的悖论面前，他们看起来像要哭，又好像要笑。他们似乎能永远坐在那儿，不被任何事情撼动，哪怕是火灾或地震，街道上的枪击，庭院里的大屠杀。就算被恶臭包围或得到永生的承诺，他们也不会移动半分。在享用这鲜嫩的香草、清甜的芹菜、甘美的根茎的时刻，所有恶徒都会变得纯真无辜。目光扫过一片雪原，那里摆着炖肉、混合沙拉、秋葵浓汤、新发明的杂蔬豆、巧达浓汤、炖肉。唯一的声音是厨房里传来的咕嘟咕嘟冒泡声和叉子碰触餐盘发出的钟鸣，以秒而不是以小时计数。

萝斯姨妈深吸一口气，将自己不屈不挠的粉红气色、健康和力量汇集到体内。她把餐叉举在空中，看着叉尖刺穿的那块神秘食物，用过于嘹亮的声音说道：

"哦，这的确是美味的食物。但是，咱们吃的这些到底是什么呀?"

结霜的玻璃杯里,柠檬水不再晃荡;一把把餐叉也不再闪耀,而是从空中落到了餐桌上。

道格拉斯向萝斯姨妈看了一眼,那是一头被射杀的鹿在倒地之前投向猎人的目光。餐桌前的每个人的脸上都露出受伤的惊讶之色。食物是不言自明的,不是吗?这是食物自己的哲学,它提出问题,然后自己回答。你的血液和身体只要求这一刻的仪式和稀有的香气,这还不够吗?

"我真的不相信,"萝斯姨妈说,"竟然没人听见我的问题。"

最后,奶奶微微张开嘴唇,给出了答案。

"我们管这个叫星期四特餐。经常这么吃的。"

这是谎话。

这么多年来,没有任何一道菜与另一道菜是相似的。这道菜来自深绿的大海吗?那碗汤是从蓝色的夏日空气中捕获的吗?这是游泳的食物还是飞翔的食物,它体内流淌的是鲜血还是叶绿素,日落之后它是继续行走还是倒向一边?没人知道。没人提问。没人在乎。

人们最多只是站在厨房门口,凝视泡打粉的爆炸,享受各种丁零当啷的声音。厨房像一座疯狂运转的工厂,半盲的奶奶环顾四周,让手指在锅碗瓢盆之间找到自己的路。

她意识到自己的才华了吗?恐怕没有。如果问起奶奶做饭的事,她会低头看着自己的手。某种光荣的本能驱使那双手开启旅程，戴上面粉的手套，或去探索解除了束缚的火鸡，寻找它们的动物灵魂。她眨眨灰色的眼睛，鼻梁上的镜框因承受了四十年的烤箱热量而扭曲变形，镜片被散落的胡椒和鼠尾草碎末所遮盖，所以她有时会在牛排上误撒玉米淀粉，结果却出奇地鲜嫩多汁！她有时会把杏子丢进肉饼里，毫无偏见地对肉类、香草、水果、蔬菜进行杂交实验，却不能容忍食谱和配方。即便如此，当成品端上餐桌时，谁不是口水连连，兴奋得热血沸腾呢？就像之前太奶奶的手一样，奶奶的双手就是她的秘密、喜悦和生命。她惊讶地看着十指，但听任它们按照其绝对必需的方式生活。

现在，无尽岁月里的第一次，家中出现了一个自居高位的提问者，一个几乎像是实验室科学家的人。她打破沉默的美德，锲而不舍地问：

"没错，没错，但是您的星期四特餐里到底放了些什么呀？"

"哦，"奶奶闪烁其词，"你觉得尝起来像什么？"

萝斯姨妈闻了闻叉子上的那一小块食物。

"牛肉，还是羊肉？生姜，还是肉桂？火腿酱？越橘？还有些饼干？虾夷葱？杏仁？"

"对。"奶奶说，"再来一点吗，各位？"

随之而来的是一场大骚动，杯盘碰撞，手臂挥舞，一阵阵说话声希望能永远淹没渎神的问题。道格拉斯比其他人说得更大声，动作更多。不过从那一张张脸上，你可以看到他们的世界已摇摇欲坠,他们的幸福岌岌可危。因为他们是家庭中的特权成员,当大厅里的第一声晚餐铃响起时,他们就匆忙放下工作或停止玩耍。无数年来,他们来到餐厅时就像在玩一场疯狂的抢椅子游戏:抖开雪白的餐巾,抓起餐具,仿佛最近都在单独监禁中忍饥挨饿。只待一声号令传到楼下,一只只胳膊肘猛然发动,简直要从桌上溢出来。此时他们紧张地喧闹着,开着过于明显的玩笑,不时把目光投向萝斯姨妈,好像她在丰满的胸膛里藏了一颗炸弹,而这颗炸弹正滴答滴答稳稳地倒数他们的末日。

萝斯姨妈意识到沉默确实是金,于是专心把每道菜都吃了三份,然后上楼去把勒紧的束腰解开。

"奶奶,"萝斯姨妈又下来了,"哟,您的厨房可真是……一团糟啊,您可别不承认。到处都是瓶子、盘子、盒子,标签都快掉光了,那您怎么知道您用的是什么呢?如果我来做客期间不帮您把厨房收拾好,我会感到内疚。让我把袖子卷起来。"

"不用麻烦你了,非常感谢。"奶奶说。

隔着图书室的墙壁,道格拉斯听到了她们的谈话,心脏怦怦直跳。

"这里就像土耳其浴室一样。"萝斯姨妈说,"咱们打开一些窗户,把窗帘卷起来,这样就能看清了。"

"太亮了我眼睛疼。"奶奶说。

"我把扫帚拿来了。我要洗碗,把它们整整齐齐地收起来。

我必须帮忙,您现在一个字也别说了。"

"你坐着吧。"奶奶说。

"哎呀,奶奶,收拾好了才方便您做饭。您烧得一手好菜,真的,但是如果您在乱糟糟的厨房里都能做得这么好,想想看,一旦东西摆放整齐了,您的厨艺不就更上一层楼了。"

"我倒是从来没想过……"奶奶说。

"那您想想看。家里的男人现在吃饭已经狼吞虎咽像纯粹的动物了。比方说,现代厨房整理方法又帮您了提高百分之十或十五的烹饪水平,下星期的这个时候,他们还不得像苍蝇一样吃到撑死。您的菜又精致又美味,大家肯定攥着刀叉舍不得停下来。"

"你真的这么想吗?"奶奶开始感兴趣了。

"奶奶,别听她的!"道格拉斯对着图书室的墙壁低声说。

但令他恐惧的是,他听到两人开始清扫灰尘,扔掉空了一半的袋子,在罐子上贴上新标签,把锅碗瓢盆收进已空置多年的抽屉。厨刀原本像一条条银色鱼儿躺在桌子上,这回也被收进了盒子里。

爷爷在道格拉斯身后听了整整五分钟,挠了挠下巴,有些不安。"现在回想起来,厨房确实是乱糟糟的。毫无疑问,东西需要收拾收拾。如果你萝斯姨妈说的是真的,道格,明天的晚饭应该很不寻常。"

"是啊,"道格拉斯说,"很不寻常。"

"那是什么?"奶奶问。

萝斯姨妈从背后拿出一份包好的礼物。奶奶打开了。

"一本烹饪书!"她叫道,把书丢在桌子上,"我不需要这东西!来一把这个,来一撮那个,再来少许别的什么,我一直都是这么——"

"我跟您一起去买菜。"萝斯姨妈说,"说到买东西,我一直在观察您的眼镜,奶奶。难道这些年来您一直戴着这样的眼镜吗?镜片都有缺口了,镜框也变形了。您怎么能看清周围呢?还不得栽进面粉口袋里?咱们现在就去配一副新的眼镜。"

她们出发了,奶奶困惑地挽着萝斯的胳膊,走进夏日的午后。

她们回来时带着食材、新眼镜,奶奶头上还顶着新发型。奶奶的神情像是被人追着在镇上跑了一大圈。萝斯扶她进屋时,她还喘着粗气。

"这就对了,奶奶。现在所有东西都各就各位了。现在您也能看得一清二楚了!"

"来吧,道格。"爷爷说,"陪我绕着街区散散步,好增进食欲。这将是一个历史性的夜晚。奶奶肯定会做一顿顶顶美味的晚餐,否则我就把这件背心吃了。"

晚餐时间。

大家脸上的笑容僵住了。道格拉斯把一口食物嚼了三分钟,然后假装擦嘴,吐进餐巾里。他看到汤姆和爸爸也在这样做。人人都在拨弄自己盘子里的吃食,拼出道路和花纹,在肉汁里画画,用土豆堆城堡,偷偷把肉块喂给狗儿。

爷爷第一个起身。"我吃饱了。"他说。

所有的寄宿房客都脸色苍白,沉默不语。

奶奶紧张地戳着自己的盘子。

"这顿饭很不错吧?"萝斯姨妈问每个人,"而且比平时早半个小时开饭!"

但其他人都在暗暗盘算,星期天之后是星期一,星期一之后是星期二,此后的一星期都得忍受悲哀的早餐、忧郁的午餐和葬礼般的晚餐。几分钟后,餐厅空了。寄宿房客们在楼上的房间里沉思。

仍在震惊中的奶奶缓缓走进厨房。

"这有点太过分了!"爷爷说道。他走到楼梯脚下,对着夕阳余晖中飞扬的尘土喊道:"大家都下来!"

所有的寄宿房客都走进昏暗舒适的图书室,锁上门喃喃低语。爷爷安静地摆弄那顶圆帽。"哪怕为了小猫的伙食着想,"他说,然后把手重重地放在道格拉斯的肩膀上,"道格拉斯,我们有一项重大使命交给你,孩子。听着……"他对着男孩的耳朵低语,留下一股温热友好的气息。

第二天下午,道格拉斯看到萝斯姨妈独自在园子里修剪花朵。

"萝斯姨妈,"他严肃地说,"咱们现在去散步吧?我带您去看蝴蝶谷,往那边走就到。"

他们一起在镇上绕来绕去。道格拉斯紧张极了,说话飞快,不敢看萝斯姨妈,只是听着市政厅的大钟一次次敲响报时。

在温热的夏日榆树下,萝斯姨妈朝奶奶家走去,她突然倒吸一口气,伸手捂住心口。

在前廊台阶底部,赫然放着她的行李,收拾得整整齐齐的。手提箱的顶上,一张粉红色的火车票在夏日微风中飘动。

寄宿房客,一共十个人,都僵硬地坐在门廊上。爷爷肃穆地走下台阶,像一位火车司机、一位市长、一位益友。

"萝斯,"他握住姨妈的手,上下摇晃,"我有句话要对你说。"

"什么话?"萝斯姨妈问。

"萝斯姨妈,"爷爷说道,"再见。"

他们听见火车汽笛一直唱到黄昏。前廊上空空荡荡,行李不见了,萝斯姨妈的房间也腾空了。爷爷在图书室里,微笑着在几本爱伦·坡后面摸索一个小药瓶。

奶奶结束了单人购物远征,从镇上回到家中。

"萝斯姨妈呢?"

"我们一直把她送到了火车站。"爷爷说,"我们都哭了。她也不想这么早就走,要我替她转达对你的最诚挚的爱,说她十二年后还会再来看望你。"爷爷掏出他的金表,"现在我建议大家都去图书室喝一杯雪利酒,等奶奶给咱们准备一桌盛宴。"

奶奶向厨房走去。

每个人都有说有笑——寄宿房客、爷爷和道格拉斯,他们都听到了厨房里忙碌的声音。奶奶摇响晚餐铃时,他们争先恐后地往餐厅走。

每个人都咬了一大口。

奶奶看着寄宿房客们的表情。他们默默地盯着自己的盘子,双手放在膝盖上,让食物在腮帮子里冷却,却不咀嚼。

"我不会做饭了!"奶奶说,"我把一手好厨艺给弄丢了……"

她开始哭泣。

她站起来,失魂落魄地走进那间整洁有序、贴满标签的厨房,双手徒劳地触摸那些瓶瓶罐罐。

房客们饿着肚子上床睡觉。

道格拉斯听着市政厅的大钟敲响了十点半、十一点,然后是午夜。他听着寄宿房客们在床上翻来覆去,就像一股潮水在大房子洒满月光的屋顶下涌动。他知道他们都还醒着,在思考,在悲伤。许久之后,他从床上坐了起来,他开始对着墙壁和镜子微笑。当他打开房门蹑手蹑脚地下楼时,仿佛能看到自己在咧着嘴笑的模样。客厅很暗,散发着陈旧和孤独的气味。他屏住呼吸。

他笨手笨脚地走进厨房,等了一会儿。

然后他开始行动。

他把泡打粉从漂亮的新罐子里倒出来,倒回从前那个旧面粉袋里。他把雪白的面粉撒进一个旧饼干罐里。他从写着"糖"的金属盒中取出糖,筛入一堆熟悉的小盒子中,那些盒子上写着香料、餐具和线绳。他把丁香放回它们已经待了许多年的地方——散落在六个抽屉的底部。他把盘子、刀叉和勺子放回桌面上。

他在客厅的壁炉架上找到了奶奶的新眼镜,又把它藏到了地窖里。他从那本烹饪书里撕下几页纸,在烧柴的旧炉子里生了一丛火。寂静的凌晨一点,黑色的烟囱里传来一声巨响,这狂暴的轰鸣惊醒了整栋房子——如果它也曾入睡的话。他听到奶奶穿着拖鞋的脚步声在大厅楼梯上窸窸窣窣。她站在厨房门口,对着这片混乱眨眨眼睛。道格拉斯藏在食品储藏室门后。

漆黑的凌晨一点半,起风的走廊里弥漫着烹饪的香气。人们一个接一个走下楼梯,满头卷发器的女人,穿着浴袍的男人,都踮着脚尖往厨房张望——里面唯一的光亮是嘶嘶响的炉子里摇曳的红色火焰。在这个温热夏夜的凌晨两点,黑漆漆的厨房里,奶奶如幽灵般飘浮在锅碗瓢盆的碰撞声中。她再次变得半盲,手指在昏暗中本能地摸索,在冒泡的锅和沸腾的壶上撒出香料的云团。当她搅拌、端起、倾倒美味的食物时,她的脸庞被火光映红,神奇而迷人。

房客们悄悄地铺上最好的亚麻布和闪光的银器,点燃蜡烛,因为打开电灯就会打破咒语。

爷爷在印刷厂值夜班,这时刚回家,听到餐厅的盈盈烛光中有人在做餐前祷告,不禁大吃一惊。

你问饭菜如何?香辣肉,咖喱汁,绿色蔬菜上抹了甜黄油,饼干上溅着宝石般的蜂蜜。每样东西都甘美可口,奇迹般地令人精神振奋。人们不自觉地发出轻柔的低吟,就像牧场中的牲畜在苜蓿田里纵情啃食。接着,所有人都在庆幸自己穿了腰身宽松的睡衣。

星期天凌晨三点半,房子里弥漫着友爱的气氛和吃下肚的食物带来的暖意。爷爷推开椅子,比了个灿烂的手势。他从图书室里拿来了一部莎士比亚,把书放在一个浅盘上,端给老伴。

"孩子他奶奶,"爷爷说,"我只请求你明晚为我们烹饪这本精美的书。我相信大家都同意,明天黄昏,当它被端上餐桌时,会变得细腻、多汁、外焦里嫩,就像秋天的野鸡胸脯一样。"

奶奶把书捧在手里,开心地哭了。

破晓前大家仍在餐厅里坐着,不舍得离开。吃过简单的甜点,又喝了前院野花酿制的酒,等第一批鸟儿睁开睡眼,太阳在东方天空跃跃欲出,他们才蹑手蹑脚地上楼去。道格拉斯听到厨房里炉灶冷却的声音。他听到奶奶躺下安睡。

收废品的乔纳斯先生,他想,不论您身在何处,我都已经感谢过您了,我已经偿还了您的恩情。我把您的善行传递了出去,我相信自己已经做到了⋯⋯

他沉入梦乡。

在梦里,就餐铃响了起来,所有人都欢呼着冲下楼去吃早点。

突然间,夏天结束了。

他在镇中心散步时第一次意识到这一点。当时汤姆抓着他的胳膊,吃惊地指着一毛钱商店的橱窗。他们站在那儿动弹不得,因为来自另一个世界的东西整整齐齐地摆放在那儿,如此天真,如此可怕。

"铅笔,道格,一万支铅笔!"

"天哪!"

"五分钱的便笺簿、一毛钱的便笺簿、笔记本、橡皮擦、水彩、尺子、圆规……成千上万的文具!"

"别看。那应该只是幻觉。"

"不是,"汤姆绝望地哀吟,"开学。马上要开学了!为什么,为什么夏天还没结束就在橱窗里展示这些东西!毁了一半的假期!"

他们继续往家走,看见爷爷独自在干枯的草坪上摘最后几朵蒲公英。他们默默帮爷爷摘了一会,然后道格拉斯朝自己的影子弯下腰,说道:

"汤姆,如果今年暑假就这样过去了,明年会怎样,是更好还是更糟？"

"别问我。"汤姆用蒲公英的茎吹出一段旋律，"世界可不是我创造的。"他想了想，"虽然有时候我感觉自己是造物主。"他高兴地吐了口唾沫。

"我有一种预感。"道格拉斯说。

"什么预感？"

"明年的世界会更大，白天会更亮，夜晚会更长更暗，更多的人会死去，更多的婴儿会出生，而我会经历每一件事。"

"你和其他无数人都会，道格。"

"像今天这样的日子，"道格拉斯喃喃地说，"我觉得……以后只剩我自己！"

"需要帮忙的话，"汤姆说，"叫我一声。"

"一个十岁的弟弟能帮上什么忙？"

"十岁的弟弟明年夏天就十一岁了。每天早上，我都会把这个世界解开，就像解开高尔夫球里的橡皮筋。然后每天晚上把它缠回去。只要你开口问，我就告诉你怎么做。"

"疯子。"

"我一直都是，"汤姆做了个对眼，伸出舌头，"永远都是。"

道格拉斯笑了。他们和爷爷一起下到地窖里，当爷爷撕下花瓣时，他们看着所有的壁架，还有一瓶瓶在静止的溪流中闪光的蒲公英酒。编号从一到九十多，那些番茄酱瓶子现在差不多都灌满了，在地窖的暮色中燃烧着，每一瓶代表一个鲜活的夏日。

"哇，"汤姆说，"这是多么厉害的保存六月、七月和八月的方法。真的很管用！"

爷爷抬起头，思忖片刻，笑了。

"总比把你再也不用的东西堆在阁楼上强。这样，在去往冬天的路上，你就可以不时花一两分钟回味一下夏天。等瓶子都空了，夏天就彻底结束了，没有遗憾，也没有什么令人伤感的垃圾堆放在各处，等着在四十年后绊你一跤。干干净净，没有烟尘，效果超群，这就是蒲公英酒。"

两个男孩指着一排排瓶子。

"那瓶是夏季的第一天。"

"那瓶是买新网球鞋那天。"

"没错！那瓶是绿色机器！"

"水牛尘土和程连苏！"

"塔罗女巫！孤身客！"

"那些日子并不是真的结束了，"汤姆说，"永远不会结束。我会永远记住这一年的每一天发生的事情。"

"其实还没开始就已经结束了。"爷爷说道，打开了压榨机，"除了那种不需要修剪的新型草，我不记得还发生过什么。"

"爷爷开玩笑呢！"

"不是玩笑，道格，汤姆，随着年纪变大，你们会发现日子变得模糊……似乎每天都一样……"

"但这不可能。"汤姆说,"这个星期一我在电气乐园滑旱冰,星期二我吃了巧克力蛋糕,星期四我摔了个仰面朝天,星期三我从摇晃的藤蔓上掉了下来,这个星期事情简直太多了!还有今天,我会记得今天,因为外面的树叶开始变红变黄。用不了多久,它们就会落满草坪,我们可以在树叶堆里跳来跳去,然后把它们烧掉。我永远不会忘记今天的!我会永远记得,我知道!"

爷爷抬起头,透过地窖的窗户看向在凉风中摇曳的夏末树木。"你当然会记得,汤姆,"他说,"你当然会记得。"

他们把蒲公英酒的柔和光晕留在地窖,回到地面去进行夏季的最后几项仪式,因为他们感觉到季末的最后一天、最后一晚已悄然来临。天色渐晚,他们意识到最近两三天里,坐在门廊上乘凉的邻居早早就回屋了。空气中有一种更干燥的、与往常不同的味道,奶奶开始说起煮热咖啡而不是喝冰茶。飘窗上挂着白帘的窗户一扇扇关闭了,冷切肉逐渐被热腾腾的炖牛肉取代。前廊上的蚊子消失了,当它们放弃一场场战斗时,与季节的战争就真的结束了,连人类也准备放弃战场了。

此刻,汤姆、道格拉斯和爷爷站在前廊上,和三个月前一样,或者和漫长的三个世纪前一样。前廊的地板嘎吱作响,仿佛一艘在夜间不断涌起的海浪中沉睡的船。他们吸吸鼻子,闻了闻空气。两个男孩觉得自己体内的骨头像白垩或象牙,而不是几个月前的绿薄荷棒和甘草糖条。但这新鲜的寒意最先触及爷爷的骨骼,像一只粗糙的手在餐厅里拨弄钢琴泛黄的低音键。

当罗盘转动时,爷爷也向北转动。

经过一番考虑,他郑重地说道:"我想,咱们不会再来前廊乘凉了。"

祖孙三人丁零当啷地从前廊天花板的孔眼上取下摇晃的链条,又像抬着一具风化的棺材似的,把秋千搬回车库里。身后的风吹落今年第一批枯叶。他们听见奶奶在图书室生火的声音。忽然一阵风把窗户吹得摇晃起来。

这是道格拉斯睡在爷爷奶奶家的最后一晚,他在便笺簿上写道:

"现在一切都在倒退。就像某些时候午后场的电影,人们从水中飞出,跃回跳板上。九月来临后,你把原来向上推开的窗户往下拉,把你穿上的运动鞋脱下来,把六月份踢开的硬皮鞋再穿回去。大家往房子里跑,就像鸟儿缩回座钟里一样。上一分钟前廊上还挤满了人,每个人都滔滔不绝地聊啊聊。而下一分钟,纱门紧闭,谈话停止,叶子疯狂地从树上往下飘。"

他站在高高的窗前远眺大地,蟋蟀像干无花果散落在河床上,他望向天际,候鸟会在水鸟秋季的哀鸣中南飞,树木会在钢铁般的云层上灼烧出绚丽的色彩。在遥远的乡野,他似乎能闻到蜡烛焦烧和南瓜成熟的气味,刀子将雕刻出三角形的眼睛。在镇上,最初的几缕青烟从烟囱口散开,那微弱的铿锵震动是坚硬的黑煤之河沿着陡槽奔流而下,在地窖的箱子里堆积成高高的黑丘。

天色已晚，越来越晚。

道格拉斯站在高高的阁楼上俯视绿镇，挥了挥手。

"所有人，脱衣服！"

他等待着。夜风吹来，窗玻璃像要结冰。

"刷牙。"

他再次等待。

"现在，"他发出最后一道号令，"熄灯！"

他眨了眨眼。小镇也困倦地眨了眨眼，此处或彼处的灯光渐次熄灭。市政厅的大钟敲响十点、十点半、十一点，然后是昏昏欲睡的午夜。

"现在要敲最后几下了……来了……来了……"

他躺在自己的床上，镇子沉睡在他周围。河谷幽暗，湖水静静冲刷岸边。每一个人，他的家人、朋友，无论老幼，都沉睡在这条街或那条街上，这栋房子或那栋房子里，或是远方乡村教堂的墓地中。

他合上眼。

六月的黎明，七月的正午，八月的夜晚，都过去了，结束了，完成了，永远消失了，只有关于夏天的记忆留在他的脑海中。现在，他有一整个秋天、一个白色的冬天和一个嫩绿的春天用来回味这一年的夏。如果他忘记了，蒲公英酒就在地窖里，每一天都有编号。他会经常去那儿，直直地盯着瓶中的太阳，直到无法承受。然后他会闭上眼睛，感受那灼烧的亮斑，让不停流动的伤痕在他温暖的眼睑上舞蹈。他要反反复复排列每一束火焰和反射,直到清晰的图案浮现出来……

想着,想着,他睡着了。

在睡梦中,一九二八年的夏天,结束了。

Ray Bradbury
DANDELION WINE

Copyright © 1957, renewed 1985 by Ray Bradbury
This edition arranged with DON CONGDON ASSOCIATES, INC.
through BIG APPLE AGENCY, LABUAN, MALAYSIA.
Simplified Chinese edition copyright:
2024 SHANGHAI TRANSLATION PUBLISHING HOUSE(STPH)
All rights reserved

图字:09-2022-0494号

图书在版编目(CIP)数据

蒲公英酒/(美)雷·布拉德伯里(Ray Bradbury)
著;由美译.—上海:上海译文出版社,2024.5
书名原文:Dandelion Wine
ISBN 978-7-5327-9479-9

Ⅰ.①蒲… Ⅱ.①雷…②由… Ⅲ.①长篇小说-美国-现代 Ⅳ.①I712.45

中国国家版本馆 CIP 数据核字(2024)第 072701 号

| 蒲公英酒

Dandelion Wine | Ray Bradbury
雷·布拉德伯里 著
由美 译 | 出版统筹 赵武平
策划编辑 陈飞雪
责任编辑 邹滢
装帧设计 @broussaille 私制 |

上海译文出版社有限公司出版、发行
网址:www.yiwen.com.cn
201101 上海市闵行区号景路 159 弄 B 座
苏州市越洋印刷有限公司印刷

开本 787×1092 1/32 印张 9.75 插页 5 字数 131,000
2024 年 5 月第 1 版 2024 年 5 月第 1 次印刷

ISBN 978-7-5327-9479-9/I·5932
定价:79.00 元

本书中文简体字专有出版权归本社独家所有,非经本社同意不得转载、摘编或复制
如有质量问题,请与承印厂质量科联系,T:0512-68180628